KB095357

# 아빠 잠깐
# 병원
# 다녀올게

# 아빠 잠깐 병원 다녀올게

'어느 위암 환자의 슬기로운 투병생활'

**김성탁** 지음

좋은땅

목차

## Chapter 2 입원에서 퇴원까지

Chapter 3

# 아프니까 암환자다 (회복과 시행착오)

## Chapter 4 생업으로의 복귀

## Chapter 5 평생 암을 잊고 살 수 있을까?

프롤로그

# 내가 위암 극복기를 쓰는 이유

**2017년 12월 6일 금요일 나는 위암 확진 판정을 받았다.** 당시 나는 39살이었고, 결혼한 지 이제 5년이 조금 넘은, 그리고 5살 아이의 아빠였다. 불과 3개월 전 이직을 하여 새로운 직장에서 한창 적응해 나가던 중이었고, 3년간의 길고 길었던 주말 부부와 독박 육아를 청산하고 가족이 함께 사는 행복과 여유를 느끼던 중이었다. 나와 우리 가족의 미래에는 아직까지도 너무나 많은 선택지가 있었고, 그에 따라 견뎌 내야 할 수많은 어려움과 시련들 그리고 성취감과 행복들이 가득했다. 우리 부부는 우리가 생각해 낼 수 있는 최대한 많은 사건들을 예측하여 지혜롭게 대처할 수 있도록 노력해 왔다. 그런데 우리가 겪게 될 사건들, 가깝게는 10년 내로 겪게 될 사건들 중에 암이라는 것은 없었다. 30대에 누구보다도 건강하다고 자신하던 내가 위암이라는 무서운 불청객을 맞이하게 될 줄은 정말 꿈에도 상상하지 못했다.

**암 진단을 받았을 그 당시에는 아무 생각이 나지 않았다.** 그러다가 점차 화가 나기 시작했다. 내가 왜 이런 병을 얻어야 하는 것인지 너무나 억울했고 세상이 원망스러웠다. 그러다가 차츰 무서운 감정이 나를 사로잡기 시작했다. 죽을지도 모른다는 불안감, 앞으로 영원히 이전과 같은 삶은 살지 못할지도 모른다는 불안감, 사람들이 나를 다르게 볼 것 같은 불안감, 직장과 사회적 네트워크에서 불이익을 받을지도 모른다는 불안감, 이 모든, 내가 알지 못하는 불안감들이 나를 억누르기 시작했다. 그리고 혹시 내가 잘못되어 세상을 떠나면 뒤에 홀로 남겨질 우리 가족들이 너무나 걱정되었고 가족에게 미안했다. 마지막으로 내 자신이 너무나 불쌍해서 견딜 수가 없었다.

**물어보고 싶었다.** 나처럼 젊은 나이에 이런 병을 얻어 치료를 받아 이겨 내고 다시 건강하게 생활하고 있는 사람에게 말이다. 암이라는 현실을 접하였을 때 기분은 어땠고, 그 사실을 어떻게 감당해 낼 수 있었으며, 가족들과 주위의 사람들은 어떻게 반응하였고, 치료와 수술은 어떤 과정들을 거치며, 나는 무엇을 준비해야 하며, 입원 중에는 어떤 생활은 어떻고, 회복 과정은 어떠하며, 또 그 후는 어떠하며, 직장의 복귀는 어떻게 해야 하는지, 일상은 어떻게 적응해야 하며, 그 후의 생활은 많이 달라져 있는지, 무엇을 조심해야 하는지 등 물어보고 싶은 것이 너무나도 많았다. 그런 사람이 내 주위에 있다면 마음 편하게 물어보고 싶었지만 정작 그럴 사람이 주위에는 없었다. 블로그나 카페를 찾아다녔다. 비슷한 처지의 사람들이 여럿 있음을 알 수 있었지만 서너 문단의 짧은 글로는 나의 궁금증에 대한 갈증이 풀리지가 않았다. 그다음으로는 시중에 판매되고 있는 서적을 찾아보았다. 위암과 암 치료에 대한 여러 책들이 있었다. 위암과 발병의 원인, 그리고 치료 과정에 대해 자세히 설명된 유명한 의사들이 집필한 교과서 같은 책들도 많았고, 위암을 치료한 분들이 쓴 투병기 형식의 책들도 있었다. 전자의 책들은 지식과 정보 전달에 치중하였고, 후자의 책들은 치료와 투병 과정은 아주 짧게 설명한 후 주로 민간요법에 대한 소개나 병의 예방에 대한 일반적인 팁이나 개인적인 충고들로 채워진 책들이 많았다. 개인적인 감정과 경험을 들려주는 책은 찾을 수 없었다.

**조기위암이라도 당사자에게는 무서운 암이다.** 수술 전 검사에서는 진행성 위암으로 의심된다는 소견을 받았으나 수술 후 정밀검사 결과 1기에 해당하는 조기위암으로 판명되었다. 요즘 직장 내 건강검진이 대중화되어 위암 환자의 70% 이상이 조기위암이라고 한다. 그 70%도 나와 똑같이 절망감과 불안감을 겪었을 것이다. 그리고 나는 조기위암임에도 위전절제술을 받았다. 위암 1기이든 말기이든 위전절제술을 받으면 일상으로 되돌아가기가 아주 힘들다. 조심해야 할 것이 다른 수술법에 비해 많고, 고통도 심하다. 수술 후 7개월이 지나 어느 정도 일상에 적응이 되고 있을 무렵 가끔 연락하던 선배 중 한 분이 췌장암에 걸렸다는 소식을 우연히 접하였다. 전화하여 안부를 물어보니 애써 아무렇지 않다며 괜찮다고 하였다. 나는 그분에게 나도 위암 판정을 받아 개복수술로 위전절제술을 받았으며 아직까지도 힘들게 일상에서 적응하고 있노라고 이야기하였고, 내가 겪었던 힘들었던 감정들과 수술 경험들을 들려주었다. 처음에 괜찮으니 걱정 말라고 하셨던 그 선배는 나의 이야기를 듣고는 아주 많은 질문들을 쏟아 냈다. 길었던 전화 통화 후 그 지인은 내게 고맙다고 했다. 자기는 가족들에게도, 아내에게조차도 힘든 내색을 할 수가 없다고 했다. 그리고 이제 암에 관해서는 내가 선배이니 앞으로 궁금한 점이 있으면 언제든 물어보겠다고 했다. 그 선배도 나와 똑같이 무서웠고, 내색할 수 없는 외로움에 홀로 갇혀 있었던 것이다.

**그래서 나는 이 글을 쓰기 시작하였다.** 이 글을 통해서 내가 최초 위암 진단을 받았을 때부터 겪었던 심리 상태와 수술을 받기 전까지의 준비 과정들, 그리고 위절제술 후 회복과 생업 복귀 후 일상 적응을 하기까지의 모든 과정들과 시행착오들, 그리고 살아남기 위한 나만의 팁들을 나와 비슷한 처지에 있는 이들에게 전달하려 한다. 그러면서도 나는 이 글에서 내가 겪은 지극히 개인적인 경험만을 주로 이야기하려 한다. 마치 같은 시련을 겪어 낸 아는 동생, 혹은 형에게 술자리에서 이야기를 듣듯이 내가 겪었던 기분들과 경험을 나와 비슷한 처지가 되어 버린 여러분들과 공유하고 싶어 이 글을 쓴다. 이 글에서의 내가 받은 치료, 내가 따랐던 방법들은 아마도 최선의 선택이 아닐지도 모른다. 하지만 나는 나만의 방법으로 일상으로 복귀하기 위해 힘들었던 그 과정들을 모두 겪어 내고, 지금도 혼자 암과의 투쟁을 벌이고 있다. 가끔 재발에 대한 공포가 밀려오고, 홀로 겪어야 하는 고통에 외롭고 힘들지만 그래도 지금은 모든 것이 다 잘될 것이라는 희망이 보이고, 내가 앞으로 살게 될 삶에 대한 그림도 그려진다. 나의 이야기를 통해 아직 수술하기 전의 시기에 있는 독자들이라면 앞으로 겪게 될 인생의 변화를 간접경험함으로써 심리적인 대비를 할 수 있을 것이고, 이미 수술 후 치열한 회복의 과정에 있는 분들이시라면 나의 솔직한 경험에 공감하고 암과 싸워 이겨내기 위한 힘을 얻길 바란다. 그것을 바탕으로 각자의 상황에 맞는 최선의 선택을 할 수 있도록 도움이 되길 바란다. 내가 겪었던 시행착오들과 어려움들을 미리 인지하여 이 글을 읽는 독자들이 막막한 미래를 대비하고 정신적 혼란을 조금이나마 줄여 나갔으면 한다. 그래서 앞날에 대한 막연한 불안감을 조금이나마 잠재우고 암 극복에 대한 희망을 가지게 되기를 진심으로 바란다.

**우리는 모두 같은 경험을 나누는 더없이 가까운 친구들이다.**

Chapter 1

# 위암 판정을 받다

# 한국인 암 1위, 위암

2017년 통계청의 자료에 의하면 한국인의 사망 원인 1위는 당당히 암으로 인한 사망이었다. 그것도 다른 5대 사망 원인인 뇌혈관 질환, 심장 질환, 고의적 자해, 폐렴에 의한 인구 10만 명당 사망률이 각각 45.8명, 58.2명, 25.6명, 32.2명인 것에 비해 압도적으로 높은 인구 10만 명당 153명이었다.

이처럼 암은 어느덧 일상처럼 우리의 삶 속에 자리 잡고 있다. 여러 암들 중 한국인이 가장 많이 걸리는 암은 위암이다. 2015년 국가암등록 통계 자료에 따르면 한국인의 인구 10만 명당 위암발생률은 57명으로 대장암(52명), 갑상선암(49명), 폐암(48명), 유방암(38명)에 비해 높고, 미국이나 유럽에 비해 높은 발생률을 보인다.

특이한 점은 한국인의 전체 암발생률은 조사 대상 국가들 중 세 번째로 낮은 수치임에도 불구하고 위암의 발생률은 압도적으로 높다는 것이다. 이웃나라 일본도 위암발생률이 우리와 비슷한 수준이다. 아마도 우리와 일본의 특이한 음식 문화와 한국인 고유의 식습관과 관련이 있는 듯하다.

나이와 성별에 따른 암의 발병률을 살펴보면, 남자의 경우 갑상선 암을 제외한 모든 암의 발병률은 높은 연령대로 갈수록 높아진다. 40세 이하에서는 암의 종류와 관계없이 낮은 발병률을 보이다가 40세가 지나면 서서히 높아진다. 66세 이전에는 위암이 가장 높은 발병률을 보이다가 폐암의 급격한 발병률 상승으로 인하여 폐암에게 1위 자리를 빼앗기게 된다. 여자의 경우는 갑상선암과 유방암의 발병률이 45~49세 구간에서 최고치를 찍고 서서히 감소한다.

위암, 대장암, 폐암, 간암은 남자의 발병률과 비슷한 패턴으로 상승하게 되며, 역시 66세 이상에서는 폐암이 발병률 1위를 기록하게 된다. 대장암의 경우는 남녀노소와 관계없이 위암과 비슷한 발병률을 보이며 그 변화도 비슷한 추세를 보인다. 아마도 위암과 대장암은 밀접한 관계를 가지거나 서로 비슷한 발병 원인을 가지기 때문인 것은 아닐까? 물론 개개인의 식습관과 생활환경에 따라 다르겠지만, 전반적으로 암발병률은 40세 이전에는 인구 10만 명당 10 이하로 현저히 낮으며 신체의 노화를 거치면서 발병률이 높아진다고 할 수 있겠다.

내 나이 39살 나는 위암 진단을 받았다. 살면서 복권이나 경품을 추첨하면 한 번도 크게 당첨된 적이 없었는데, 인구 10만 명당 10명의 확률, 즉 0.01%의 확률, 다르게 표현하면 만원 관중의 잠실야구장에서 3명을 추첨할 때 걸리는 확률에 지금 내가 들어 있다.

나로서는 참으로 슬픈 일이다.

# 암 생존율이 높아지고 있다

암 진단을 받았을 때 당사자나 가족들, 그리고 주위의 가까운 분들이 가장 먼저 검색하는 것 중 하나는 아마도 암 생존율을 것이다. 생존율에 관한 정보는 국가암등록통계라는 자료에 자세히 나와 있다. 암 생존율에 대해서는 대부분 5년 동안의 상대생존율을 추적하여 산출한다.

물론 원발암 제거 후 5년 동안 추가 암 발병과 전이가 없다면 5년 후에 완치 판정을 내린다. 5년 상대생존율은 문자 그대로 추가적인 암 발생이나 전이 여부에 관계없이 5년 후에도 살아 있다는 것이다. 아마도 5년 단위로 끊어서 추적하는 것이 최초 암의 완치 기간이 5년이라는 것 이외에도 통계를 산출하는 작업상 편리하기 때문에 그런 것이 아닌가 생각해 본다. (물론 10년 상대생존율 통계도 있다.)

2015 국가암등록통계 자료를 보면 '11~15년' 암 발생자의 생존율 순위는 남자의 경우 갑상선암(100%)>전립선암(94%)>신장암(82%)>대장암(78%)>방광암(78%)>위암(76%)>간암(34%)>담도 및 기타 담도암(30%)>폐암(23%)>췌장암(10%) 순서이고, 여자의 경우 갑상

선암(100%)>유방암(92%)>자궁경부암(80%)>위암(74%)>대장암(74%)>난소암(64%)>폐암(36%)>간암(32%)>담도 및 기타 담도암(28%)>췌장암(12%)의 순서이다.

5년 상대생존율은 암의 병기와 관련이 깊다. 통계에서는 암의 병기를 '국한', '국소', '원격'으로 나누었는데, 국한은 해당 장기에서만 암조직이 발견된 경우이고, 국소는 원발암의 근처 조직에 암세포가 전이된 경우이다. 원격은 장기 전체에 광범위하게 암세포가 퍼져 있거나 멀리 있는 다른 조직에 암세포가 전이된 경우이다.

당연한 사실이겠지만 모든 암 유형에서 병기가 국한, 국소, 원격으로 진행될수록 5년 상대생존율은 현저히 감소한다. 특히, 위암, 폐암, 간암, 담도암, 췌장암의 경우에는 그 5년 상대생존율이 한 자리로 급감하는 것을 알 수 있다. 예를 들면, 위암인 경우 암의 병기가 '국한'인 경우 5년 상대생존율은 97%인 반면, 병기가 '국소'로 진행되면 63%로, 병기가 '원격'일 경우 5년 상대생존율은 7%로 급감하며, 이러한 추세는 남녀를 가리지 않는다(국가암등록통계).

남녀가 구분되어 있지는 않지만 10년 상대생존율 통계도 있다. 의학의 발전 덕분인지 10년 상대생존율도 최근으로 오면서 췌장암을 제외한 모든 암종에서 증가하는 추세이다.

한국인의 5년 상대생존율을 미국, 캐나다, 일본의 그것과 비교한 통계 자료(국가암등록통계)를 보면, 위암을 제외한 모든 암종에서 높은 정도임을 알 수 있다. 특이하게도, 위암의 경우 한국인의 5년 상대생존율(75%)은 미국(31%)과 캐나다(25%)에 비해 2배 이상 높은 수치이며, 위암 발병률이 비슷한 일본(65%)과 비교하여도 10% 이상 높은 수치이다. 우리나라의 위암 치료 기술이 세계 최고 수준임을 보여 주는 자료가 아닌가 생각된다.

2017년 12월, 내 나이 39살에 위암 진단을 받았다. 5년 생존율이 다른 암보다 높고, 최근 생존율이 점점 더 높아지고 있으니 다행이라고 해야 할까? 위암 치료 기술이 세계 최고 수준인 한국에 산다는 것을 행운으로 여겨야 하는 것일까? 생존율이 76%라는 것은 76%의 확률로 산다는 것일까? 24%의 확률로 죽는다는 것일까? 요즘 환갑은 청년이라고도 하는데…… 70세인 우리 아버지도 쌩쌩하신데…… 나는 지금으로부터 21년 후인 60세까지는 살 수 있을까? 이런 생각들이 내 머릿속을 가득 채웠다.

확률이나 통계의 숫자들 따위는 지금 나에게 무의미하다. 나는 지금 나의 앞날에 펼쳐질 내가 겪어야 할 알지 못하는 고통과 내가 통제할 수 없는 상황들에 두려울 뿐이다.

# 위내시경,
# 위암 소견을 듣다

2017년 12월 1일 금요일 나는 위암이라는 소견을 들었다.

당시 나는 39살이었고, 결혼한 지 이제 5년이 조금 넘은, 그리고 5살 아이의 아빠였다. 불과 3개월 전 이직을 하여 새로운 직장에서 한창 적응해 나가던 중이었고, 3년간의 길고 길었던 주말부부와 독박육아를 청산하고 가족이 함께 사는 행복과 여유를 느끼던 중이었다.

나와 우리 가족의 미래에는 아직까지도 너무나 많은 선택지가 있었고, 그에 따라 견디어 내야 할 수많은 어려움과 시련들 그리고 성취감과 행복들이 가득했다. 그래서 아내와 나는 항상 이렇게 다짐했다.

"이제 힘든 날은 다 지나갔으니 건강하기만 하자!"

그날은 정기건강검진을 받은 날이었다. 검진 날 아침, 일찍 병원을 방문했다. 검진이 모두 끝나도 오후 1시가 조금 넘기에 아이와 아내가 돌아오기 전까지 남는 시간에는 가까운 영화관에 가서 그동안 내가 보고 싶었던 영화를 보리라 마음먹었다. 건강검진은 왠지 하루의 휴가를 얻은 것마냥 기분 좋은 날이었다.

모든 일정이 다 끝나고 마지막으로 내시경검사만이 남았다. 수면내시경으로 예약하였기에 간단한 검사를 마치고 팔에 바늘을 꽂은 상태로 대기하였다. 예전에 수면내시경을 받을 때 수면유도제가 몸속으로 퍼지는 그 나른함이 좋은 기억으로 남아 있었고, 항상 바로 잠들어 버렸기에 이번에는 꼭 10까지 세어 보아야지 하는 다짐을 마치 놀이기구의 순서를 기다리는 아이처럼 설레며 내 순서를 기다렸다. 이윽고 내 이름이 호명되었다.

나는 내시경실로 들어가 내시경 준비 자세로 웅크리고 간이침대에 누워 수면유도제 주사를 맞았다. 금세 나른한 기운이 온몸을 휘감았다. 숫자를 세었다. 하나, 둘, 셋, 넷, 다섯, 여섯…… 눈을 뜨면 내 인생을 송두리째 바꾸어 놓을 소식을 듣게 될 것이라고는 상상도 못한 채 기분 좋게 잠이 들었다.

얼마나 시간이 지났을까? 커튼이 쳐져 있는 작은 방의 간이침대에서 깨어났다. 머리가 조금 아팠다. 인기척을 들은 간호사가 들어와서 잠시 후에 상담을 해야 하니 침대에서 기다려 달라고 하였다. 그러고는 마지막으로 혹시 보호자가 같이 왔는지 물어보았다. 여기서 뭔가 조금 이상하다고 생각했다. 보통 보호자 여부를 물어보는 것은 수면내시경 전이다. 수면내시경 후에 정신이 멍한 상태가 오래 간다든지, 어지러움, 구토 같은 부작용이 종종 발생하기 때문에 보호자의 도움이 필요한 경우가 있기 때문이다.

그런데 내시경 후에 보호자를 찾는다는 것은…… 그래도 나는 만일에 그런 부작용에 대비해 확인 차 보호자를 찾는 것이겠거니 생각하며 일단 침대에 앉아 정신을 차리려 노력했다. 잠시 후 내시경을 받은 장소로 다시 이동했다. 이동 중에 간호사 선생님이 뭐라 뭐라 이야기를 한 것 같다. 이래서 건강검진이 필요하다는 둥, 놀라실 필요 없으시다는 둥. 몇 가지 말을 한 것 같은데 정확히 기억이 나지 않는다.

내시경실에서 의사 선생님이 내시경 화면을 띄워 놓고 있었다. 나를 옆에 앉으라고 하시고는 간호사 선생님이 한 것과 같은 말을 또다시 주저리주저리 해 댔다. '도대체 뭘 이야기하려고 이렇게 서론이 길까?'라고 혼자 생각하며 본론으로 들어가길 기다렸다.

드디어 내시경 결과에 대한 이야기가 시작되었다. 모니터에 띄워 놓은 식도 사진부터 시작하여 위의 여러 부분을 보여 주며 설명해 주셨다.

"식도염은 없으시고요. 위 점막을 보시면 위염이 관찰되고 위축성 위염으로 판단되는데, 뭐 이런 건 아무것도 아닌 거고요."

나는 갑자기 이런 생각이 들었다. '뭐? 위축성 위염이 아무것도 아닌 거라고?' 모니터는 어느 한 장의 사진에서 멈춰져 있었다. 의사 선생님은 헛기침을 한번 하시더니 말을 이어 갔다.

"여기에 이 점막 부분이 조그맣게 변형된 부분이 보이시죠? 이런 조직의 형태는 주로 위암에서 발견됩니다. 변형된 부분 주위의 위 주름이 사라지고 가느다란 혈관이 드러나 있는 것이 보이시죠? 암세포가 자라면서 주위의 조직을 자기 쪽으로 끌어당기고 자체적으로 자라고 있기 때문입니다. 일단 조직검사를 위해서 표본 채취를 하였습니다. 검사 결과가 나와야 확실한 거지만 이런 경우는 거의 100% 위암입니다. 내시경 사진으로는 조기위암으로 보이지만 더 자세한 건 정밀검사를 해 봐야 알 수 있습니다. 빨리 3차 병원으로 가서서 진료 예약을 잡으세요."

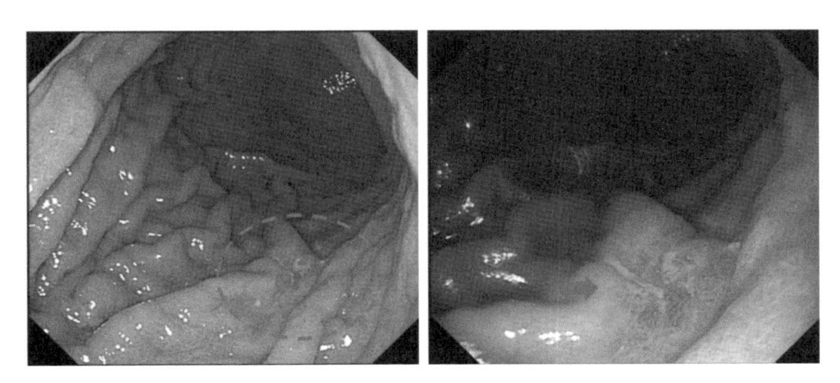

[사진] 실제 나의 위내시경 사진

아직 수면유도제의 효과가 남아 있어서 그런 건지 모르겠다. 그때 나는 의외로 담담했다. 그리고 한참 후에 이렇게 대답했다.

"아, 그렇군요."

# 위암이라니,
설마?

내 나이 39, 이제 마흔에서 한 달을 더 남겨 둔 그날에 나는 위암이라는 소견을 들었다. 내시경 담당 선생님의 소견을 듣고도 나는 꽤나 담담했던 것 같다. 아니, 그냥 아무 생각이 없었다고 표현하는 것이 맞겠다.

의사 선생님은 작년에도 내시경검사를 받았는지 확인하고, 이래서 건강검진이 매년 필요하다는 둥, 일찍 발견해서 불행 중 정말 다행이라는 둥, 이런저런 말씀을 하시며 나를 위로하려 애썼다. 하지만 나는 그때 내가 어떤 상황에 처했는지 잘 인지하지 못했던 것 같았다. 그냥 별 생각이 없었다. 한마디만 계속 내 머릿속을 맴돌았다.

"위암으로 보입니다."

내시경 영상자료를 CD에 복사해 달라는 요청을 하고 검진센터를 나왔다. 빨리 3차 종합병원에서 정밀검진을 해 보라는 의사선생님의 말이 생각나 무턱대고 가까운 대학병원으로 향했다. 대학병원에 도착해서는 암병동을 찾았다. 그러는 내 모습이 너무도 어색했다. 대학병원은 건강검진을 받을 때가 아니면 아이가 갑자기 크게 아파서 찾는 응급실 정도로만 여겼는데, 나의 병 때문에, 그것도 암 병동으로 발길을 향하는 내 모습이 너무도 어색했다. 접수를 하고 초진 예약을 잡았다. 병원을 나오니 조금 더 현실 인지가 되는 것 같은 느낌이었다.

머리가 무겁고 아파왔다. 혼란스러웠다. '암이라니. 난 이제 어떻게 해야 하지? 이제 난 어떻게 되는 거지? 왜 내가…….'

혼란에 빠진 머릿속을 진정시키려 이런저런 생각을 다 해 보았지만 소용없었다. 나는 계속 그런 질문들을 스스로 하고 있었다. 한참을 걸었다. 어디로 가는지도 모르고 그냥 한 방향으로만 계속해서 걸었다. 한참을 걷고 나서야 이제 집으로 돌아가야 할 시간이라는 것을 알아차렸다. 원래는 건강검진이 끝나면 여유롭게 혼자만의 시간을 즐기려 했는데…… 지금은 모든 것이 바뀌어 버렸다. 집으로 가는 버스를 탔다. 하지만 한참 뒤에 반대 방향인 것을 깨달았다. 여전히 제정신이 아닌가 보다.

저녁 7시가 다 되어서야 집에 도착하였다. 아내와 아이는 벌써 집에 와 있었다. 아내는 나를 반갑게 맞아 주었다.

"오빠 왔어? 근데 왜 이렇게 늦게 왔어? 또 어디서 놀다 왔어? 건강검진은 잘 했어? 어서 손 씻고 밥 먹어요."

나는 대뜸 “여보, 나 내시경 했는데 위암이래.”라고 말해 버렸다.

아내는 나를 3초 정도 보더니 “일단 밥 먹어요.” 하고 말았다. 아내의 의외의 반응에 나도 자리에 앉아 밥을 먹기 시작했다. 조금 지나서 아내가 다시 물어보았다.

“어땠는데 위암이래?”
“내시경검사를 했는데 1㎝ 정도 크기의 조직이 변형된 부분이 있었어. 내시경검사를 하신 분이 높은 가능성으로 위암인 것으로 보인다며 일단 조직검사를 했어. 검사 결과는 일주일 후에 알 수 있대.”

아내는 “아, 그래? 그런 거 검사해 보면 대부분 별 이상 없는 것으로 나온대. 우리 회사 같은 팀 사람도 내시경 해서 조직검사 했는데 별 이상 없었거든.”

“예전에 오빠 회사에도 그런 사람 있지 않았어? 오빤 뭐 속이 쓰리거나 아픈 증상도 없잖아?”

생각해 보니 그랬다. 예전 회사 같은 사무실에서 근무하는 동료가 심각하게 속이 쓰리고 아픈 증상이 있어서 내시경검사를 받았는데 뭔가 이상한 것이 있다며 조직검사를 받았었다. 그때는 그 동료는 지금의 나처럼 며칠 동안을 안절부절못하며 있었지만 결국에는 조그마한 용종인 것으로 밝혀졌다. 아내의 그런 말을 들으니 왠지 안심이 되었다. '그래, 별거 아닐 거야.' 그렇게 생각하기 시작하니 마음이 한결 좋아지는 것을 느꼈다. 혼란스러웠던 오후의 그 몇 시간이 처량해졌다. 그래서 맥주를 한 캔 따서 들이켰다. 그러고는 이렇게 말했다.

"그래, 별거 아닐 거야. 그렇지? 아, 괜히 엄청 걱정했네."

# 조직검사 결과는 위암

건강검진에서 위암 소견을 받은 후 며칠은 회사 업무로 정말 쏜살같이 지나갔다. 연말이라 각종 보고서 작성 업무가 차례대로 나를 기다리고 있었기 때문이다. 가끔 생각나긴 했지만 크게 심각하지 않으려고 애썼다.

건강검진 후 바로 예약했던 대학병원도 일단 취소하였다. 하지만 조직검사 결과가 나오기 하루 전부터 자꾸 신경이 쓰이기 시작했다. '별일 없을 거야.' 하면서도 심장의 두근거림이 쉽게 멈추어지질 않았다.

드디어 조직검사 결과 통보 예정일이 되었다. 나는 아침부터 초초해지기 시작했다. 팀 회의 때 사람들의 말을 듣는 둥 마는 둥 하며 핸드폰만 자꾸 힐끔힐끔 보게 되었다. 오전 10시 무렵 한 통의 전화가 걸려왔다. 발신 전화의 앞 번호는 건강검진센터의 그것과 일치하였다. 나는 복도로 나가 심호흡을 한번 하고 전화를 받았다.

"안녕하세요. 건강검진센터입니다. 일주일 전에 내시경검사 받으시면서 조직검사도 같이 의뢰하셨죠?"

"네, 맞습니다." 나는 초조하게 다음 말을 기다렸다.

"조직검사 결과가 나왔습니다." 그러고는 2초 정도 말이 없었다.

"음…… 안타깝지만 고객님, 조직검사 결과 악성종양으로 나타났습니다. 조직검사 서류를 수령하시고 서둘러 종합병원에서 추가 진료를 받으시기를 바랍니다."

"그러니까 위암이라는 말씀이시죠?"

"네, 맞습니다. 고객님 종합병원 진료예약을 꼭 서둘러 하시고요. 건강하시기를 기원합니다." 그렇게 전화가 끊어졌다.

건강하기를 기원한다는 말에 동정의 감정을 느낄 수 있었다. 나는 긴 한숨을 쉬었고, 머리를 감싸 쥐었다.

'이게 뭔 일인가? 진짜로 위암이라니…….'

다시 머리가 아파 왔고, 무기력감이 몰려왔다.

일단 내가 생각해 두었던 종합병원에 전화를 걸어 소화기내과 예약을 하였다. 운 좋게도 당일 오후에 진료를 받을 수 있었다. 나는 서둘러 오후 반차 휴가를 내고 병원으로 향할 준비를 하였다. 아내에게 전화하여 결과를 알려 주었다. 전화 너머의 아내는 아무런 말이 없었지만 나는 그것까지 신경 쓸 여유가 없었다. 가는 길에 조직검사 결과지를 수령해야 했기에 바쁘게 움직였다. 이때부터 회사 업무 따위는 생각나지 않았다.

병원으로 향하는 시간 동안 오만 가지 생각이 들었다. 내가 정말 위암에 걸렸다는 사실에 하늘이 무너지는 느낌을 다시 받았지만 여전히 이 사실을 받아들이기가 너무 힘들었다. 왜냐하면 나는 증상이 전혀 없었기 때문이다. 나는 친목 관계를 좋아하기는 하지만 술을 많이 마시는 편이 아니었다. 한 달에 소주 한두 병 정도 마시는 날이 한두 번 정도이다. 퇴근해서 혹은 주말에 아내와 함께 맥주 한 잔 혹은 와인 한 잔 정도 마시는 것을 낙으로 사는 삶이었다. 담배를 피우는 것도 아니었다. 예전에 가끔 담배를 피우는 직장 동료와 술을 마실 때 한 개비 정도 얻어 피우는 정도였다. 위암의 증상이라고 알려진 만성적인 속 쓰림, 소화불량, 구토, 체중 감소도 없었다. 그냥 잘 먹고 잘 소화시키고 잘 싸고 몸무게를 줄여 보려 애쓰는 보통의 건강한 30대 후반의 남자였다. 키 178㎝에 몸무게 73㎏의 비만과는 전혀 관계없는 표준 체형에 혈압, 당료, 중성지방, 근육량 등 모든 수치가 '이 사람은 건강합니다.'라고 말해 주는 것 같은 그런 신체였다. 그런데 뜬금없이 위암이라니. 그래서 더욱 받아들이기가 어려웠다.

그다음으로 생각했던 것은 이 위암의 치료였다. 건강검진 내시경 당시에도 조기위암으로 보인다고 하였으며, 내가 보기에도 그 크기가 크지 않은 것 같았다. 인터넷으로 검색해 보니 예전에는 위암의 치료는 무조건 위를 절제하는 수술로 행하였지만, 요즘에는 암의 크기가 작고 암세포가 위의 점막층에만 머물러 있어서 위치가 적당하면 내시경시술로도 치료가 가능하다는 것을 알게 되었다. 내 경우에도 내시경 시술이 가능하지 않을까 하는 바람이 있었다. 그래서 소화기내과로 일단 예약을 잡은 것이다. 충격은 컸지만 위암이라는 것은 일단 받아들이기로 하고 내시경 시술이 가능한 케이스이기만을 바라고 또 바라면서 병원으로 향했다.

# 위내시경 조직검사 결과 해석

건강검진 중 내시경검사에서 채취한 조직의 검사 결과이다.

- 검사명: 위장 조직검사
  [Gross]
  No1. 1piece, lessthan 0.1㎝, block1A: 0.1㎝ 이하의 크기로 조직 1점을 떼어 냄.

- 확인 결과
  #1. Stomach, mid body, greater curvature, endoscopic biopsy
  (해석: 위, 중간, 큰만곡 부분, 내시경 조직검사)
  - ADENOCARCONOMA, POORLY DIFFERECNTIATED with signet ring cells
  (해석: 선암, 분화도가 안 좋은 반지고리형 세포)
  - Helicobacter pylori: (+)(Giemsa)
  (해석: 헬리코박터 파일로리균(양성)(특수염색법))

여기서 중요한 정보는 **선암, 분화도가 안 좋은 반지고리형 세포**라는 것이다.

# 암병원에서의 첫 진료,
# 그리고 아내의 반응

병원에 도착해 접수를 하였다. 소화기 암센터에는 대기실에 앉을 의자도 없을 정도로 사람들이 가득했다. 모두 다 암환자들이거나 그 가족들일 것이라 생각하니 왠지 측은한 마음이 들었다. 한참을 기다리니 내 이름이 호명되었고, 나는 긴장된 얼굴로 진료실로 들어갔다. 내과의사 선생님께서는 모니터로 건강검진 내시경 사진과 조직검사 결과를 보고 계셨다.

"위암이시네요. 일단 내시경으로 보아서는 크기가 커 보이지 않지만 조직 안으로 암세포가 퍼져 있을 가능성도 있습니다. 검사를 더 해 봐야 합니다."

나는 먼저 궁금했던 것을 물어보았다

"선생님, 저는 아무런 증상이 없었습니다. 그런데 이렇게 위암이 생길 수 있는 겁니까?"

"네, 조기위암의 80% 이상은 증상이 없습니다. 특히, 환자분처럼 건강검진에서 발견한 경우는 자각 증상이 없는 케이스가 많습니다."

"선생님, 그럼 제 경우는 내시경 시술이 가능한가요?"

"글쎄요. 내시경 시술이 가능하려면 암세포의 모양과 크기, 그리고 위치가 조건에 맞아야 합니다. 환자분 같은 경우 겉으로 드러난 암 조직은 작아 보이지만 암세포가 위 조직 내부에 퍼져 있을 가능성이 있는 타입이어서 내시경시술은 솔직히 추천해 드리지 않습니다. 내시경시술을 무리하게 진행한다고 하더라도 조직검사 결과 점막층보다 더 깊이 암세포가 퍼져 있는 것이 발견되면 다시 위절제수술을 받으셔야 합니다. 잘 생각해 보세요."

그렇게 진료실을 나왔다. 피검사, 호흡기검사, X-ray 촬영, 내시경검사와 조직검사를 다시 받아야 했고, 복부 CT촬영도 하여야 했다. 내시경검사와 조직검사는 위암세포를 2차로 확인하는 것이고, 복부 CT는 암세포의 전이 여부를 확인하기 위한 것이라 했다. 그리고 바로 다음 진료를 잡았다. 괴물 같은 암세포가 내 몸 안에 마음대로 자리 잡고 있다는 사실이 견딜 수 없어 가장 빠른 날짜로 예약해 버렸다. 나중에 확인해 보니 진료과가 소화기외과로 바뀌어 있었다. 이 순간이 나중에 나의 인생을 다시 한번 송두리째 바꾸어 놓게 될 순간임을 왜 나는 그때 알지 못했을까?

여러 검사들을 받고 집에 돌아오니 다시 저녁이었다. 아내와 승현이도 집에 돌아와 있었다. 아내는 나를 보며 "병원 잘 갔다 왔어? 어때? 뭐래?" 하며 여러 질문들을 한꺼번에 쏟아 냈다. 많이 궁금했던 모양이다. 아이도 나를 보자마자, "아빠, 오늘 어린이 집에서 이거 만들었어요. 보세요. 나는 이 무지개 색깔이 젤 맘에 들어요. 그리고 오늘 태권도에서는 줄넘기를 했어요." 등등 자기가 했던 것을 자랑하느라 바빴다.

내가 아내에게 이야기를 하려 하자 이 녀석은,
"아이, 아빠 이것 좀 보라고요." 하며 자기 쪽으로 관심을 돌리게 하기 위해 목청을 높였다. 일단 관심을 독차지하고 싶어 하는 이 5살 아이의 니즈를 실컷 충족시키고 나서야 저녁을 먹을 수 있었다. 아이와 놀아주고 씻기고 재운 후에 비로소 어른의 대화가 가능한 시간이 되었다. 나는 아내에게 병원에서 가져온 내시경 사진을 보여 주며 설명했다.

"조직검사 결과 위암이 확실하다고 하네. 겉으로 드러난 부분은 작아 보이지만 암 조직의 모양으로 봐서 위벽 내부로 더 퍼져 있을 가능성이 있다고 해."

아내는 중간중간 울음이 나오려는 것을 참으려고 하는 듯 입술을 꽉 깨물거나 입에 손을 대거나 머리를 감싸 쥐었다. 그래도 아내는 애써 긍정적인 면만을 나에게 상기시켜 주려 애썼다.

"오빠, 괜찮을 거야. 오빤 증상도 없었잖아. 암세포가 많이 퍼져 있지는 않을 거야. 괜찮을 거야, 오빠. 근데 이건 너무 갑작스럽고 억울하다. 건강하던 사람이 갑자기 암이라니. 무슨 이런 경우가 다 있어?"

나도 그 말에 맞장구를 쳤다.

"그러게, 너무 황당하네. 난 건강 하나는 확신했는데……."

## 내가 위암에 걸린 이유가 무엇일까?

다음 진료는 5일 후로 잡혔다. 그동안 많은 생각을 하게 되었다. 특히 내가 왜 위암에 걸리게 되었는지 여러 번 분석해 보았다. 일반적으로 위암이라는 병을 떠올리면 자연스럽게 연관되는 생활 습관이 있다. 과음, 흡연, 가족력, 스트레스, 불규칙하고 맵고 짠 음식 위주의 식생활, 위염, 위궤양 등이다.

나는 평소에 술을 많이 마시는 편이 아니었다. 아니, 오히려 나와 비슷한 나이대의 직장인 남자들이 마시는 것보다 훨씬 적게 마시는 편이었다. 지난 3년간 아이의 육아를 도맡아 하면서 회식이 있는 날에는 빠지기가 일수였고, 친구들과 저녁 술자리도 전혀 가질 기회가 없었다. 저녁에 아이를 재워 놓고 혼자 맥주를 한 잔 마시거나, 주말에 아내와 만나면 반주 삼아 맥주를 한 잔 마시는 것이 전부였다.

이른 흡연이 문제였을까? 나는 고등학교 2학년이 되던 무렵 담배를 접하기 시작하였다. 대학생 시절 때는 피우는 양이 늘어나기 시작하여 하루 10개비 이내로 14년간 쭉 흡연을 해 왔다. 아내와 아이를 가지기로 결심한 2012년에는 완전히 담배를 끊게 되었다. 2년 전부터는 가물에 콩 나듯 참석하는 회식 자리에서 동료와 함께 1~2개비 피는 것이 전부였다.

가족력은 직계가족, 그러니까 할아버지, 할머니, 부모님과 형제 중에서 2명 이상에서 동일 질병이 나타날 경우에 가족력이 있다고 판단한다. 나의 직계가족 중에는 위암으로 투병한 사람이 없다. 다만 어머니가 위염이 있고, 외삼촌 두 분이 위암 판정을 받고 투병 생활을 하셨다. 그러니까 나의 모계 쪽이 위가 약한 경향이 있고, 나도 그러한 부분에서 영향을 받은 듯하다.

스트레스. 나는 개인적으로 스트레스가 위암 발병의 가장 큰 원인이라고 생각하며, 나의 경우에도 가장 큰 영향을 미쳤을 것이라 판단한다. 아내와 함께한 미국 유학 중 아이가 생겨 연구와 논문 집필, 그리고 육아를 주위의 아무런 도움 없이 해내야 하다 보니 우리는 잠을 제대로 잔 날이 거의 없었다. 아내와 나는 출산 바로 전까지 연구실에서 밤을 지새우기 일쑤였고, 출산 후에도 낮과 밤에 상관없이 교대로 연구실에 출근하였다. 산후조리원이나 가족의 도움 같은 것은 우리가 누릴 수 있는 혜택이 아니었다. 우리는 갓난아이를 키우며 학위를 마치기 위해 전투를 했다. 유학 생활을 마치고 한국으로 돌아왔을 때 야위고 지쳐 있는 우리의 모습을 보시고 어머니께서는 많이 안타까워하셨다.

한국에 와서는 의도치 않게 주말부부 생활을 하게 되었다. 나는 대전에서, 아내는 수원에서 직장을 다녔는데, 한 시간 늦은 출근 시간과 직장 어린이집이라는 유리한 조건 때문에 우리 가족이 다시 합칠 때까지는 내가 아이를 키우겠노라고 선언하고 소위 독박육아를 시작하게 되었다. 그때 우리 아이가 3살이 되던 해였다. 한참 고집을 피우기 시작하고, 대소변을 가릴 준비를 해야 하는 시기인 데다가 갑자기 엄마와 떨어져 지내야 하고 새로운 선생님에, 친구들까지 모든 것이 바뀌어 버린 환경에서 아이는 아주아주 힘든 시간을 보냈다. 고집은 점점 더 심해졌고 떼쓰는 일도 빈번해졌으며 강도도 심해졌다. 어린이집에서도 그 정도가 심하여 여러 번 선생님과 상담을 해야 했다. 아침에 아이를 제시간에 준비시키기 위하여 옷을 안 입겠다거나 무작정 떼를 쓰는 아이와 실랑이를 벌이거나 나도 모르게 인내심이 한계치까지 다다라 아이에게 화를 낸 날은 하루 종일 자책하기도 하였다. 직장에서도 내 능력을 인정받기 위하여 열심히 일하였으며, 저녁에 아이와 놀아 주고 재운 후에는 밀린 업무와 연구를 처리하려 밤을 지새운 적도 많았다. 주말은 가족이 다시 만나는 날이므로 단 한 번의 예외도 없이 열정적으로 나의 역할에 임하려 노력했다. 하지만 이런 생활이 계속 지속되다 보니 내 자신이 점점 지쳐 간다는 문제가 생겼다. 하루에 단 한 시간도 나를 위해 쓸 수 있는 시간이 없었고(그런 시간이 있었다면 나는 운동을 가장 하고 싶었다), 스트레스를 풀 수 있는 기회가 전혀 주어지지 않아 내 안에 계속 쌓여만 갔다. 술을 먹지 않아도, 하루 세끼를 맵고 짜지 않게 건강식 식단으로 먹어도 속이 쓰라린 증상이 가끔 나타났고, 건강검진에서는 위염이 보인다는 소견을 받았다. 주말 부부 3년 차인 2017년도에는 나의 피로도와 스트레스가 극에 달하여 다른 직장을 적극적으로 알아보게 되었고, 운 좋게 같은 경기도 내의 직장에서 나를 받아 주어 주말부부를 청산할 수 있게 되었다. 가족이 함께 살게 된 후에는 가끔 나를 괴롭히던 속 쓰림 증상이 싹 사라졌다. 몸도 한결 가벼워지고 건강해지는 느낌이 들었다. 그런데 이게 웬걸. 나쁜 싹은 이미 그때 자라고 있었음을. 그러니까 나에게는 피로와 스트레스가 내 배 안에서 자라는 이 악성 신생물의 원흉이었을 것이다.

## 위를
## 다 잘라 내야 하다니……

소화기내과에서 첫 진료를 받고 일주일 후에 외과 진료가 잡혔다. 추가적으로 실시한 내시경검사와 조직검사, 복부 CT 그리고 다른 검사들까지 모든 결과들을 토대로 앞으로 어떻게 치료를 하여야 할지 결정하는 날이었다. 첫 진료 전에는 내시경시술이 가능하기를 바랐고, 그것이 힘들다는 소견을 들은 다음에는 복강경 방식으로 하는 위부분절제술을 내심 원했다. 개복수술보다는 복강경으로 하는 수술이 회복이 빠르고 외관상으로도 흉터가 거의 남지 않기 때문이며 위가 조금이라도 많이 남아 있는 것이 삶의 질이나 일상의 복귀 측면에서 유리하기 때문이다. 대기실에서 아내와 같이 기다리면서 제발 내 바람대로 치료가 진행될 것이라는 설명을 듣기를 기도했다. 아내도 암병동을 처음 와서 긴장되는지 내 손을 꼭 잡고 아무 말 없이 앉아 있었다. 이윽고 내 이름이 호명되었고, 우리는 같이 진료실로 들어갔다.

담당 외과 선생님은 아주 과묵한 인상이었다. 나를 앞에 있는 의자에 앉으라 하시고는 컴퓨터 모니터의 사진들과 숫자들을 한동안 유심히 살펴보셨다. 그러고는 위 모양의 삽화가 그려진 종이 한 장을 내 앞에 보여 주시고는 말씀을 하셨다.

"환자분 같은 경우는 암의 위치가 위의 중간에서 조금 위쪽에 있어요. 이런 경우에는 위전절제술을 시행합니다. 그러니까 위를 전부 다 드러낸다는 말입니다."

그러면서 무표정한 얼굴로 종이에 그려진 위를 식도 바로 앞에서 한번 쓱, 위와 연결되어 있는 십이지장에서 한번 쓱 칼로 베어 내듯이 펜으로 그으셨다. 한번 그을 때마다 섬뜩한 느낌이 들었다.

"수술은 어떤 방법으로 하나요?" 내가 조심스럽게 물었다.

"내시경 사진을 보니 예후가 좀 안 좋은 것 같아요. 조기위암인 것처럼 보이지만 실제로 이런 경우에는 상당히 진행된 경우가 많습니다. 개복해서 전이가 있는지 확실히 확인해 봐야 합니다."

이번에도 내가 바랐던 답변이 아니었다. 나도 인터넷을 통해서 위암에 대한 정보를 많이 찾아보았기에 암의 위치가 아주 중요하다는 것을 알고 있었다. 2기, 3기라도 암의 위치가 위 중간보다 밑부분에 있으면 위의 70% 혹은 그것보다 조금 덜 절제하는 위부분절제술을 시행하며, 암의 위치가 위의 상부에 위치하는 경우에는 위를 전부 다 드러내는 위전절제술을 시행하는 것이 기본적인 수술법이다. 나의 경우에는 암의 위치가 윗부분이니 위전절제술을 해야 한다는 것이 맞는 말이기는 하지만 실제로 그래야 한다는 말을 들으니 충격이었다. 갑자기 귀에서 '삐' 하는 소리가 들리고 눈앞이 깜깜해지기 시작했다.

바로 그때 뒤에서 흐느끼는 소리가 들렸다. 정신을 차리고 뒤돌아보니 아내가 얼굴이 벌겋게 되어서는 눈물을 뚝뚝 흘리고 있었다. 나보다는 아내가 더 놀랐던 모양이다. 아내는 격앙된 목소리로 물어보았다.

"아니, 사진상으로는 암의 크기가 아주 작아 보이던데 위를 전부 다 잘라 내야 한다는 게 말이 돼요? 꼭 그렇게 할 수밖에 없는 건가요?"

담당 선생님께서는 그게 최선이라고만 하셨다. 나는 한 가지 더 궁금한 점이 생겨 질문을 했다.

"그럼 식도괄약근까지 모두 절제해야 하는 건가요?"

왜냐하면 식도괄약근이 없으면 소화액과 음식물이 모두 역류하기 때문에 누워서 잘 수가 없다고 한다. 나는 그것이 걱정이 되었다.

"그렇게까지는 절제하지 않아도 될 듯합니다. 위전절제술이라 하지만 10% 정도 남길 수 있는 여지도 있는 것 같습니다만 그건 수술을 해봐야 알 것 같네요."

담당 선생님께서는 자기가 제시하는 치료 방법에 동의하는지 다시 한번 더 물어보고는 담당 간호사와 수술 일정을 잡으라고 하시고는 다음 환자를 호출하셨다.

나는 한숨을 쉬며 진료실을 나왔지만 계속 흐느끼는 아내 덕에 정신줄을 놓지 않을 수 있었다. 진료실 앞에서 기다리던 사람들의 시선을 피하여 복도 안쪽으로 들어가 아내를 달랬다. 아내는 여전히 흐느끼며 격앙된 목소리로 말하였다.

"아니, 그런 게 어디 있어? 위를 다 잘라 내면 어떡해? 그럼 어떻게 살아? 우리 오빠…… 어떡해. 이제야 겨우 우리 가족 매일 얼굴 보며 살 수 있게 되었는데…… 우리 오빠 어떡해."

아내는 병원 복도에서 펑펑 울었다.

"그러게 말이다……." 이 말밖에 할 수가 없었다. 나도 울고 싶었지만 아내가 우니 난 울 수가 없었다. 그리고 과연 위를 다 잘라 내고도 정상적인 생활을 할 수 있을지가 나도 심하게 걱정되었다.

# 위암 진단을 위한 검사들

건강검진에서 위암 소견을 받았거나 평소에 위암으로 의심되는 자각 증상이 있어 암전문병원 혹은 종합병원에서 초진을 받게 되면 위암의 진단을 위해 최초 시행되는 검사들이 있다.

## 1. 위내시경검사

위암의 진단에 가장 첫 번째로 행해지는 검사는 바로 위내시경검사이다. 건강검진에서 내시경 검사를 받아 위암 소견을 듣고, 해당 영상을 제출하였다고 하더라도 확인을 위해서 한 번 더 위내시경 검사를 하게 된다. 내시경검사 시의 육안적 소견만으로도 조기위암의 경우 70% 정도의 진단율을 보이며, 조직검사와 병행될 경우 95% 이상의 진단율을 보인다고 한다. 따라서 건강검진 중 위내시경 검사를 통하여 위암 진단을 받은 환자의 결과가 바뀌는 일은 아주 드물다고 한다.

## 2. 컴퓨터단층촬영(CT)과 초음파검사

위암의 진단 시 위내시경와 더불어 시행되는 중요한 진단 방법의 하나이다. 하지만 그 역할은 위내시경와 같이 위암의 판정 여부를 결정하는 데 국한되지는 않고 암이 어느 정도 진행되었는지, 즉 수술 전 병기를 가늠해 보기 위한 검사이다. 왜냐하면 복부 CT를 찍으면 복부 내의 다른 장기에 암이 퍼져 있는지, 림프절에 전이가 있는지 알 수 있기 때문이다.

CT검사 전 6시간 전부터 금식을 실시한다. 물도 마시지 못한다. 검사 전 병원에서 물 3~5잔 정도를 마시며 대기하다가 촬영 직전 조영제가 투여된다. 조영제는 CT의 해상도를 높이는 작용을 하는데, 조영제가 몸속에 투여되고 수초 안에 온몸이, 특히 엉덩이 부분이 뜨거워지는 느낌이 있다. 처음 검사를 받으시는 분들은 생전 느껴 보지 못한 감각에 당황할 수도 있다.

만일 복부 CT검사 결과, 다른 장기에 전이가 있거나 암 덩어리가 수술로 제거되기에 너무 크다고 판단되면 항암치료를 먼저 실시하여 암 덩어리의 크기를 수술 가능한 크기로 줄인 다음 수술을 계획하게 된다.

초음파검사도 복부 CT촬영과 비슷한 목적으로 시행된다. 하지만 CT나 초음파검사만으로는 암 덩어리의 크기나 전이 정도를 완벽하게 파악할 수는 없다. 실제로 개복수술을 하면 CT나 초음파검사의 결과를 토대로 예상한 것과 달리 전이의 여부나 암 덩어리의 크기가 다른 경우도 발생한다고 한다. 그리고 중요한 것은 아직까지는 CT검사로 발견할 수 있는 암 덩어리의 크기는 최소 0.5㎝ 이상의 크기이다. 그것보다 작은 크기의 암 덩어리는 CT검사로도 발견되지 않는다.

### 3. 양전자단층촬영(PET)

최근 양전자단층촬영이라는 영상검사법이 함께 사용되고 있다고 한다. 양전자를 방출하는 방사선의약품을 인체에 투여한 후 이 약품이 특정 장기에 퍼져 나가면 이를 영상화하는 방법이다. 사용되는 방사선의약품은 포도당을 표지한 성분이 포함되어 있는데, 이는 암조직이 정상세포에 비해 대사가 활발하여 포도당의 소비가 왕성하므로 검사 시 의약품에 포함된 특정 포도당을 섭취 시 이를 영상으로 쉽게 구분할 수 있다고 한다. 따라서 CT나 초음파검사 등으로 이상 조직의 유무를 확인할 수 있지만 그것이 암 덩어리인지 확인이 어려울 경우에는 PET 검사를 실시하면 암의 여부를 판단할 수 있다.

### 4. 혈액검사(종양표지자검사)

간단한 혈액검사만으로 암을 정확하게 진단할 수 있다면 인류의 암 정복은 그리 어려운 일이 아닐 것이다. 물론 암세포는 정상세포의 대사작용에서 발생하지 않는 특정 물질들을 분비하므로 이들을 종양표지자로 사용할 수 있다. 문제는 암의 초기에는 그 양이 분석장비의 검출 한계 이하의 극미량이기 때문에 암을 조기에 진단하기에는 어려움이 있다는 점이다. 나 같은 경우에도 혈액검사상의 종양표지자 수치가 모두 정상 범위로 나왔다. 통계를 보면 위암 환자에서의 혈액검사상의 종양표지자 검사에서의 양성률이 10~20%에 불과하다고 한다. 따라서 이러한 검사는 위암의 진단을 목적으로는 사용될 수 없다. 하지만 그럼에도 불구하고 종양표지자 측정을 위한 혈액검사는 의미가 있다. 왜냐하면, 수술 후 예후의 판단이나 암의 재발할 경우 특정 수치가 높아지므로 암의 치료와 진단의 보조적인 기능으로 유용하기 때문이다.

## 위암의 증상들

위암의 증상에는 어떤 것들이 있을까? 드라마나 영화에서 묘사하는 위암의 증상을 생각해 보면 기억나는 대표적인 것들은 소화가 안 되고, 속이 아주 쓰리고, 토하거나 하는 것들이다. 여러 책에서 소개되는 위암 발병 시 초기에서부터 말기까지 겪는 증상은 다음과 같다.

- 소화가 안 된다.
- 속이 쓰리다.
- 속이 메스껍고 자주 토한다.
- 구역질이 자주 난다.
- 상복부가 거북하고 불쾌한 느낌이 있다.
- 명치끝이 아프며 배에 혹이 만져진다.
- 트림을 자주 한다.
- 입 냄새가 심하다.
- 입맛이 없다.
- 음식을 삼키기가 힘들다.
- 피를 토한다.

- 혈변이나 검은색 변을 본다.
- 이유 없이 몸무게가 줄어든다.
- 피로하고 어지럽다.
- 황달이 생긴다.
- 좌측 쇄골 위쪽에 멍울이 만져진다.
- 대변을 보기가 힘들다.
- 숨이 찬다.

이렇게 많은 증상들이 있지만 정작 조기위암 환자의 80%, 2기 위암 환자의 25%는 자각 증상이 없다고 한다. 나의 경우도 자각 증상이 없는 편이었다고 생각한다. 밥도 잘 먹었고, 소화도 잘되는 편이었고, 몸무게는 줄어들기는커녕 늘어만 갔다. 가끔 과음하면 다음 날 속이 쓰렸었고, 너무 많이 먹은 날에는 소화가 잘 안 되었다. 그 정도는 너무나 평범하지 않은가.

이러한 것들을 보면 위암의 증상과 진행 정도가 모두 일치하는 것은 아니라 할 수 있겠다. 하지만 위에 해당하는 증상이 심하게 나타나고 그 기간이 길다면 진행성 위암의 가능성 또한 커지는 것은 당연한 사실이다. 따라서 몸에 이상이 있다고 생각될 때에 즉시 검사를 받아보는 것이 현명하지 않을까 생각한다.

## 위암임을
## 공개로 전환하다

여러 가지 정밀검사 결과 나의 위에는 통제 불가능한 암조직이 자라고 있는 것이 확실했다. 크기는 작아 보이지만 조기위암이 아닌 진행성 위암일 것이라는 소견도 들었다. 수술 날짜도 잡았다. 시간이 지나감에 따라 나의 가까운 미래에 일어날 일들이 하나둘 정해지고 있었다. 진단을 위한 검사를 받고, 암이 확실하며 수술해야 한다는 소견을 듣기 전까지는 직장에 나의 몸 상태에 대해 알리지 않았다. 부모님께도 알리지 않았다. 하지만 이제는 내 주위에 내가 암에 걸렸고, 치료를 위해 긴 시간이 걸릴 것이라는 사실을 알려야 할 때다. 모든 것이 확실해지기 전까지 공개를 미뤄 왔던 데에는 사실 이것이 현실이 아니기를, 혹은 오진이었기를, 혹은 간단한 수술로 완치 가능한 정도이기를 바라는 나의 희망이 반영된 것이었는지도 모른다. 모든 것이 확실해진 이제는 알려야 할 때가 되었다.

출근 후 일단 팀장님을 조용히 불러 이 사실을 알렸다. 많이 놀라셨다. 자기 주위에는 나처럼 젊은 나이에 암에 걸린 사람이 없다며 그런 상황이 자기와 같이 일하는 사람에게 닥칠 줄은 몰랐다고 하셨다. 그리고 왜 좀 더 일찍 알리지 않았냐고 섭섭하다고 했다. 그런데 "저 암에 걸렸습니다!" 하고 떠들고 다닐 사람이 누가 있을까? 그랬다가는 사람들이 자신을 대하는 태도가 달라질 것은 뻔할 텐데…… 누구라도 직장에서 자신이 암 환자라 공개하는 것은 가장 마지막 순서로 여길 것이다. 마치 내가 퇴사할 것이라 이야기하는 것과 같은 느낌이다. 팀장님께 수술 후 회복하여 다시 업무로 복귀하기까지는 최소 2~3달의 시간이 걸릴 것이라 이야기하고, 바쁜 와중에 이렇게 되어서 미안하다고 했다. 장기간의 병가를 내기 위하여 보고라인을 거꾸로 올라가며 나의 상태를 보고하고 결재를 받았다. 인사팀에도 나의 상태 전달하고 문서상으로의 업무를 마쳤다.

회사라는 조직에서 소문은 참 빨리 퍼진다. 하루가 지나니 거의 모든 사람들이 내 상태에 대해 알고 있었다. 다들 위로의 말을 한마디씩 전했다. 당연히 업무는 전혀 손에 잡히지 않았다. 아무도 나에게 업무 지시를 하지 않았다. 나는 그냥 내 주위를 정리했고, 업무 인수인계를 했다. 마치 퇴직 예정자처럼 말이다. 다행히 수술이 일주일 후라 회사에서의 어색했던 시간은 길지 않았다.

# 제가 암에 걸렸어요

회사에서의 알림보다 더 어려웠던 것은 부모님께 나의 현 상태를 알리는 것이었다. 누구나 그렇듯이 독립하여 가정을 꾸린 세대가 되면 항상 부모님의 건강에 대한 안부를 묻고 항상 몸 건강하고, 몸 관리를 잘 하라고 당부한다. 그러다가 갑자기 건강하신 부모님에게 내가 암에 걸렸다고 통보를 해야 하는 상황이 되어 버렸다. 수술 일주일 전 주말 아침에 결심을 하고 아버지에게 먼저 전화를 걸었다. 몇 초 안 되는 대기 시간이 참 길게 느껴졌다.

"어, 아들!" 아버지가 반가워하는 목소리가 전화기 너머로 들려왔다.

긴장되었다. 처음 간단한 안부를 묻다가 본격적으로 이야기를 꺼내었다.

"아버지, 나 며칠 전에 건강검진 받은 것 알고 있죠? 검사 결과가 나왔는데, 나 위암이래요."

아버지는, "마, 니 갑자기 무슨 소리고?" 하며 목청이 높아지셨다. 나는 계속 말을 이어 갔다.

"종합병원에 가서 다시 정밀검사도 받았는데 위암이 확실하다고 하네요. 수술을 해야 하는데 좀 큰 수술이 될 것 같아요."

나는 검사 결과가 어떻게 나왔고, 어떤 수술을 받아야 하는지, 언제 수술을 받는지에 대해 짧게 이야기했다. 처음에 반가운 목소리로 내 전화를 받으셨던 아버지는 큰 충격을 받으신 것 같았다. 아버지의 말이 갑자기 어눌해지는 것이 느껴졌다. 다시 전화기 너머로 목소리가 들려왔다. 어머니였다.

"아들아, 아버지가 갑자기 충격을 받은 것 같다. 근데 니 그게 무슨 말이고?"

나는 아버지에게 했던 말을 다시 어머니에게 했다. 어머니는 내 말을 다 들으시더니 나지막이 흐느끼시며, "왜 네가……." 하시며 말을 잇지 못하셨다. 어머니의 울음소리가 계속 들려왔다. 나도 왠지 슬퍼져 같이 눈물을 흘렸다. 그리고 나는 전화를 끊었다.

5분쯤 후 전화벨이 울렸다. 아버지였다. 정신을 차리신 아버지는 자세히 물어보셨다. 수술 일정과 향후 치료 계획, 그리고 보험은 들어 놓았는지 등등. 그리고 나는 어머니에게 입원 중에 아이를 봐 줄 사람이 없으니 와서 도와달라고 요청을 했다. 그리고 마지막으로 애 엄마가 이 무거운 현실에 많이 상심하고 힘들어하니 위로의 말을 잘해 달라고 부탁했다. 그 마지막 말을 하는 와중에 또 눈물이 왈칵 쏟아졌다.

전화를 마치니 비로소 떨리던 가슴이 진정되었다. 감당하기 힘든 이 현실이 참 서글펐다. 부모님은 오늘 하루 얼마나 상심이 크실까 하는 생각을 하니 마음이 더욱 무거워졌다.

# 슬픔, 두려움, 분노, 그리고 담담해지기

위암 확진 판정을 받았고, 수술 방법 및 수술 일자도 정해졌으며, 주위에 나의 병을 알리고 장기간 병가를 위한 절차도 마쳤으며, 입원 기간 동안 아이를 돌볼 계획도 짰다. 내가 잠시 떠나기 위한 모든 것이 잘 준비되고 있었다. 하지만 정작 나 자신은 아직 준비되지 않았다. 평소와 다름없이 아침 6시에 일어나 출근 준비를 하고 한 시간을 운전해 직장에 오면 책상에 앉아 컴퓨터를 켜고 그날 할 일 목록들과 문서들을 창에 띄워 놓고 하루를 준비했다. 단지 인수인계를 위한 작업들은 그렇게 바쁘지 않았다는 점과 평소에 대화를 많이 하지 않았던 회사 동료들에게도 위로와 격려의 인사를 많이 받았다는 점이 좀 달랐다.

하지만 이상하게도 퇴근 시간에 집으로 돌아오는 차 안에서는 항상 감정이 격해졌었다. 붉게 물든 석양이 감정을 풍부하게 하는 효과가 있는지, 아니면 격리된 공간이 주는 효과인지는 잘 모르겠지만, 시동을 거는 그 순간부터 내 감정은 요동치기 시작했던 것 같다. 집으로 돌아오는 차 안에서 나는 가끔 분노하여 소리를 질렀다. 내가 왜 지금 이런 병을 얻어야 하는지, 왜 하필 나인지, 내가 왜 이 나이에 회사 업무나 육아

문제가 아닌 암이라는 것에 나의 에너지를 모두 소비해야 하는지 등이 너무나 화가 났다.

그리고 너무너무 슬펐다. 그동안 고생했던 지난날이 슬프고, 가족에게 미안했고, 특히 아이와 아내에게 미안했다. 혹시나 치료가 잘 안되거나 생각보다 암이 많이 진행되어서 빨리 죽어 버리면 어쩌지 하는 생각이 자꾸 들었다. 그러면 뒤에 남겨질 아내와 아이가 너무나 불쌍했다. 나에게 많이 의지하고 있는 나의 아내가 나 없이 세상을 어떻게 살아갈지 걱정되고 미안하고 슬펐다. 아이에게는, 특히 남자아이에게는 아빠의 존재가 절대적이라고 하는데 그 책임을 다하지 못할 것 같아 슬프고 괴로웠다. 그런 생각들이 들 때면 울음이 쉽게 멈춰지지 않았다. 운전을 하는 내내 울기도 했고, 아파트 주차장에 차를 세워 놓고도 한참을 울다가 집에 들어갔다. 아마도 수술 날짜를 확정한 날부터 입원 전까지 거의 매일 울었던 것 같다. 죽을지도 모른다는 불안감이 나를 덮칠 때면 정말 무서웠다. 내가 죽는다는 것에 더해 나 없이 남은 삶을 살아가야 할 나를 사랑하는 모든 사람들에게 미안했다.

그렇게 한참을 쏟아 낸 후 감정을 추스르고 집으로 돌아가면 아들에게는 평소보다 더 자상한 아빠로, 아내에게는 좀 더 다정한 남편으로 대했다. 아이는 아빠가 평소와는 다르게 잘못한 일이 있어도 혼내지 않고 괜찮다고만 하니 기분이 좋은 듯했다. 평소보다 더 많이 까불고 이야기가 많아졌다. 아내가 아이에게 무슨 말을 했는지 가끔,

“아빠 아프지마.”라고 나에게 말했다. 가슴이 뭉클해졌다.

아이를 재우고 아내와 침대에 누워 서로의 일상을 이야기를 했다. 아내는 내 눈치를 보면서 이런저런 이야기를 하다 결국엔 울음을 터트리고는 했다. 그러고는 나에게,

“오빠, 정말 괜찮아?”
“오빤 무섭지도 않아? 억울하지도 않아? 어떻게 그렇게 담담해?”라고 물어보았다.

보통의 나라면 조금 무섭거나 화가 나면 조금 더 과장하여 표현하는 편이었지만 지금 진짜 무섭다고 해 버리면 감정이 걷잡을 수 없을 정도로 폭발해 버릴 것 같았다. 그래서 아내의 그런 질문에는 그냥 웃고 말거나 별거 아닐 것이라며 가벼운 농담으로 넘겨 버렸다. 아내는 내 남편은 정말 대단하다며 혀를 찼다. 그런 아내를 꼭 안아 주며 마음속으로 대답하곤 했다.

‘여보, 나 정말 무서워. 나 이제 어떻게 하지?’

그렇게 나는 내 감정들을 정리해 가고 있었던 것 같다.

# 좋아하는 음식과의 이별

수술 전 마지막 진료 때 의사 선생님께서 마지막으로 하신 말씀이 있다.

"드시고 싶은 것, 다 드시고 오세요."

수술 일이 하루하루 다가옴에 따라 나는 그 지시를 매일매일 충실히 이행하려 애썼다. 상식적으로 생각해 봐도 위가 없어진다면 먹을 수 있는 음식의 목록은 제한될 것임이 분명했다. 첫 번째로 술은 당연히 금지될 것이다. 맵고 짠 자극적인 음식들, 튀김류, 라면류, 햄과 같은 가공육, 육회나 생선회 같은 날 음식들, 탄산음료와 같은 자극적인 음료수 등, 수술 후 금지될 것 같은 음식들이 여럿 생각났다. 마치 나는 위절제 수술 후에는 절에서 먹는 밥과 같은 아주 심심한 자연식이나 아니면 극단적으로 죽과 같이 소화되기 쉬운 음식들만 먹고 살아야 한다고 생각했다.

못 먹으면 아쉬울 것 같은 음식 리스트를 만들어 보았다. 맥주, 커피, 짜장면, 삼겹살과 소주, 치킨 정도였다. 특히, 맥주와 커피를 못 마신다는 것이 가슴이 무너질 정도로 아쉬웠다. 나는 한자리에서 맥주를 많이 마시는 편은 아니지만 여러 종류의 맥주를 음미하며 먹는 것을 정말 좋아했다. 퇴근 후 저녁 식사로 아내와 함께, 혹은 주말 저녁에 축구를 시청하며 내가 좋아하는 맥주 한 캔을 비우는 것이 나의 No1. 소확행(소소하지만 확실한 행복)이었다. 그래서 마트에 장을 보러 가면 여러 종류의 맥주를 장바구니에 담는 것이 나의 첫 번째 패턴일 정도였다.

커피 또한 나의 최애(최고로 사랑하는) 식품 중의 하나이다. 사실 나는 커피가 인류의 가장 위대한 발명품 중 하나라고 생각한다. 왜냐하면 인류가 술 대신 커피를 마시기 시작한 때부터 사상과 지식이 비약적으로 발전하였다고 믿기 때문이다. 나도 이제까지 나의 경력을 발전시켜 오면서 커피의 도움을 많이 받았다. 그래서 술, 담배는 끊을지언정 커피는 절대 끊을 수 없는 것이라고 동료들에게 단언할 정도였다. 한국 사람 중에 고된 업무를 마치고 함께 먹는 삼겹살과 소주를 싫어하는 사람이 과연 몇이나 될까? 한국 사람 중에 치맥을 좋아하지 않는 사람 또한 몇이나 될까?

수술 날짜를 잡고 바로 그날부터 나에게는 매일매일이 내가 사랑했던 음식들과의 이별 여행이었다. 며칠 동안은 국산 맥주들과의 이별 여행을 했고, 또 며칠 동안은 미국, 호주, 벨기에, 체코, 영국 맥주들과의 이별 여행을 했다. 그 모든 맥주들에게 그동안 고마웠고 즐거웠다고, 내가 너희들과 헤어져야 하는 것은 절대 너희들 때문이 아니라고 혼자

독백하며 잔을 들었다.

매일 커피도 여러 잔 마셨다. 될 수 있으면 원두의 종류, 로스팅 정도, 추출 방법을 모두 달리하여 다양하게 마셔볼 수 있도록 신경 썼고, 그 맛을 오래 기억하려 애썼다. 그리고 또 그 커피들에게 작별 인사를 했다.

동료들과 혹은 아내와 다양한 종류의 자극적인 음식들을 먹어 보려 노력했다. 그러면서 항상 첫술을 뜨기 전에는 '이것이 내 생애 마지막 음식이 될 수도 있다!'라고 생각하며 애처롭게 먹었던 것 같다.

나중에 안 사실이지만 위절제술을 받았다고 해서 특별히 제한되는 음식이 많지는 않았다.

단지 먹는 방법이 좀 달라졌을 뿐…….

## 입원 준비, 세상과 작별하는 기분

시간은 흘러 어느새 입원 날짜가 2일 앞으로 다가왔다. 하지만 여전히 내가 아픈 사람이라는 사실이, 배를 한 뼘이나 찢어서 장기 하나를 온전히 드러내야 할 정도로 심각한 환자라는 사실이 믿어지지가 않았다. 오늘부터는 병가 상태이기 때문에 회사에 출근하지 않아도 되었다. 그래서 입원 준비를 하기로 했다. 먼저 입원에 필요한 물품들을 하나하나 챙기기 시작했다. 10일간의 장기 입원이기 때문에 필요한 물품들이 꽤 많을 것으로 생각되었지만 사실 그리 많지 않았다. 왜냐하면 갈아입을 옷이 필요하지 않기 때문이다. 내가 챙겼던 물품들과 실제로 입원에 필요한 물품들을 아래에 나열해 보았다.

1. 나에게 맞는 베개(입원실에서 기본적으로 제공되는 것이지만 불편한 경우가 많다. 입원실 침대 자체도 집에서 쓰는 것과는 비교도 안 되게 불편하기 때문에 베개는 되도록 자기에게 편한 것을 따로 챙기고, 제공되는 베개는 간병인이 사용하도록 하는 것을 추천한다.)
2. 이불(간병인이 깔고, 덮고 잘 이불이 필요하다.)
3. 속옷(노팬티를 즐겨 하는 사람이 아니라면 수술 후 2~3일째부터는

팬티를 입게 된다.)

4. 양말(특히 겨울에 손발이 찬 사람은 두꺼운 양말 몇 켤레를 준비하는 것을 추천한다.)
5. 슬리퍼(병실에서 편하게 활동하려면 슬리퍼가 필수적이다. 간병인이 쓸 것까지 2켤레를 준비하면 좋다.)
6. 세면도구(비누, 치약, 칫솔, 수건, 휴지, 물티슈, 면도기 등)
7. 가습기(겨울이고 비염이 있는 편이라 병실에서 틀어 놓으려고 챙겼지만 사실 전혀 필요치 않은 물품이다. 오히려 감염의 위험이 있기 때문에 틀지 않을 것을 권고한다.)
8. 보습크림(병원이라 조금 건조한 편이기 때문에 챙기는 것이 좋다고 생각한다.)
9. 킬링타임용 소일거리(수술을 하고 난 후 우리 몸은 알아서 회복한다. 따라서 장기간의 입원 생활 동안 무료하지 않게 시간을 보낼 수 있는 무언가 꼭 필요하다. 1인실이 아니라면 TV를 내 맘대로 볼 수도 없다. 혼자 즐길 수 있는 영화 10편 이상 혹은 드라마 전편 혹은 소설책 3권 이상 혹은 게임 같은 것을 준비해 가면 입원 생활 동안 큰 도움이 된다. 여기서 중요한 것은 그냥 넋 놓고 보거나 할 수 있는 것이어야 한다. 몸이 아프고 불편하기 때문이다. 나는 무거운 원서 전공 서적을 한 권 챙겼다가 10장도 읽지 못했다.)
10. 마음이 편안해지는 음악(통증이 몰려오거나 새벽에 잠에서 깼을 때, 혹은 마음이 심란해질 때 음악을 들으면서 극복할 수 있다.)
11. 신용카드(위에서 언급된 대부분은 병원 내부 혹은 주변에 위치한

편의점이나 마트에서 구매 가능하다. 따라서 신용카드 혹은 현금을 꼭 챙겨야 한다.)

필요할 것 같은 입원 물품들을 여행 가방에 넣는데 기분이 참 묘했다. 여행이나 출장을 가기 위한 준비와는 많이 달랐다. 왠지 기분이 씁쓸해지고 우울했다.

남은 기간 동안 여전히 먹는 것에 열중했다. 짜장면, 짬뽕, 양념치킨, 피자 같은 왠지 수술 후에는 못 먹을 것 같은 음식들을 마구 먹었다. 맥주도 한 잔 곁들이는 것도 잊지 않았다.

남는 시간에는 운동을 했다. 시에서 운영하는 체육센터에는 하루 단위로 자유 운동을 할 수 있는 티켓을 구매할 수 있었기 때문에 3일 동안만이라도 운동을 할 수 있었다. 수술 전 조금이라도 체력을 쌓아 놓기 위해서 조금이라도 운동을 하는 것이 좋을 듯싶었다. 러닝머신 위에서 달렸다. 10㎞를 쉬지 않고 달렸다. 조금 숨이 찰 뿐, 내 몸에는 아무 이상이 없었다. 오히려 기분이 상쾌하기까지 했다. 이렇게 건강한 내가 왜 그런 큰 수술을 받아야 하는지 이해되지 않았다. 다시 한번 더 세상이 원망스러워졌다. 그리고 맘속으로 외쳤다.

'도대체 나에게 왜 이러는 거야. 난 이렇게 건강하다고!!!'

다시 시간은 흘러 입원 날이 다가왔다. 나는 준비된 여행 가방을 끌고 집을 나섰다. 현관문을 닫으면서 이런 생각이 들었다. '이제 다시는 지금과 같은 몸으로 이 문을 들어올 수는 없겠지? 아니, 다시 돌아올 수 있을까?' 병원으로 향하는 버스를 기다리면서 아내에게 메시지를 보냈다.

"여보, 이제 나 병원으로 들어가. 근데 나 진짜 수술받는 거야? 아직도 이렇게 건강한데? 난 하나도 안 아픈데? 나 정말 억울해."

지금 나는 이 세상과 작별하는 기분이다.

Chapter 2

# 입원에서 퇴원까지

# 수술 2일 전:
# 입원

위절제수술에 대비하여 병원에서 수술 대상자에게 시행하는 준비는 수술 하루 전부터 시작된다. 예를 들면, 위내시경을 통한 수술 위치 표시, X-ray 촬영, 각종 약물반응검사 및 피검사 등이 있다. 위내시경을 위해서는 전날 저녁 이후부터 금식을 해야 하고, 각종 추가 검사들이 미리 짜인 일정대로 원활히 수행되기 위해서 병원에서는 환자에게 수술 2일 전부터 입원을 하라고 강력히(?) 권유한다.

나도 수술 2일 전부터 입원을 하여 수술 후 9일째 되는 날 퇴원하는 스케줄을 받았다. 준비 기간과 회복 기간을 포함하여 10박 11일 동안 입원하는 일정이었다. 아마도 병원이나 담당 의사에 따라 이 일정은 조금씩 다를 것이다.

불행히도 내가 입원해야 하는 날짜에 병실이 나질 않는다는 소식과 빈 병실이 생기는 대로 알려주겠다는 연락을 입원 전 병원으로부터 받았다. 나는 '병실이야, 언제든 생기겠지.' 하는 생각으로 아무 걱정 없이 입원 준비를 하고 있었다. 하지만 입원 당일 아침에도 빈 병실이 없으니 집에서 대기하시라는 메시지만 받았다. 오후 3시가 되어서 비로소 연락이 왔다. 1인실이 비었으니 병원으로 출발하라는 것이었다. 하지만 1인실이라니…….

정확한 병실 가격을 확인해 보지는 못했지만 1인실 가격은 일반 병실에 비해 10배 정도 비싼 것으로 알고 있었던 나는 1인실 말고는 들어갈 수 있는 병실이 없는지 다시 한번 더 물어보았다. 하지만 1인실 말고는 빈 병실이 없으며 입원 후 다음 날부터 2인실 입원이 가능하다는 단호한 대답만이 들려왔다. 수술 후 회복을 위한 입원도 아니고 단지 검사 스케줄에 맞추기 위하여 100만 원에 가까운 비용을 추가로 지불하는 것은 아깝다는 생각이 들었다. 그래서 집에서 금식을 하고 아침 일찍 병원으로 갈 테니 1인실 입원을 하지 않으면 안 되겠냐고 재차 문의하였다. 하지만 역시나 안 된다는 대답뿐이었다. 큰 수술을 앞둔 환자가 선택할 수 있는 것은 별로 없었다. 나도 큰 수술을 앞두고 감정 소모를 하기가 싫어 그냥 입원하겠다고 하고 집을 나섰다.

누구의 배웅도 없이 혼자 병원으로 향하는 길은 좀 외로웠다. 마치 군입대를 위한 훈련소 입소를 혼자 하는 기분이랄까? 저녁이 되어서야 병원에 도착했다. 원무 창고에 도착했음을 알리고 안내를 받아 소화기 병동으로 이동하였다. 담당 간호사에게 앞으로의 일정들과 수술 과정, 회복 과정들을 간단히 설명해 놓은 책자를 받고 설명을 들은 후 그 문제의 1인 병실로 안내받았다. 병실은 넓었다. 소파와 테이블, 큼지막한

TV도 혼자 사용할 수 있었고 샤워 시설도 혼자 이용할 수 있었다. 수술 당일까지 아무런 간병인이 없는 나로서는 전혀 필요 없는 잉여 공간이었다. 왠지 씁쓸한 기분이 들었지만 어쩔 수 없는 일이라 그냥 넘겨 버리고 환자복으로 옷을 갈아입었다.

환자복을 입은 내 모습이 너무 어색했다. 갑자기 아내가 보고 싶었다. 내 모습을 보여 주고 싶었고, 그냥 수다를 떨고 싶었다. 아내와 영상통화를 했다. 아이는 아빠가 아픈 모습이 처음인 듯했다. 여기가 어딘지, 왜 어디가 아픈지 자꾸만 물어보았다. 긴 통화를 마치니 배가 고팠다. 때마침 식사가 배달되었다. 돼지불고기에 양배추 쌈이 오늘의 저녁이었다. 마지막 만찬이라 생각하고 천천히, 아주 천천히 음미하며 그릇을 비웠다.

저녁 식사 후에는 수술 부위의 제모를 하였다. 나는 가슴과 복부에 털이 거의 없는 편이지만 그것과 상관없이 제모를 해야 한다는 간호사 선생님의 설명을 들었다. 미리 받아 놓은 제모크림을 배 전체와 배꼽 아래 부분까지 바르고 30분 후에 물로 씻었다. 신기하게도 배 위의 짧은 털들이 마치 그 자리에서 자리를 잡고 나지 않은 것처럼 이물질이 씻겨 나가듯이 물과 함께 흘러내려 가 버렸다. 나로서는 신기한 경험이었다.

침대에 누웠다. 이제부터 나에게 닥쳐올 수많은 상황들이 나를 긴장

시켰다. 한마디로 겁먹었다는 표현이 맞을 것 같다. 쉽게 잠이 들 것 같지 않은 조용한 밤이었지만 나는 금세 잠에 빠져 버렸다.

그렇게 병원에서의 첫 하루가 지나갔다.

# 외국인 친구의 격려

입원하던 날 친하게 지내던 외국인 친구에게서 메일이 왔다.
그 친구의 격려에 어찌나 눈물이 나던지…….
힘이 되어 준 나의 소중한 친구에게 감사의 말을 전한다.

Hey Sun,

I am glad to hear back from you. This all news made me very sad, not your fault though. I had too many cancers in my family, but I have not experienced it when it happens to my dear friend. I was worried about you and will be worried for the next few days until I hear that the operation goes well.

I realize it is devastating to get used it. Maybe your life will never be the same from now on. However, new journeys and joys are waiting you and your family. You have lots of love to feel in this life. Keep hanging!

I know you will beat the cancer. I feel it. Please be patient and motivated. You are a strong person, a great friend, a wonderful dad. You have to beat this for your son.

Sun, we love you so much!!! We had the best time when you were here. I never forget the time we had in Korea together. Your positive energy always made us happy. I am sending you all my best wishes.

Thank you for the picture. Your son is so big already. Both your wife and you look very happy.

Our hearts are with you. I will try to call you on Saturday, you may not be able talk, but that will be OK.

This will pass…… I believe you have the strength…….

Erdem

'넌 너의 아들을 위해서 이걸 반드시 이겨 내야 해. 그리고 우린 네가 그럴 거란 걸 믿어. 왜냐하면 넌 강한 사람이니까.'

이 말에 나에게는 더없이 큰 힘이 되었다.

# 위암 수술 1일 전:
# 병원에서 수술을 위한 준비

병원에서의 아침은 일찍 시작된다. 평소 일어나는 시간인 아침 6시에 잠이 깨어 창밖을 바라보고 있을 때쯤 노크 소리가 들리고 문이 열리더니 아주머니 한 분이 체중을 재러 오셨다. 나는 체중계 위에 올라갔다. 체중계의 화면은 '72.2'라는 숫자를 표시하였다. '다시 이 몸무게로 되돌아갈 수 있을까?' 하는 생각이 문득 들었다.

아침을 먹을 수 없으니 뭔가 허전하고 시간이 남았다. 전날 저녁에 샤워를 하였지만 다시 한번 샤워를 하기로 했다. 어차피 수술하고 나면 한동안 못 씻을 테니 말이다. 조금 지나자 다른 간호사 선생님이 들어오셨다. 앞으로 수액이나 진통제, 그리고 약품 등을 직접 투입할 때 쓰일 주사관을 혈관에 꽂는 작업을 해야 한다고 했다. 팔뚝과 손등 위로 선명하게 튀어나온 나의 두꺼운 혈관들은 주사 맞을 때 큰 도움이 되곤 한다. 혈관이 잘 보이지 않는 사람들의 경우 이 작업을 몇 번이나 다시 하여야 하는데, 그건 참 짜증 나는 상황일 것이라는 생각이 들었다.

내과에서 의사 선생님 한 분이 병실로 오셨다. 내시경으로 수술 위치의 표시를 위해 핀을 위 벽에다 꽂는 시술을 해야 하니 내시경실로 이동해야 한다고 했다. 나는 일어나서 갈 준비를 하려 했지만 선생님은 그냥 침대에 누워 있으라 하시고는 침대를 통째로 움직였다. 환자 병동을 나와서 일반인들 사이를 그렇게 누워서 이동하니 졸지에 나는 움직일 수 없는 중환자가 된 기분이었다. 누워 있으니 천장이 지나가는 것만 눈에 보였다. 영화나 드라마의 화면에서만 보던 광경을 실제 겪어보니 기분이 참 묘했다. 내시경실에서 담당의 선생님은 위절제수술을 위해서 암조직이 있는 부분에 클립 같은 것을 꽂아 두어 표시를 한다는 설명을 간단히 하고는 미리 삽입된 주사관으로 수면유도제를 투입하였다. 건강검진 때의 그런 설렘은 없었다. 얼마 후 깨어 보니 나는 병실에 누워 있었다. 위 벽에 바늘 같은 것이 꽂혀 있어서 그런지 속이 따끔거렸다.

침대에서 일어나 정신을 차리자 얼마 후 다시 간호사 선생님이 문을 열고 들어왔다. X-ray 촬영 및 추가 검사를 위하여 다시 이동하여야 한다는 것이다. X-ray 촬영은 위에 삽입된 클립의 위치를 확인하기 위한 것이라 하였다.

검사를 마치고 늦은 오후가 되자 내가 있어야 할 소화기외과 병동의 2인 병실에 자리가 나서 그쪽으로 옮기게 되었다. 내가 있었던 1인실 병동은 소화기내과 병동이었다. 2인실은 1인실보다 작은 공간을 2개의 침대가 나누어 쓰는 구조였다. 두 개의 침대는 커튼을 통해 공간을 구분되었고, 각 침대 옆에 작은 사물함이 있고 개인 냉장고가 있었다. 화장실은 두 환자 가족이 나누어 써야 하며, 침대 사이의 벽에 TV가 걸려 있었다. 내 옆 침대에도 이미 와 계신 환자분과 가족들이 계셨다. 잠시 후에 수술을 받게 된다고 하셨다. 그래서인지 다들 긴장한 모습이 역력했다.

'소화기외과'

이곳은 식도, 위, 췌장, 담도, 신장, 대장 등 소화기 내장기관의 외과적 수술을 받은 환자들이 회복을 위한 집중 치료를 위해 머무는 곳이다. 복도에 나와 병동을 둘러보았다. 많은 환자들이 병동의 복도를 걷고 있었다. 하지만 환자들의 모습은 많이 달랐다. 거치대에 4~5개의 수액을 매달고 있는 환자, 작은 기계장치를 거치대에 달고 다니는 환자, 옆구리에 핏물이 반쯤 찬 풍선 같은 것을 매달고 다니는 환자, 코에 관을 삽입한 상태로 다니는 환자, 하의 바깥으로 나온 소변줄을 소변 주머니에 연결하여 다니는 환자들이 눈에 띄었다. 어떤 환자들은 한 걸음 한 걸음이 너무나 힘들었고, 어떤 환자들은 회복이 다 되어 가는지 정상인처럼 힘찬 발걸음을 내디뎠다. 모두들 환자복 위에 배 전체를 덮는 복대를 하고 있었으며, 시선은 한 방향으로만 향하여 한 걸음 한 걸음에 최선을 다하는 모습이었다. 아마도 그 시선과 방향의 끝은 회복과 사랑하는 이들 있는 각자가 있어야 있었던 곳으로의 복귀를 향한 열망과 간절함이 담긴 그 어느 지점일 것이리라. 그런 생각이 들자 문득 내가 있는 이 병동이 마치 치열한 전쟁터인 것 같은 느낌이 들었다.

다시 저녁이 되었다. 각종 검사와 병실 이동 탓인지 어제보다 하루가 빨리 가는 것 같은 느낌이다. 침대에 누워 책을 읽어 보려 하였으나 글자가 전혀 머릿속으로 들어오지 않아 이내 덮어 버렸다. 아내와 아이가 너무나 보고 싶어서 영상통화를 했다. 장난기 가득한 얼굴로 "아빠 많이 아파요?" 하며 물어보는 아이에게 "응, 아빠 괜찮아. 열 밤 자고 보자. 아빠가 너 주려고 크리스마스 선물 사놨지롱. 그러니까 그동안 엄마랑 할머니 말씀 잘 듣고 있어야 해, 알았지?" 영상통화를 마치자 다시 고독감이 밀려왔다. 침대가 조금 불편한 느낌이 들었다. 그냥 집에 가서 편한 침대에 누워 아내를 안고 자고 싶었다.

드디어 내일이 수술이다. 심장의 두근거림이 쉽사리 진정되지 않았다. 이런저런 생각에 뒤척이다 겨우 잠이 들었다.

# 위암 수술 part 1

이른 아침 옆 침대의 환자분이 수술을 마치고 들어오셨다. 커튼 너머로 들리는 말에 의하면 수술이 잘되었다 하였다. 수술을 받은 환자는 50대 중반의 남자분인데, 아직은 진통제에 취하여 잠들어 계셨다. 물어보고 싶은 것들이 많았지만 잠시 여유를 찾으면 물어보기로 했다. 이른 아침이었지만 우리 병실의 담당 간호사들은 수술받은 환자의 상태를 확인하느라 여러 번 병실을 다녀갔다.

오전 7시가 되자 환자의 몸무게 확인을 담당하시는 분이 들어오셨다. 금식을 해서인지 몸무게는 500g 정도 줄어 있었다.

오전 8시가 되자 마침내 아내가 병실로 들어왔다. 나는 이내 기분이 좋아져서는 그동안 있었던 일들을 아내에게 주저리주저리 설명하기 시작했다. 마치 우리 아이가 자기가 겪은 새로운 일들을 우리에게 쏟아내는 것처럼 말이다. 아내는 수술 당일인 금요일 오늘과 내일 오전까지 내 옆을 지키다가 어머니와 교대하여 주말 동안 아이를 돌보고 월요일부터 퇴원 일까지 나와 함께 있기로 했다. 원래는 연말에 일주일 정도

가족 여행을 가려고 연차를 아껴 놓은 것이 무슨 행운인지(?) 이렇게 요긴하게 쓰이게 되었다. 그렇게 않았으면 병원에서 아내의 얼굴을 오래 보지 못하였음이라. 겪어 보니 사실 간병인은 나에게 편한 사람일수록 좋을 듯하다. 옆에서 너무 걱정하거나 나의 행동 하나하나에 신경을 쓰면 (내 어머니처럼) 나도 오히려 불편했다. 아내이기 때문에 무엇이든 원초적인 불편함조차도 편하게 이야기할 수 있고, 엄살도 피울 수 있었다. 아내라서 내가 환자임에도 옆에서 잔소리를 하고, 또 그러다가 둘이 티격태격하다가 보면 없던 힘(?)도 나고 내가 환자라는 사실을 잊어버릴 때도 있었다.

오전 8시 30분쯤 우리 병실의 담당 간호사가 들어와 오늘의 일정에 대해 간략하게 설명해 주었다. 나의 담당의는 오늘 4건의 수술이 잡혀 있으며 나는 그중 3번째 순서이며 대략 오후 2시에서 3시 사이에 수술받을 것이라 하였다.

담당의는 오전 회진 시간에 그날 수술받을 환자들에게 들러 수술 시간과 방법을 간단하게 브리핑해 주었다. 그리고 혹시 발생할지 모를 상황들에 대해 설명해 주었다. 위전절제술이지만 가능하면 10%라도 남길 것이란 것, CT로는 확인되지 않았지만 개복하여 다른 곳으로의 전이가 확인되면 수술하지 못하고 그냥 덮을 수도 있다는 점, 조직검사를 통해 위암의 정확한 병기를 조사할 것이라는 점 등 여러 가지 설명을 더 했다. 그것은 나에게는 희망과 동시에 두려움이었다. 특히나 전이가 확인되면 수술을 더 진행하지 못할 수도 있다는 말이 먹구름과 같은 두려움으로 내 마음을 잠식해 갔다. 하지만 이제 내가 더 이상 어찌할 수 없는 상황이니 아내와 나는 전이는 없을 것이고 수술은 잘될 것이라 믿기로 했다.

수술 당일 자정부터는 물도 마시지 못한다. 하지만 수액 덕분인지 갈증이 그리 심하지는 않았다. 수술 4시간 전이 되자 장을 비워 내는 약을 받았다. 건강검진 대장내시경 전에 물에 섞어 마시는 가루약이 아니라 200㎖ 정도 양의 물약이었다. 물약을 마시고 1시간 정도쯤 되자 장운동이 활발해지는 것이 느껴졌고 이내 여러 번 화장실을 가야 했다.

수술 2시간 전에는 입고 있던 벗고 수술 환자복으로 갈아입었다.

수술 1시간 전에는 요오드 성분이 있는 물약으로 입을 헹구었다. 물약의 냄새가 아주 역했다. 아마도 마취를 위한 기도관 삽입 시 생길지도 모르는 상처에 대비하는 것이리라.

수술 순서별로 정해진 시간이 가까워지면 검은색 계통의 옷을 입은 분들이 수술 차례가 된 환자들을 휠체어에 태워 수술실로 이동했다. 우리 부부는 그 사람들을 저승사자라 불렀다. 이제 슬슬 그 내 차례가 가까워 왔다. 심장박동이 점점 더 커지고 말수가 적어졌다.

그때 마침 옆 침대 환자분의 아내 되시는 듯한 아주머니가 말을 걸어

왔다.

“이제 수술받을 차례시죠? 잘될 것이니 걱정하지 마세요.”

아주머니는 남편분에 대한 이야기를 해 주셨다. 나처럼 건강검진에서 위암을 발견하였고, 복강경 수술, 암 부위가 위의 아래쪽이어서 위부분절제술을 받았다고 하였다. 어제 마지막 순서로 수술을 받아 저녁 늦게 수술이 끝났고, 새벽까지 회복실에서 머문 다음 아침에 병실로 들어온 것이라 하였다. 아주머니는 나에게 수술이 잘될 것이라 이야기해 주었다. 별거 아니지만 그 말 한마디가 고맙게 느껴졌다.

2시 정도가 되자 나의 긴장은 극에 달했고, 아내 앞에서는 어색한 웃음만 지었다. 아내는 나의 그런 모습이 재미있다고 연신 휴대폰 카메라 촬영 버튼을 눌러 댔다. 하지만 오히려 가볍게 장난치는 것이 오히려 나의 마음을 편하게 하였던 것 같다.

순간 누군가 병실로 오는 발걸음 소리가 들렸고 그분이 들어오셨다.

“앗, 드디어 왔다.”

나는 순간 얼음이 되어 버렸다. 나는 안내를 받아 휠체어에 탔다. 그리고 엘리베이터를 타고 수술실로 이동하게 되었다. 마치 도살장으로 끌려가는 소가 된 기분이었다. 엘리베이터 앞에서 남편인 듯한 사람의 뒤에서 두 손을 모아 눈을 감고 간절한 기도를 하고 계신 아주머니가 눈에 들어왔다. 그 앞에 모여 있는 사람들 모두 긴장하고 간절한 모습이 역력했다. 나는 아내의 얼굴을 바라보며 손을 잡았다. 아내도 말없이 내 손을 잡아 주었다. 아내의 손에는 힘이 잔뜩 들어갔다. 마치 '힘내, 여보.'라고 말을 건네는 것 같았다.

마침내 수술실로 들어가는 출입문에 도착하였다. 여기서부터 보호자는 들어올 수가 없다. 아내는 끝까지 웃으며 잘 하라고 주먹을 들고 파이팅 포즈를 취했다. 나도 웃으며 불끈 쥔 주먹을 들어 보였다. 이윽고 문이 닫히고 아내의 모습이 보이지 않았다. 큰 한숨이 절로 나왔다.

환자들의 휠체어는 수술실 앞의 대기실 같은 넓은 공간에 일렬로 세워졌다. 이윽고 각 환자들의 담당 간호사가 와서 환자의 이름과 환자번호, 그리고 수술 내용을 확인하였다. 그리고 전신마취의 과정과 전신마취 후 생길 수 있는 공통적인 후유증들에 대해 설명하였다. 환자들을 제외하고는 수술실 안의 사람들은 매우 바쁜 모습이었다. 시간이 지나자 하나둘 정해진 수술실로 들어가기 시작했다. 마침내 나의 수술 담당 간호사가 와서 수술 전 확인 절차를 마치고 나를 이동시켰다. 수술실로 들어가는 복도는 온통 스테인리스 재질로 이루어져 있어 마치 우주선 안으로 들어가는 기분이었다. 드디어 수술실 문이 열리고 나는 수술대 위로 이동되었다. 침대 위에는 커다란 수술 조명이 달려 있었고 주위에는 각종 첨단 의료 장비들이 침대 주위를 둘러싸고 있었다. 대략 5명 정도의 사람들이 각자의 위치에서 수술 시 사용할 장비와 도구들을 확인하는 모습이 눈에 들어왔다. 그때 마취를 담당하시는 분이 나에게 전신 마취를 위해서 관을 기도로 삽입할 것이고 그전에 수면유도제를 투입할 것이라 하였다. 그 말이 끝남과 동시에 온몸이 뜨거워지는 느낌이 들었다.

그렇게 나는 깊은 잠에 빠져들었다.

# 아내에게
# 쓰는 편지

병실에 혼자 있으면서 아내에게 편지를 썼다. 그리고 그 편지를 수술실로 향하는 길에 아내에게 전해 주려 했다. 마치 영화의 한 장면처럼. 하지만 그러지 않았다. 혹시나 상황이 잘못되면 이 편지는 아내에게 더 큰 슬픔을 줄 것이기에 차마 전하지 못하였다.

사랑하는 나의 아내,

오랜만에 편지를 쓴다. 그런데 이번 편지는 좀 슬프네. 우리 그동안 많이 힘들었지? 우리 아들이 태어날 때도, 학위 마무리할 때도, 한국 들어와서도 떨어져 지낼 때도. 그때마다 참 많이 힘들었었는데, 그럴 때마다 당신이 나에게 힘이 되는 모습을 보여 주어서 한 고비 한 고비 넘어갈 수 있었어. 당신이 없었다면, 우리 힘들 때마다 서로의 마음이 통하고 있다는 걸 느낄 수 없었다면 그 순간들을 이겨 내지 못했을 거야.

우리 가족이 드디어 같이 살 수 있게 되어서 너무나 좋았어. 정말 갑자기 이렇게 행복해도 되나 싶을 정도로 말이야. 우리 같이 살게 되었을 때 당신이 "오빠, 그동안 정말 수고 많았으니까, 이제 하고 싶은 것 있으면 다 해. 뭘 하고 싶어?" 하고 당신이 물어보면 특별히 떠오르는 것이 없었어. 그냥 이대로 우리 가족이 한집에서 맛있는 것 많이 먹고 웃고 지내는 시간을 오래오래 지켜 냈으면 하는 생각만 했었지. 그런데 그렇게 행복한 시절도 다 한순간이었네. 그 길었던 암흑과 같은 터널을 우리 가족 모두 다 같이 무사히 빠져나온 줄 알았는데 그게 아니었어. 나만 거기서 빠져나오지 못하고 발목이 잡혀 있는 줄 몰랐어. 나만은 어떻게든 버텨 낼 수 있으리라고 자신했는데 말이야. 너무 슬프고 내가 너무 원망스럽다.

처음 내시경 검사에서 결과를 들었을 때 눈앞이 하얘져서 아무 생각도 할 수가 없었어. 조직검사 결과를 들을 때도, 최종 검사 결과를 들을 때도 하늘이 무너지는 듯했고…… 그리고 슬펐어. 너무너무 무섭고 모든 것이 다 원망스러웠어. 혹시나 병이 깊어서 기나긴 투병 생활을 하다가 죽을지도 모른다는 그런 소설의 비극적 결말과 같이 나의 인생이 전개될 것 같아 무서웠고, 그런 미래를 겪게 될 당신과 우리 아들이 너무 불쌍했어. 퇴근 후 집으로 돌아오는 차 안에서 매일 얼마나 많이 울었는지 몰라. 모든 것이 너무나 무섭고, 당신과 우리 아이에게 미안하고 미안해서…….

하지만 여보, 우리 늘 그랬던 것처럼 이번에도 잘 이겨 내자. 난 절대 포기하지 않을게. 당신도 암환자 간병하느라 앞으로 많이 힘들겠지. 그렇지만 부탁해. 날 많이 도와줘. 나는 여기서 이대로 주저앉을 수가 없어. 난 우리 아들에게 자랑스러운 아빠의 모습을 보여 주고 싶어. 우리 아들이 어른이 되어 혼자 세상을 즐기고 살아 나아갈 수 있도록 많은 것을 가르쳐 주고 싶고 많은 이야기를 들려주고 싶어. 우리 아들이 아빠의 존재에 기대어 안도감을 느끼고 남자다움을 배울 수 있도록 도와주고 싶어. 우리 가족 다 같이 여행도 많이 다니고 싶고, 오래오래 행복하게 살고 싶어. 그래서 나는 이 여정이 아무리 힘들어도 꼭 이겨 내야 해.

고마워 여보. 그리고 너무너무 미안해. 이런 시련을 줘서. 다른 가족들처럼 건강하고 듬직한 남편이 못 되어 줘서. 하지만 나, 꼭 이겨 낼게. 그래서 우리 다시 예전으로 돌아가자.

사랑해.

# 위암 수술
# part 2

수술실로 들어가는 문이 닫혔다. 나를 향해 웃으며 파이팅 포즈를 취했던 아내의 얼굴에는 이내 웃음기가 사라졌고 온몸의 힘이 빠진 듯했다. 보호자들은 대기실로 따로 안내되었다. 대기실에는 대형 벽걸이 TV가 걸려 있었고, TV 화면에는 수술받는 사람의 이름과 '수술 준비 중', '수술 중', '회복 중'과 같은 수술 상황을 간단히 알려 주는 문구가 나열되었다.

대기실로 들어오자마자 아내는 내 이름을 확인했다. 그러고는 두 손을 꽉 쥐고 나지막한 목소리로 무언가를 중얼거리기 시작했다. 남편이 수술실로 들어갈 때까지 간절히 기도만 하였던 그 아주머니처럼 아내도 수술이 잘 끝나기만 하는 바람은 세상 누구보다도 간절하였다. 살아오면서 종교나 미신에는 전혀 관심이 없었던 아내였지만 그때만큼은 어머니가 알려 주신 기도문을 반복하여 읊조리고 읊조렸다.

위전절제술의 예상 수술 시간은 3~4시간 정도였다. 그 긴 시간을 혼자 버텨 내기가 외롭고 두려울 것 같았던 아내는 수술 전 친언니를 불렸다. 대기실에서 혼자가 된 지 얼마 지나지 않아 언니가 들어왔다. 언니를 보자 아내는 급기야 울음을 터트렸다. 아내에게도 기댈 곳과 위로해 줄 누군가가 필요했던 것이다. 둘은 손을 꼭 맞잡고 다 잘될 것이라 다짐하며 수술이 끝나기만을 기다렸다.

나의 상태가 '수술 중'으로 바뀐 지 2시간 정도가 지났을 무렵 수술실 쪽에서 나온 간호사가 나의 보호자, 즉 아내를 찾았다. 아내는 수술 전 내가 대기하였던 보호자 대기실과 수술실의 중간쯤 되는 공간으로 들어왔다. 조금 지나자 수술실 쪽의 문이 열리고 수술을 집도하던 나의 담당의가 나왔다. 그의 손에는 스테인리스 재질의 용기가 들려 있었고, 그 안에는 도려낸 나의 위가 담겨 있었다. 담당의는 아내에게 이제는 쓸모없게 된 나의 위를 보여 주며 얼마만큼 잘랐는지, 그리고 암 덩어리가 있는 부분을 펼쳐 보여 주었다. 도려낸 위는 두 손바닥을 펼친 것만큼이나 컸다. 위 안쪽의 벽은 선홍빛의 살점이 아닌 마치 마블링이 가득한 1등급 소의 등심 부위처럼 하얀 염증들이 가득했다. 중간보다 조금 위쪽에 자리한 암세포들이 점령한 부분은 마치 티눈과 같이 생겼다. 크기도 새끼손가락의 손톱 정도로 작았다.

'이렇게 작은 것 때문에 위 전체를 도려내야 하다니.'
'이렇게 작은 것이 자라서 결국에 사람을 죽게 만들다니.'

아내는 뭔가 억울하기도 하고 무섭기도 한 감정을 느꼈다.

그런 와중에 담당의가 다급한 목소리로 질문을 했다.

“지금 지혈이 잘 안 되고 있어요. 어려운 상황입니다.”
“혹시 남편분이 수술 전에 뭘 드셨나요? 건강식품 같은 걸 많이 먹었습니까?”

그 순간 아내는 내가 매일매일 맥주를 먹었던 기억이 났다.

“맥주를 좀 자주 마시기는 했어요. 좋아하는 것 많이 먹으라고 해서…… 그래도 수술 3일 전부터는 안 마셨는데요.”

담당의는 약간 날카로운 눈으로 아내를 쳐다보고는,

“아, 그래도 술은 많이 마시면 안 되는데…… 알겠습니다. 일단 전이는 없는 것을 확인했으니 그 점은 걱정하지 마세요. 근데 지혈이 안 되어 큰 일이네…….” 하며 말했고, 이내 수술실로 돌아갔다.

지혈이 안 된다는 말에 아내는 다시 눈물을 쏟았다. 하지만 전이가 없다는 말을 기억해 내고는 다시 힘을 내어 기도문을 읊조리기 시작했다.

그 후로 1시간 정도가 더 지나자 나와 같이 수술실로 들어갔던 사람들의 상황이 ‘수술 종료’ 혹은 ‘회복 중’이라는 문구로 바뀌었다. 하지만 여전히 나의 상황은 '수술 중'에서 바뀌지 않았다. 아내는 초조해지기 시작했다. 1시간이 더 지난 수술 시작 후 4시간이 지나서도 그대로였다. 아내는 더 간절히 기도문을 외웠다. 눈물이 한 방울, 두 방울 떨어지는 것을 멈출 수가 없었다. 수술 시작 후 5시간이 다 되어서야 비로소 내 이름 옆의 글자는 '회복 중'으로 바뀌었다. 비로소 아내는 큰 한숨을 내뱉고는 긴장을 풀 수 있었다. 이제 두 시간만 더 기다리면 남편을 만날 수 있다. 그 사이에 아내의 어머니도 와서 아내를 다독여 주셨다.

조금 더 기다리자 나의 보호자를 찾는 소리가 들렸고, 아내는 회복실 앞으로 들어왔다. 아내는 내가 어떤 모습일지 너무나 궁금했다. 그리고 만나면 다시 한번 더 손을 꼭 잡아 주겠노라 생각했다.

'남편, 수고 많았어.'라는 마음을 담아서…….

# 위암 수술 part 3

얼마나 시간이 지났을까? 수술대 위에서 수면유도제를 맞고 깊은 잠에 빠졌던 나는 오한을 느끼며 잠에서 깨어났다. 주위를 둘러보니 방금 수술을 마친 듯한 사람들이 일정한 간격을 두고 침대에 누워 있었고, 환자들의 상태를 체크하는 간호사들이 분주히 움직이고 있었다. 나는 나체인 상태로 몸 위에는 담요가 덮여 있었다.

의식은 여전히 매우 몽롱했다. 갑자기 복부에서 극심한 통증이 느껴졌다. 그리고 내 코에 삽입된 관이 가슴 속 깊숙한 곳까지 이어져 나의 호흡을 돕고 있다는 것이 느껴졌다. 그제야 나는 내가 위전절제를 위한 개복수술을 하였다는 것을 깨달았다. 그냥 깊은 잠을 자고 깨어났을 뿐인데, 30㎝ 정도로 피부가 절개되었고, 위가 잘려 나갔고, 아마도 다른 장기들도 한 번씩 꺼내어져 상태가 확인되었을 것이다. 수술 도중에 잘못되어 내가 숨을 거두게 되었을지라도 나는 몰랐을 테다. 그냥 계속 잠을 자고 있는 것이겠지. 영화나 드라마에서 묘사되는 이상한 경험, 사후 체험 비슷한 그런 것들은 전혀 일어나지 않았다. 나는 그냥 잠만 잤다. 그런 생각이 들자 아무리 큰 수술도 별거 아니라는 생각이 들기도 했다. 그러는 순간 또다시 오한과 복부 통증이 밀려왔다.

내가 손을 들어 깨어났다는 신호를 했는지, 간호사를 불렀는지, 아니면 회복실의 사람들이 내가 깨어난 것을 이미 알았는지 기억이 나지 않는다. 간호사 한 분이 오셔서 내가 깨어난 것을 확인하고는 심박수와 호흡 정도를 체크한 후, 조금 있다가 입원실로 이동할 것이라 알려 주었다.

짧지만 긴 시간이 지나고 이윽고 나는 병실로 이동하게 되었다. 회복실 문이 열리자 그 너머에 서 있는 아내의 모습이 들어왔다. 그때 아내가 어떤 표정이었는지는 기억이 나지 않는다. 아내의 옆에 누군가 서 있었던 것 같은데, 그 사람들이 장모님과 처형이었다는 것도 나중에 아내에게 전해 듣고 알았다. 병실로 이동하는 엘리베이터 안에서 나는 담요 밖으로 손을 꺼내어 아내의 손을 찾아 더듬거렸다. 그 순간 누군가 내 손을 꽉 잡는 것이 느껴졌다. 항상 잡아 왔던 익숙한 느낌이었다. 그리고 안도감이 밀려왔다.

이동식 침대에서 병실로 이동된 나는 병실에 머물기 위한 준비 과정을 거쳐야 했다. 그 과정은 이동식 침대에서 병실 침대로 옮겨 가고, 입원복을 입고, 이미 6~7개로 늘어난 약물 주머니들을 내가 사용할 거치대로 옮기고, 호흡이 회복될 동안 사용할 산소발생기와 산소포화도 및 맥박 측정기를 연결하는 것이었다. 준비 과정 동안은 보호자는 병실에 들어오지 못하고, 그 모든 준비 과정이 끝난 후에야 병실에 들어갈 수 있었다.

먼저 병실 침대로 옮겨 가야 했는데, 문제는 간호사가 옆에서 부축을 해 주기는 하지만 그것을 나 스스로 해야 한다는 것이었다. 일어나서 움직여 보라고 하는데 도무지 그럴 엄두가 나지 않았다. 여러 번의 재촉을 받고 나서야 겨우 몸을 일으켜 옆 침대로 옮겨 갔다. 수술 부위가 너무나 아파 소리를 질렀던 기억이 난다. 영화나 드라마에서 보면 주인공이 배에 칼을 맞고도 혹은 수술 후 곧바로 추격전을 벌이거나 격투를 하는 장면이 나곤 하는데, 절대로 그럴 수 없다는 것을 그때 깨달았다.

병실 이동 준비가 끝나고 드디어 아내가 들어올 수 있었다. 간호사는 아내에게 내가 앞으로 4시간 동안은 잠들지 못하게 하도록 당부하였다. 전신마취 후 바로 잠들어 버리면 마취 동안 수축되었던 폐와 폐 기능의 회복이 어렵기 때문에 그 시간 동안은 호흡과 산소 포화도가 정상적으로 유지되어야 한다고 하였다. 내가 병실로 들어온 시간이 저녁 10시쯤이었으니 새벽 2시까지는 잠드는 것은 허락되지 않았다. 일단 복부의 고통이 극심하였기에 진통제 한 팩을 투여받은 후 그 미션을 수행하였다. 전신마취의 기운이 아직 남아 있어서인지, 진통제를 투여받아서인지, 그냥 너무나 피곤해서인지 나는 쏟아지는 잠을 참을 수가 없었다. 하지만 조금만 정신을 놓으면 산소포화도가 떨어진다는 알람이 울렸다. 아내는 옆에서 나에게 숨을 깊고 크게 쉬라고 끊임없이 주문했다. 목이 바짝 타들어 갔다. 아내는 내가 가글을 할 수 있도록 찬물을 떠다 주었고 내가 앉은 자리에서 상체를 움직이지 않고도 물을 뱉을 수 있도록 턱 아래에 수건을 받쳐 주었다. 알람이 울리고, 숨을 깊게 쉬고,

가글을 하고, 그러다 잠이 들려 하고, 또 알람이 울리고…… 그런 과정이 무수히 반복되다가 마침내 4시간이 흘렀다. 간호사는 이제 자도 된다며 산소포화도 측정기계를 수거하여 갔다. 나는 곧바로 잠들어 버렸다. 아내는 내 머리를 한 번 쓰다듬어 주며 귓가에 속삭였다.

"오빠, 수고 많았어."

그러고는 아내는 50㎝ 남짓한 간이침대에서 잠이 들었다.

정말로 길었던 하루였다.

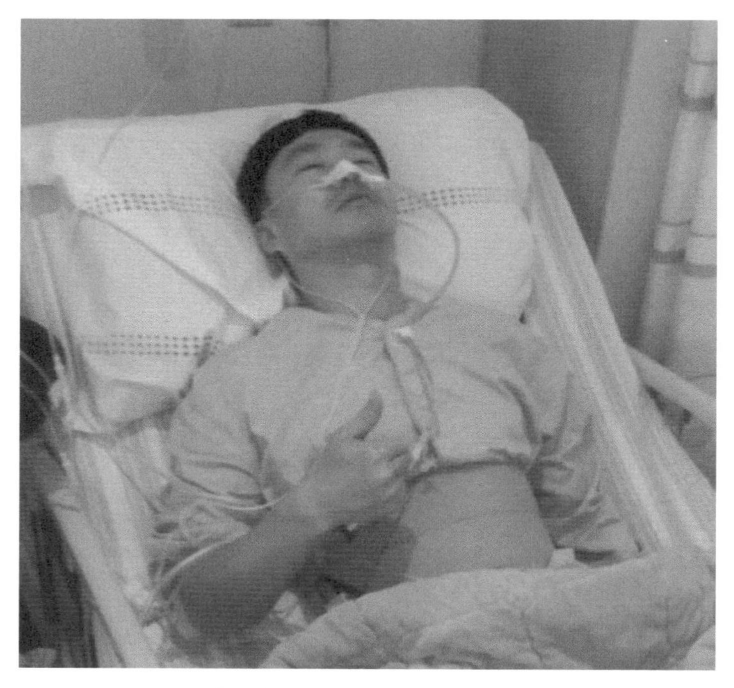

[사진] 수술 직후 병실로 옮겨진 나

# 위암 수술 후 1일 차:
# 통증과 진통제, 호흡운동

새벽 5시쯤 극심한 통증에 잠에서 깼다. 자고 있는 아내를 깨우기가 미안했지만, 수술 부위가 너무 아파 아내를 불렀다. 평소에는 자다가 업어 가도 모르는 아내였지만 지금은 나의 인기척과 나지막한 목소리에도 금방 반응을 했다. 병동의 간호사들은 3교대로 근무하면서 환자들의 수술 전 준비부터 수술 후 회복까지 24시간 집중관리를 하고 있었다. 모두 자신들이 담당하는 환자들이 정해져 있기에 병실에서 며칠만 있으면 본인 담당의 간호사 얼굴만 봐도 반가워진다.

아내의 요청을 받은 담당 간호사는 병실로 들어와 이것저것 체크를 한 후 진통제 주사를 한 팩 투여하였다. 그러면서 덧붙인 설명은 지금 맞고 있는 진통제는 강력한 마약성 진통제이기 때문에 하루에 최대 6번만 맞을 수 있다고 하였다. 진통제 찬스는 좀 아껴 써야겠다는 생각이 들었다. 진통제 투여 후 바로 나른한 기운이 온몸을 감싸며 통증이 줄어드는 느낌이 들었다. 그러고는 아내와 나는 다시 잠에 빠졌다.

잠이 든 지 얼마 지나지 않아 복도에서 사람들이 바삐 움직이는 소리에 잠이 깨었다. 병동의 하루가 시작된 것이다. 7시가 조금 지나면 먼저 체중 측정 담당자분들이 각 병실을 돌아다니면서 환자들의 체중을 체크한다. 그리고 간호사들의 근무 교대가 이루어지고, 환자들의 아침 식사를 실은 거대한 카트가 올라와 각 병실로 식사 배달을 할 준비를 시작한다. 그러면 각 병실에 꺼져 있는 전등은 다시 켜지고 환자와 환자 가족들은 모두 새로운 하루를 시작할 준비를 하게 된다.

나도 예외 없이 체중 측정을 해야 했다. 문제는 전날까지는 아무 문제없이 했던 체중 측정이 이제는 너무나 힘들어졌다는 것이다. 접이식 전동침대이긴 하지만 나 혼자의 상체 힘으로 앉아서 다리를 바닥으로 움직이고 침대에서 내려와 체중계 위에 서는 것이 너무나 힘들었다. 진통제를 맞은 지 얼마 지나지 않았음에도 불구하고 통증이 심했고, 수술 부위가 심하게 당겨지는 느낌이 있었다. 나는 반쯤 기대어 서서 아프다는 신음 소리를 내면서 이러지도 저러지도 못한 채 우물쭈물했다. 아내와 체중 담당자분은 나를 부축하여 내 몸을 겨우 체중계 위에 올려놓았다. 몸무게는 69kg. 하루 전 체중이 70kg이 조금 넘었으니 거의 줄지 않았다. 다시 힘들게 침대에 기대어 누우면서 이런 생각이 들었다.

'하루 만에 완전히 다른 몸뚱이가 되었구나.'

수술 후 맞는 첫 아침부터 나를 가장 힘들게 했던 것은 복부의 통증이 아니고 코의 줄이었다. 마치 코안으로 삽입된 관이 폐 속 깊숙한 곳까지 연결되어 폐를 긁어내는 생전 처음 느껴 보는 불편한 느낌이었다. 숨을 쉴 때마다, 몸을 움직일 때마다 그런 불편한 느낌이 들이 매 순간이 힘들고 짜증 났다. 다행히 나는 호흡의 회복이 빨라 수술 다음 날 오전에 코의 줄 제거를 할 수 있었다. 아침에는 그 느낌이 어쩌나 불편하고 싫었던지 줄을 제거하기 전까지 거의 5분 단위로 줄이 불편하다는 말을 내뱉었다. 드디어 오전 11시쯤 드디어 콧물 제거 작업을 했다. 줄의 길이는 콧구멍에서부터 시작하여 거의 50㎝쯤 되었다. 그 길이로 짐작하건대 진짜 폐 속을 긁고 있었던 것이었다. 줄을 제거하고 나니 정말 문자 그대로 속이 다 시원한 느낌이었다.

주사관을 통해 내 몸과 연결된 관은 코로 들어간 줄 말고도 소변줄이 있었다. 소변줄은 나의 그곳에 직접 삽입되어 바지 바깥으로 나와 소변 주머니에 연결되어 있었다. 소변줄은 코로 들어간 줄과 비교하면 전혀 불편한 느낌이 들지는 않았다. 하지만 성별에 따라 불편함이 다를지는 알 수 없는 노릇이다. 내 몸에서 생성되는 소변은 실시간으로 소변 주머니에 모이고 나는 일정 시간마다 비닐 재질로 만들어진 소변 주머니에 모인 소변량을 측정하여 내 침대 옆에 붙어 있는 종이에 기록해야 한다. 내 몸에 투입되는 수분의 투입량과 배출되는 수분의 산출량을 계산하여 몸의 대사 작용이 정상적인지 확인하는 과정이다.

코에서 줄을 제거하고 나서 나의 담당 간호사는 나에게 이제부터 걷기 운동을 꾸준히 하라고 요구하였다. 수술 중 흐트러진 몸속의 장기들이 제자리를 잡게 하고 기능 회복을 위해서는 걷기 운동이 가장 좋은 동시에 유일한 방법이라 하였다. 그렇게 해서 장기 운동이 원활하게 되어 방귀가 나오면 그 순간부터 물을 마셔도 되는 단계가 된다고 하였다. 체중을 측정을 위해 일어서는 것도 그렇게 힘들었는데 어떻게 걸어 다닐까 하는 생각이 들었지만 이미 복도는 회복을 위해 사투를 벌이는 환자들로 가득했다. 수술 전에 내가 본 병동 복도는 환자들이 운동하는 운동장 같은 느낌이었다면 이제는 각자의 전쟁터에서 배에 총알 한 방씩을 맞고서도 완전한 회복이라는 승리를 위하여 쏟아지는 총알을 뚫고 앞으로 나아가는 치열한 전장 같다는 느낌이 들었다. 그런 생각이 들자 갑자기 나도 그 전쟁에 동참해야겠다는 의욕이 솟아올라 침대에서 내려오기 위해 발을 내밀었다. 그 순간,

“읍…….” 또다시 극심한 통증이 밀려왔다.

샘솟던 그 의욕은 온데간데없이 사라지고 나는 다시 침대로 방향을 바꾸었다. 그리고 아내에게 말했다.

“일단 진통제 한 방 더 맞자.”

아내는 피식 웃으며 담당 간호사를 부르러 나갔다. 진통제를 맞고 통증을 진정시킨 후 다시 침대로 내려와 걷기를 시도하였다. 진통제를 맞았음에도 한 발 한 발 내디딜 때마다 수술 부위가 당기고 통증이 심하

여 힘들었다. 바퀴가 달린 지지대에 온몸을 의지하여 병실 밖으로 겨우 나와 열 발자국쯤 걸었다. 그 짧은 거리를 걷는데도 온몸에서 땀이 나기 시작했고 어지러운 느낌마저 들었다. 담당 간호사는 나를 보더니 아직은 첫날이니 조금씩 하여도 된다고 격려해 주었다. 그 말에 나는 바로 설득되어 다시 침대로 돌아갔다.

'수술 전에는 10kg 달리기도 힘들지 않았는데 지금은 열 발자국이 이렇게 힘들다니…….'

다음으로 내가 해야 할 중요한 미션은 폐기능 회복 운동이었다. 전신마취 중에는 폐가 쪼그라들고 기능이 현저히 줄기 때문에 폐 기능을 예전으로 회복하기 위해서는 폐운동이 필수였다. 폐기능 회복은 기구를 사용한 호흡운동을 통하여 쉽게 할 수 있다.

단순해 보이지만 아주 중요하고도 어려운 미션이다. 완전한 폐 기능 회복을 위해서는 기구 안에 있는 공 3개를 들숨으로 들어 올릴 수 있을 때까지 해야 한다. 공 3개를 한 번에 들어 올리는 것은 수술 전에는 힘들이지 않게 할 수 있었고, 들어 올린 상태에서 10초 이상 버티기도 가능했다. 심지어 코로만 해도 1개는 들어 올렸다. 하지만 이제는 완전히 다르다.

하나, 둘, 셋 준비하고 온 힘을 다해 빨아들여도 공은 미동도 안 한다.

좌절이다. 옆에서 지켜보던 아내는 그걸 못하는 내가 신기한지 자기도 한번 해 본다. 공 3개가 손쉽게 움직인다. 나는 다시 기구를 받아 들고 해 본다. 첫 번째 공도 움직일 생각을 안 한다.

또 좌절이다.

그렇게 통증, 진통제, 걷기 시도, 호흡운동, 중간중간 잠들기를 하며 하루가 지나갔다.

정말로 바쁜 하루였다.

# 위암 수술 후 2일 차:
# 걷기, 호흡, 소변

깊은 잠에 빠져들었다가 어김없이 찾아오는 통증에 잠을 깼다. 그러고는 아내를 깨워 진통제를 투여받고는 다시 잠이 들었다. 담당 간호사는 밤 12시에서 새벽 1시 사이, 그리고 새벽 5시에서 6시 사이에 나의 상태를 체크하러 왔다. 진통제의 효과가 4~5시간이기에 나는 다시 한 번 더 진통제를 요구했다.

아침 7시가 되자 또다시 병원의 아침이 시작되었다. 오늘 아침에도 어김없이 체중 측정 담당자분이 들어왔다. 나는 어제보다는 조금 더 수월하게, 주위의 부축도 없이 침대에서 내려와 체중계 위로 올라갔다. 아직 통증이 제법 심했지만 확실히 어제 아침보다는 조금 더 회복한 느낌이다. 몸무게는 또 조금 줄었다.

잠에서 깬 아내는 내 얼굴을 이리저리 살펴보더니 목 주위에 두드러기와 같은 빨간 발진이 올라왔다고 했다. 사실 간밤에 목 주위와 두피에서 열이 확 올라오는 느낌과 극심한 가려움증을 느끼기는 했다. 아내는 내가 수술을 받은 당일에도 목과 얼굴 주변에서 빨간 발진이 생겨난 것을 보았다고 했다. 우리는 그냥 수술 후 몸이 약해져서 그런 것이겠거니 하며 대수롭지 않게 넘겼다.

오늘은 열심히 걷기 운동을 해 보려 마음먹었다. 아직은 수술 부위가 많이 아파 일어서도 등이 많이 굽은 상태이고 지지대에 몸을 완전히 기대어 걸어야 하며 걸음걸이도 완전하지 못하여 발을 질질 끄는 것 같은 모습이지만 이를 악물고 걷다 보면 병동 한 바퀴 정도는 걸을 수 있을 정도가 되었다. 열심히 걷다가 보면 또 통증이 심해지고, 그럴 때면 침대에 잠시 기대어 텔레비전을 보거나 잠이 들었다. 잠깐 낮잠을 자는 동안에도 식은땀을 많이 흘려서 아내는 나의 얼굴과 몸을 젖은 수건으로 수시로 닦아 주었다.

정오쯤 되어 담당 간호사가 들어와서는 이제는 방광이 회복될 시기가 되었으니 소변줄을 빼 준다고 하였다. 음…… 나는 심히 부끄러웠지만 눈 딱 감고 그러도록 허락(?)했다. 소변줄을 뺄 때는 좀 아플 것이라 예상을 하였지만 그것과는 다르게 소변줄은 매끄럽게 쑥 빠져나갔다. 담당 간호사는 나에게 주둥이가 큰 길쭉한 모양의 플라스틱 통을 건네주면서 소변량을 체크하라고 당부했다. 콧줄에 이어 소변줄도 제거되었다. 아직은 5개 정도의 약물과 영양제, 수액 팩들이 주렁주렁 달려 있지만 그래도 뭔가 하나씩 줄어드는 느낌이다.

오후에 회사 동료에게서 전화가 왔다. 수술을 잘 받았냐는 안부를 묻고는 오늘이나 내일쯤 다른 동료들과 함께 문병을 오고 싶다고 하였다. 나는 괜찮으니 오지 말라고 하였다. 사실 지금 나의 모습은 가족이 아니면 누구에게도 보여 주고 싶지 않은 원초적인 모습이다. 몸은 아프고 불편하며, 잘 걷지도 앉지도 못하는 상태이며, 씻지를 못하여 머리에서 기름이 뚝뚝 떨어질 것만 같은 몰골이다. 다시 한번 찾아오고 싶다는 동료의 물음에 나는 절대 오지 말라고 내 의사를 강력히 표현했다. 그제야 동료는 쾌차하라는 당부와 함께 전화를 끊었다.

소변줄 제거 후 6시간쯤 지났을까? 담당 간호사는 나에게 혹시 소변을 보았느냐고 물어보았다. 나는 소변을 보고 싶은 느낌이 하나도 없다고 했더니 소변이 나와야 할 시간이 좀 지났으니 지금 한번 시도해 보라고 권하였다. 나는 아까 받은 플라스틱 통을 들고 화장실로 엉거주춤 걸어 들어갔다. 통 안에 조준을 하고 심호흡을 하였다. 하지만 정말 아무 느낌이 없었다. 다시 한번 더 심호흡을 하고 1분 정도를 아랫배에 집중하였다. 하지만 아무런 느낌이 없었다. 나는 우리 5살 아이에게 하듯이 입으로 나지막이 '쉬' 소리를 길게 내어 보았다. 그래도 여전히 아무 느낌이 없었다. 그 후 화장실에서 통을 들고 서서 거의 10여 분 동안 갖은 노력을 기울였고, 드디어 무언가 배출되는 느낌이 왔다. 통 안에는 300㎖ 정도의 노란 액체가 모아졌다. 그렇게 수술 후 첫 소변은 성공적으로 해낼 수 있었다.

이제 다음 목표는 방귀다. 방귀를 뀌게 되면 장기의 운동이 정상적으로 돌아오는 회복 과정의 큰 전환점이기도 하지만 그토록 원하던 시원한 물을 마실 수도 있다는 의미가 된다. 수액으로 수분을 보충받지만 하루 종일 갈증이 심했다. 그렇기에 아마도 이 병동의 모든 환자들이 나와 같은 시점에서는 방귀라는 단 하나의 큰 목표를 가지고 그렇게 열심히 걷고 또 걸었을 것이다.

진통제를 맞고 저녁까지 걷기 운동을 했다. 그 무렵에는 한 번에 병동을 2바퀴는 돌 수 있게 되었다. 10시쯤 침대에 누워 오늘 했던 일들을 아내와 이야기 나누었다. 아내도 나도 몸의 회복이 눈에 띄게 진행되는 것을 느꼈다. 내일은 또 더 나아질 것이라는 희망이 샘솟아 기분 좋게 잠에 빠져들었다.

# 위암 수술 후 3일 차:
# 약물 부작용

진통제를 투여받고 나른한 기운에 잠이든지 몇 시간이나 지났을까. 갑자기 두피와 목 뒤에서 밀려오는 불타는 듯한 느낌에 놀라 화들짝 잠에서 깨어났다. 머리와 목에서는 극심한 열기와 함께 참을 수 없는 가려움증이 활활 타올랐고, 그 느낌은 온몸으로 퍼지고 있었다. 팔을 들어 옷을 걷어 보니 피부는 빨간 발진으로 뒤덮여 있었다. 가슴의 옷을 들치어 보니 그 부분도 온통 발진으로 뒤덮여 있었다. 숨이 가빠지고 의식이 흐릿해지는 것을 느꼈다. 나는 본능적으로 뭔가 잘못되고 있다는 생각이 들어, 다급하게 아내를 불렀다.

“여보, 여보, 빨리 간호사 선생님 불러 빨리.”

아내는 잠에서 깨어나 영문을 모른 채 나를 쳐다보며 “왜? 진통제 놔 달라 할까?” 하며 물었다.

나는 팔에 올라온 발진을 보여 주며,

“온몸이 불타는 것 같아. 뭔가 잘못된 것 같아. 빨리 간호사 선생님 데리고 와. 빨리.”

다급하게 소리쳤다. 아내는 그제야 상황 파악이 되었는지 병실을 박차고 달려 나갔다.

몇 초 후 나의 담당 간호사가 들어와 나의 상태를 살피고 혈압과 맥박을 쟀다. 혈압은 150을 넘겼고, 맥박도 평소보다 훨씬 빨랐다. 담당 간호사도 왜 이런 증상이 생기는지 아리송한지 병동에서 야간 대기 중인 수련의를 불렀다. 둘이서 나를 이리저리 살피며 대화를 하더니 지금 투여하고 있는 약 중에 과민반응을 일으키는 것이 있는 것 같다고 하였다. 일단 안정제와 항알러지제를 포함한 주사를 3개 정도 맞았다. 주사약이 몸속으로 투입되니 순식간에 온몸이 불타는 느낌과 극심한 발진, 가려움증이 사그라지기 시작했다. 좀 지나자 오히려 한기와 떨림이 나를 덮쳐 왔다. 나는 사시나무 떨듯 떨기 시작했고, 아내는 그런 나를 걱정스럽게 지켜보며 자기의 이불을 내 이불 위로 덮어 주었다.

약에 의한 과민반응이라면 먼저 가장 의심스러운 것은 진통제였다. 그래서 다른 진통제를 써 보기로 하였고 수액을 교체할 때마다 몸 상태를 잘 살펴보기로 했다. 사실 수술 직후에도 아내는 목과 입 주위에 발진이 있었다고 했다. 아마도 그 증상도 지금과 관련이 있는 것이리라. 조금 더 지나자 추위와 떨림도 어느 정도 진정되었고 피로감이 몰려왔다. 아내는 많이 놀랐는지 나를 멍하니 쳐다보고만 있었다. 이제 괜찮으니 좀 더 자라고 하고는 나도 다시 침대에 누웠다.

다시 병동에는 아침이 찾아왔다. 각 병실에는 불이 켜졌고, 어김없이 체중 재는 소리, 복도에 퍼지는 음식 냄새, 아침 나르는 소리, 간호사들의 근무 교대, 환자 체크 등으로 모두들 바삐 움직였다. 나도 간밤의 놀람을 뒤로하고 걷기 운동을 시작했다.

늦은 오전이 되자 나의 담당 수련의가 들어와서는 내 몸 상태를 살피고는 수술 부위를 소독하겠다고 하였다. 드디어 수술 부위가 어떻게 되어 있는지 볼 수 있게 되었다. 침대에 비스듬히 기대어 복대를 풀고 상의를 벗고 복부의 봉합 부위를 따라 붙여져 있는 거즈를 떼어냈다. 25㎝쯤 되는 절개부를 봉합실이 아닌 의료용 스테이플러로 얼기설기 집어 놓은 것이 보였다. 피부의 위아래로 스테이플러 심이 드러나거나, 옆으로 비스듬히 있거나, 거꾸로 박혀 있거나 한 모습은 정돈되지 않은, 스테이플러 심을 아무렇게나 집어 놓은 듯한 모습이었다. 나는 그 모습에 실망하기도 하고 또 흉터가 흉하게 남을 것 같아 걱정되어,

"이거 봉합실이 아니네요. 흉터가 많이 남지는 않을까요?" 하고 물었다.

담당 수련의는 의료용 스테이플러가 봉합실보다 더 빨리 아물고 제거할 때 더 수월하며 흉터도 덜 남는다고 했다. 그 대답을 듣고도 나는 여전히 반신반의했다. 그만큼 수술 부위의 상태는 보기에 좋지 않았다.

오전에 진통제를 바꾸어 맞고 늦은 오후에 한 번 더 진통제와 추가 수

액을 맞았다. 그런데 또 발진이 올라오는 것이 느껴졌다. 담당 간호사에게 이야기했더니 다음에는 또 다른 진통제로 바꾸어 보자고 했다. 다행히 발진과 가려움증은 간밤의 그것처럼 그리 심하지는 않아 추가적인 처방 없이 경과를 지켜보기로 했다.

오늘은 크리스마스이다. 간밤에 큰 소동은 있었지만 오늘도 어제보다는 통증이 줄었고, 움직임도 한결 좋아졌다. 우리는 진통제 투여 횟수를 최대한도에서 한 번 줄였다는 사실에 자축했다. 암의 진행 여부, 수술 결과, 회복까지 모두 잘될 것이라는 희망을 이야기하며 힘들었던 하루를 마무리했다.

그리고 침대에 누워서는 서로의 얼굴을 웃으며 바라보며 말했다.

"메리 크리스마스."

# 위암 수술 후 4일 차:
# 방귀 뀌기

병동의 아침이 시작되었다. 오늘은 수술 후 4일 차가 되는 날이고, 크리스마스 연휴 후 첫 회진을 받는 날이다. 모든 담당의들이 각자의 환자들에게 회진하는 일정이 더해져 오늘 아침은 평소보다 더 바쁜 아침이었다.

아침 식사 시간이 조금 지나자 나의 담당의가 내 침대로 찾아왔다. 그 무뚝뚝한 사람이 어쩌나 반가웠는지 모른다. 담당의는 그동안 어떠하였는지 이것저것 물어보았고, 약 과민반응에 의한 발진에 대해서도 물어보았다. 수술 부위의 거즈를 떼어 내어 절개 부분이 잘 아무는지도 살펴보았고, 복부 여기저기를 조심스레 눌러보며 느낌이 어떠한지도 물어보았다. 그리고 수술은 잘되었다는 총평과 함께 정확한 병기는 수술 중 떼어 내었던 위와 림프절의 정밀조직검사가 모두 완료된 후에 알 수 있다고 하였다. 조직검사 결과 병기가 2기 이상이면 확실한 치료를 위해 항암치료가 병행될 수 있다고도 하였다. 그러고는 걷기 운동, 공들어 올리기 운동을 열심히 하라는 말과 함께 병실을 나갔다.

수술이 잘되었다는 말에 기분이 좋아졌던 나는 조직검사 결과에 따라 항암치료도 병행된다는 말에 또 걱정이 앞섰다. 아내도 걱정된다는 듯한 표정이었지만,

"뭐 항암치료 하면 어때? 어차피 하는 거 확실하게 하는 게 좋지. 그리고 아직 결정된 것도 아니니 미리부터 걱정하지 말자. 그보다 우선 이 공부터 좀 들어 올려 보세요!" 하며 호흡운동기구를 내 앞에 내밀었다.

수술 후 4일 차. 나는 이제 겨우 공 하나 반 혹은 두 개 정도를 들어 올릴 수 있게 되었다. 하지만 아직 온 힘을 다해, 발가락 끝까지 힘을 주어도 3번째의 공은 움직이지 않는다. 스무 번 정도 시도해 보다가 그만두었다. 폐기능의 회복은 단시간에 되는 것이 아닌 것 같다는 생각이 들었다. 하지만 회복이 되고 있다는 것은 사실이다. 공을 들어 올리기 위해 하는 들숨의 강도가 점점 세어지고 있다는 것을 느끼고, 오늘 아침부터는 기관지에 머리털이 걸린 것 같은 이물감과 가려움이 생겨 계속 기침을 하게 되었는데 이것도 회복 증상의 하나라고 한다. 간호사는 계속 큰 기침을 할 것을 요구하였다. 하지만 기침을 할 때 생기는 복부의 통증 때문에 이도 저도 아닌 어중간한 기침만 자꾸 하게 되고 그럴 때마다 눈물, 콧물만 찔끔찔끔 나오게 된다.

어제 새벽 발진 사태가 발생한 후 수액이나 진통제를 새로 투여할 때마다 몸 상태를 살펴보고 있다. 진통제에 의한 과민반응일 것이라 생각

하였지만, 진통제가 원인인 것은 아닌 것 같았다. 정오가 다 될 때쯤 비타민 성분이 있는 수액을 교체하였고, 이내 발진이 일어나는 것을 관찰하였다. 나는 즉시 담당 간호사에게 보고하였고, 비타민 성분이 없는 수액으로 교체하였다. 간호사는 비타민 성분이 있는 수액에 종종 과민반응을 보이는 케이스가 있었다고 하며 경과를 지켜보자고 하였다. 하지만 그 이후로는 발작 증세가 나타나지 않았다.

옆 침대의 아저씨는 어제 방귀를 성공시켜 물을 드셨다. 그리고 오늘 아침부터는 미음을 드셨다. 나도 왠지 조바심이 생겼다. 사실 복강경이든 개복수술이든 수술 후 3~5일 차가 되면 방귀를 뀌어야 정상적인 회복 속도이다. 나는 어떻게든 오늘 방귀를 뀔 수 있게 하기 위해, 시원한 물 한 모금을 마실 수 있기 위해 더욱 열심히 걷기 운동을 하였다. 병실에서 할 일이라고는 그것밖에 없지 않은가? 어떤 환자들은 몸이 아프다며, 귀찮다며 하루 종일 누워 있다든가 텔레비전만을 보기도 한다. 하지만 그럴 때마다 어김없이 운동하라는 간호사들의 잔소리가 들려온다. 거기에 비하면 나는 참 착한 환자이다.

병동 복도를 한 시간쯤 걷고 배에 힘을 줘 보았다. 감감무소식이다. 조금 쉬었다가 다시 한 시간쯤 걷고 배에 힘을 줘 보았다. 여전히 아무 느낌이 없다. 순간 실제로 변기에 앉아 있어 보면 어떨까 하는 생각이 들었다. 병실의 화장실로 들어가 바지를 내리고 변기에 앉아 심호흡을 하고 집중을 했다. 첫 소변을 받을 때처럼 머릿속으로 방귀가 나오는 이미지를 끊임없이 그려 보았다. 그러더니 진짜로 배에 스스르 하는 느낌이 들면서 '스윽' 하고 가스가 나왔다. 나는 다급하게 화장실을 나와 아내를 불렀다.

"여보, 여보, 나 방귀, 방귀!!"

아내는 축하한다며 박수를 쳤다. 옆 침대에서 간병을 하던 아주머니께서도 얼굴을 내밀고 나를 쳐다보시며 축하한다고 하셨다. '방귀를 뀌고 이렇게 축하받을 줄이야…….'라고 생각하면서도 나는 담당 간호사에게 이 사실을 알리려 급히 움직이고 있었다.

이제 나는 물을 마실 수 있는 정도로 회복이 되었다. 마치 신분 상승이 된 기분이다. 하지만 아직은 물을 마시되 조금씩 천천히 마시는 정도로만 허락되었다. 나는 시원한 물 반 컵을 받아 아내와 함께 건배했다.

물을 마시는 것도 1단계에서 3단계의 과정을 거쳐야 한다.

1단계는 10분 동안 물 30cc를 마시고, 20분을 앉아 쉬었다가 10분을 걷고, 20분을 또 쉰다. 이렇게 한 시간 간격으로 물을 두 번 마신다.

2단계는 10분 동안 물 50cc를 마시고, 20분을 앉아 쉬었다가 10분을 걷고, 20분을 또 쉰다. 이렇게 한 시간 간격으로 물을 두 번 마신다.

3단계는 물 대신 쌀 음료나 요구르트 같은 음료수를 마실 수 있다. 나머지 과정은 같다. 아마도 병원마다 물 마시는 단계는 조금씩 다를 것이다.

3단계의 물 마시는 과정을 끝내면 다음에는 식사 시간에 미음을 먹을 수 있다. 나는 오늘 오후부터 1단계를 시작하였기 때문에 내일 점심부터 미음을 먹을 수 있다.

5일 만에 마시는 그 작은 물 한 모금은 너무나 값진 것이었다. 그 한 모금에 성취감과 미래의 희망이 모두 담겨 있었다.

물을 마시기 시작하였기 때문에 수액이 필요 없었다. 저녁부터는 수액 주머니도 떼어 냈다. 이제 남은 약 주머니는 2개다. 저녁까지 2단계 물 마시는 과정을 끝내고, 걷기 운동을 좀 더 하고 공 들어 올리기 운동을 열심히 한 다음 잠자리에 들었다.

오늘도 어제보다 많은 발전이 있었다. 내일도 그러하길 기대한다.

# 위암 수술 후 5일 차:
# 물 마시기, 미음 먹기

새로운 아침이 밝았다. 정해진 시간이 되면 모두가 각자의 할 일을 하느라 바삐 움직이는 소리에 저절로 잠이 깨게 된다. 체중도 이제는 감소하는 추세로 돌아섰다.

수술 5일 차 아침부터는 해야 할 일이 하나 더 늘었다. 그건 바로 물을 마시는 단계를 계속 진행하는 것이다. 어제 물 50cc를 마신 후 걷고 쉬는 단계를 하였으니 이제는 마지막 3단계인 쌀 음료나 음료수를 마셔보는 일이다.

어제 마신 첫 냉수는 정말 잊지 못할 맛과 느낌이었다. 목을 타고 넘어가는 물의 느낌은 내가 아직 살아 있다는 강렬한 느낌이었다. 그런데 거기에 맛과 향이 가미된 음료수는 얼마나 맛있을까 하는 생각에 저절로 입에 침이 고였다. 냉장고에는 어제 아내가 미리 사 놓은 쌀 음료가 준비되어 있었다. 아내는 야릇한 미소를 띠며 나에게 쌀 음료 반 컵을 건네주었다. 나는 컵을 받아들고 먼저 냄새를 맡아 보았다. 특이한 것을 느낄 수는 없었다. 그다음은 혀를 살짝 담갔다가 빼서 어떤 맛인지

탐색해 보았다. 약간 달달하고 부드러운 느낌이 혀 전체에서 느껴졌다. 이번에는 음료를 입안에 살짝 머금었다가 삼켰다.

'원래 쌀 음료가 이렇게 달았던가?' 할 정도로 강한 단맛이 느껴짐과 동시에 행복감이 몰려왔다. 쌀 음료 한 모금에 이렇게 행복해하다니 별일이다. 쌀 음료와 물을 반복해 마시면서 오전을 보냈다.

수술 후 다음 날 일어섰을 때는 수술 부위가 너무나 아팠기 때문에 상체를 조금도 펼 수 없었다. 하지만 시간이 지나면서 통증이 조금씩 줄어들수록 조금씩 상체도 펼 수 있게 되었다. 그래도 거울을 보면 여전히 등이 많이 굽어 있다. 수술 3일 차에 걷기 운동을 하면서 복도에 배치된 기구에서 나의 키를 측정해 보았다. '172㎝' 수술 전 내 키는 178㎝이었다. 무려 5㎝만큼 상체가 굽은 것이다. 수술 후 5일 차에 측정해 본 나의 키는 174㎝였다. 갈 길이 멀다. 봉합 부위의 통증은 줄었지만 상체를 곧게 펴려고 하면 봉합 부위가 팽팽히 당겨지는 느낌에 더 이상 상체를 펼 수가 없었다.

오전에 담당의의 회진이 있었다. 회진 시간에 나는 배가 당기는 느낌이 없어질 만큼 회복하려면 얼마나 걸릴지 물었다. 1년 정도는 그런 느낌이 있을 것이라 한다. 아직 4㎝가 더 커야 하니 갈 길이 멀다.

점심시간이 되니 미음이 나왔다. 나도 이제 밥시간에 뭔가를 먹을 수 있다는 사실이 뿌듯했다. 미음의 양은 밥그릇의 바닥이 보일 만큼 적은 양이었다. 아주 적은 양이었지만 담당 간호사는 10분 이상 천천히 먹으라 했다. 나는 숟가락 끝에 살짝 간장을 묻힌 후 미음 반 숟가락을 떠 입안에 넣었다. 쌀의 구수한 맛이 입안을 감쌌다. 참 맛있었다. 수술 전 준비 시간까지 하여 7일간을 금식한 후 먹는 음식이라 맛을 민감하게 잘 느낄 수 있게 된 것 같았다. 내 인생 살면서 7일이나 밥은 안 먹은 적이 있었던가.

미음을 먹을 수 있게 되자 아내는 나보다 더 좋아했다. 왜냐하면 이제 밥을 같이 먹을 수 있게 되었기 때문이다. 그동안 아내는 식사 시간이 되면 내가 먹고 싶어 할까 봐 휴게실이나 면회실 같은 곳에서 혼자 급하게 끼니를 해결했다. 내가 그러지 말라고 하여도 식사 시간에 슬그머니 없어지는 아내는 이제 당당하게 내 앞에서 음식을 먹었다. 나도 아내와 같이 다시 한 공간에서 밥을 먹을 수 있게 되어 참 고맙고 좋았다.

미음을 먹기 시작한 이후로는 더욱 바빠졌다. 왜냐하면 일정량의 물과 음식을 정해진 스케줄에 맞추어 소화해야 했기 때문이다. 미음 이후의 나의 스케줄은 이랬다.

20분 동안 미음 절반을 먹고, 20분 앉아서 쉬었다가 20분을 걷고, 물을 마신 후 30분에서 1시간 동안 휴식한다(총 1시간 30분~2시간).

다시 20분 동안 남은 미음 절반을 먹고 20분 앉아서 쉬었다가 20분을 걷고 물을 마신 후 30분에서 1시간 동안 휴식한다(총 1시간 30분~2시간).

식사 30분 전후에는 물을 마시지 않고 취침 전 2시간 전에는 음식 섭취를 자제한다. 이렇게 정해진 스케줄대로 움직여야 했기 때문에 눕고 싶을 때 누울 수가 없는 불편함이 생겼다. 하지만 이제 음식을 먹을 수 있게 되었다니 얼마나 큰 발전인가.

아직 장 회복이 덜 되어서인지, 항생제 때문인지는 몰라도 미음 섭취 후 계속 설사를 하였다. 담당 간호사는 처음 음식을 섭취하기 시작한 날은 많은 환자들이 설사를 하니 너무 걱정하지 말라고 하며 계속 설사를 하게 되면 알려 달라고 하였다.

이제는 호흡운동기구의 3번째 공도 절반 정도는 들어 올릴 수 있게 되었다. 진통제 투여 횟수도 하루 3번 정도로 줄였고, 발진도 더 이상은 생기지 않는다. 조직검사 결과가 어떻게 나올지 신경 쓰이기는 하지만 하루하루 좋아지는 나의 모습을 보고 있으면 희망이 생긴다.

내일은 또 얼마나 좋아질까? 하는 기대감이 벌써부터 생겼다.

## 위암 수술 후 6일 차:
## 미음과 죽 먹기

수술 후 6일 차의 아침은 다른 어느 날보다 바쁘다. 아침 식사부터 시작하여 하루 종일 먹고 운동하는 스케줄을 따라야 하기 때문이다. 수술 후 4일 차까지는 쉬고 싶거나 졸리면 언제라도 침대에 기대어 잠을 청할 수 있었지만, 이제는 조금이라도 시간을 놓치면 그만큼의 시간이 하루 종일 뒤로 밀린다. 그리고 수술 수 4일 차까지는 방귀를 뀌기 위해 노력하였지만 이제는 음식 섭취에 나의 장기들이 적응할 수 있도록 노력하여야 했다. 갈증이나 물이 마시고 싶어도 식사 전후의 제한이 걸려 있기 때문에 물을 마셔야 하는 시간에 제때 마시지 못하면 다음으로 미루어야 했다. 그래도 내가 입으로 음식을 먹고 물을 마실 수 있다는 사실에 감사한다.

지켜야 할 식사 스케줄이다.

아침 1: 식사 20분 → 기대어 쉬기 20분 → 운동 20분 → 물(음료) 마시고 휴식 1시간 → 총 2시간 아침 2: 식사 20분 → 기대어 쉬기 20분 → 운동 20분 → 물(음료) 마시고 휴식 1시간 → 총 2시간

오전 간식: 식사 20분 → 기대어 쉬기 20분 → 운동 20분 → 물(음료) 마시고 휴식 30시간 → 총 1시간 30분

점심 1: 식사 20분 → 기대어 쉬기 20분 → 운동 20분 → 물(음료) 마시고 휴식 1시간 → 총 2시간

점심 2: 식사 20분 → 기대어 쉬기 20분 → 운동 20분 → 물(음료) 마시고 휴식 1시간 → 총 2시간

오후 간식: 식사 20분 → 기대어 쉬기 20분 → 운동 20분 → 물(음료) 마시고 휴식 30시간 → 총 1시간 30분

저녁 1: 식사 20분 → 기대어 쉬기 20분 → 운동 20분 → 물(음료) 마시고 휴식 1시간 → 총 2시간

저녁 2: 식사 20분 → 기대어 쉬기 20분 → 운동 20분 → 물(음료) 마시고 휴식 1시간 → 총 2시간

단, 모든 음식을 억지로 먹을 필요는 없다. 배가 불편하거나 구토나

설사를 하면 바로 먹기를 중단하고 일정 기간 금식 후 다시 미음 단계로 되돌아간다.

미음 단계를 지나 다시 배우는 식사법이다. 마치 내가 이유식을 시작한 아기처럼 조금씩 천천히 오물거리며 음식을 넘겼다. 살짝 간장 간으로 된 심심한 반찬들이었지만 나에게는 생명줄과 같은 음식들이다. 죽만 먹는 것이 측은했는지 아내는 매점에서 사 온 포도를 손으로 짜서 나온 주스를 숟가락으로 모아 떠먹여 주었다. 포도의 향긋한 향이 입안 전체에 퍼지는 것이 눈물이 날 정도로 좋았다. 내가 지금 먹는 음식들…… 전에는 몰랐지만 참 맛있는 음식들이다.

약 주머니는 이제 항생제와 진통제 두 개가 남았다. 오후가 되자 담당 간호사는 남은 주머니들도 제거하였고, 진통제는 알약으로 대체되었다. 주삿바늘이 내 몸에서 모두 제거되자 이젠 정말 퇴원해도 될 것만 같은 기분이었다. 물론 알약의 진통제는 직접 몸속으로 투여되는 것과는 달리 약효가 빨리 나오지는 않았지만 이미 진통제 투여 횟수를 하루 한 번으로 줄여 놓았기 때문에 큰 불편은 없었다. 나는 주삿바늘이 내 몸에서 제거되었다는 사실만으로도 자유를 느낌과 동시에 그저 감사했다.

아직 하루 두 번 정도 설사를 하지만 변의 농도가 진해지고 있다는 것을 관찰할 수 있었다. 조금만 더 지나면 정상적인 변을 볼 수 있을 것 같았다.

수술 직후에는 수술 부위 통증과 당기는 느낌에 잠을 잘 때도 바로 눕지 못하고 침대에 비스듬히 기대어 잠을 청해야 했다. 하지만 시간이 지날수록 침대의 각도는 조금씩 수평에 가깝게 펴지게 시도하였고 이제 수술 후 6일 차에는 거의 완전히 누울 수 있게 되었다. 그래도 통증 때문에 똑바로 눕지는 못하고 자연스레 옆으로 누워 몸을 웅크린 자세를 취했다.

몸이 회복되니 없던 불편함도 생겼다. 수술 직후부터 며칠 전까지만 해도 침대에 기대면 바로 잠이 들었다. 침대 위가 가장 편한 장소였지만 이제는 침대도 불편해지기 시작한다. 딱딱하고 좁고 불편한 느낌에 자꾸만 집에 있는 포근한 우리 집 침대 위가 생각나기 시작했다. 이전까지 비스듬히 기대어 앉은 자세로 하루를 보내다 보니 엉덩이와 허벅지에 모든 체중이 실렸다. 그런 자세가 오래되니 엉덩이와 허벅지 살의 감각이 내 살이 아닌 것처럼 느껴졌다. 오랫동안 무게에 짓눌려 있어 혈액순환이 원활하지 않게 되어서 생기는 증상이라 한다. 해당 부위에 마사지를 자주 하고 운동을 꾸준히 하면 감각이 정상으로 회복된다고 담당 간호사가 귀띔해 주었다.

내가 있는 이 병동도 이제는 아주 많이 익숙해졌다. 비슷한 시기에 입원하고 수술받은 사람들의 얼굴도 익히게 되고 그 사람들의 회복 경과도 알 수 있게 되었다. 수술 직후 다들 아파 죽을 것 같은 인상으로 한 걸음 한 걸음을 힘겹게 내디뎠던 과정을 지나 이제는 모두들 한결 자신감에 찬 표정으로 힘차게 걸어 다닌다. 개인차가 있지만 수액 주머니와 약 주머니들도 대부분 제거하였다. 동시에 새로 보이는 사람들도 보인다. 그네들은 다들 걱정과 두려움이 가득한 표정이다. 이 병동에서도 하나의 사이클이 지나가고 있는 것이다.

# 위암 수술 후 7일 차:
# 봉합실 제거, 식사 교육

아침에 옆 침대에 계시던 아저씨가 나가고 새로운 환자분이 들어오셨다. 문경에서 오신 61세의 남자분과 보호자인 배우자분이셨다. 우리 부부와 몇 번 얼굴을 마주치고 난 후 수술 전후 진행에 대해 여러 가지를 물어보셨다. 그분도 나와 같이 은퇴 직전의 건강검진에서 암이 발견되었다고 하셨다. 나와 같이 진행성인 듯한 모습이라 개복수술을 하게 되었고 위치가 식도 근처라 위를 100% 절제하는 것은 물론이고, 식도 괄약근까지 절제해야 할지도 모른다고 하였다. 멀쩡한 사람에게 갑자기 위는 물론이고 식도까지 잘라 내야 한다고 말하면 얼마나 황당할까? 그래서 그런지 아저씨의 얼굴은 잔뜩 굳어 있었다. 우리는 의사들은 원래 수술 전에는 가장 최악의 상황을 이야기하며 나중에는 다 잘될 것이라 위로했다.

오전에 담당 수련의가 와서 수술 부위의 스테이플러 심 및 배꼽 주위의 봉합실을 제거하였다. 스테이플러의 굵은 심 제거는 많이 아플 것으로 생각되었지만 의외로 봉합실보다 아프지 않았다. 그리고 모든 것이 제거된 후위 수술 부위는 예상했던 모습보다 더 깔끔하였다. 절개 부위는 제거 작업 후 물이 묻어도 떨어지지 않는 의료용 테이프로 단단히 고정되었다.

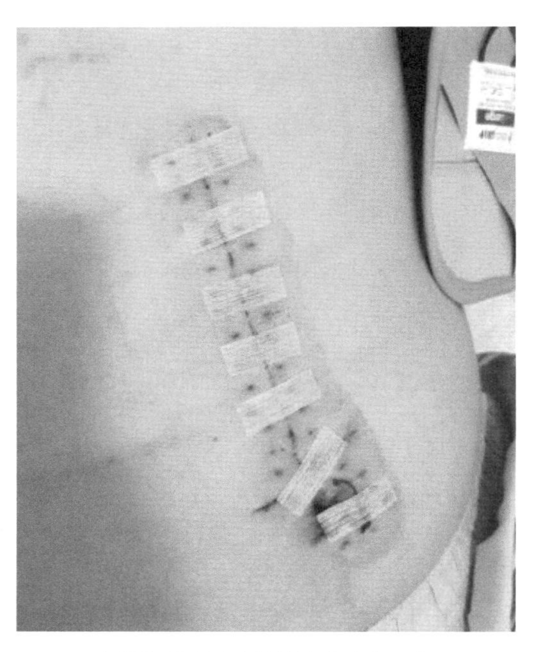

[사진] 개복 부위 봉합실 제거 후 모습

물을 먹기 시작한 이후로 회복의 모든 과정은 음식물의 적절한 섭취에 맞춰졌다. 초기에는 정상적인 장운동을 유도하기 위해서였고, 그다음부터는 음식물 섭취 방법을 다시 익히기 위해서였다. 환자식으로 제공된 식단은 내가 퇴원 후 정상적인 밥을 먹기 전까지의 식단을 준비하는 데에 많은 참고가 되었다.

다음은 병동에서 내가 먹은 식단이다.

흰쌀죽-간장-순두부-코다리찜-양배추절임-맑은된장국
흰쌀죽-간장-닭가슴살찜-생선조림-데친 무무침-동치미국물
흰쌀죽-간장-연어찜-계란찜-데친 무무침-시래기국
흰쌀죽-간장-갈치조림-소고기장조림-감자조림-소고기무국
흰쌀죽-간장-가자미조림-순두부-데친 브로콜리-배추된장국

간식으로는 호박죽, 깨죽, 야채죽, 소고기죽이 나왔다.

요리를 좀 해 본 사람은 금방 파악할 것이다. 위절제수술을 받은 환자에게 나온 식단은 모두 간장 베이스의 조림식, 데친 야채, 맑은 된장국, 그리고 생선과 육류가 함께 나왔다.

오후에는 퇴원 후, 그리고 평생 주의해야 할 음식 섭취에 관한 영양사의 교육이 있었다. 아내와 함께 교육장에 들어가 주위를 살펴보니 모두 나와 비슷한 시기에 수술을 받은 익숙한 얼굴들이 보였다. 그중에는 나와 같이 위전절제술을 받은 사람도 있었고, 부분절제술을 받은 사람도 있었지만, 공통적으로는 모두 위암 수술을 받은 사람들이었다.

위암 수술 환자라고 해서 못 먹을 음식은 없었다. 가장 기본적이고 공통적인 규칙은 위암 환자도 모든 음식을 먹을 수 있지만 조금씩 나누어

먹어야 하고 어떤 음식도 급하게 많이 먹으면 안 된다는 것이다.

먹지 말아야 할 음식은 크게 3가지다. 탄 음식, 술, 감이나 고구마같이 식이섬유가 많아 위석을 만들 수 있는 음식, 특히 탄 음식과 술은 검증된 발암 식품으로 적은 양이라도 평생 먹지 말 것을 권유받았다. 물론 금연은 기본 중의 기본이다.

세부적인 사항은 담당 의사들마다 조금씩 달랐다. 아주 철저하게 원칙만을 중시하여 제한되는 음식이 많도록 요구하는 의사가 있는 반면, 명백히 유해한 음식을 제외하고는 적당량을 골고루 섭취할 수 있도록 허용하는 의사도 있었다. 아마도 치료에 대한 철학이 의사들마다 다르기 때문에 그런 것이 아닐까 한다. 나의 담당의는 전자에 속하였다.

교육 후 병동 복도를 걷고 있는데 아주머니 한 분이 나에게 다가와 인사를 하였다. 자세히 보니 내가 수술실로 들어갈 때 같이 엘리베이터를 탔던, 휠체어를 탄 남편 옆에서 간절히 기도하고 계셨던 그분이셨다. 아주머니도 나를 기억하고는 인사를 한 것이다. 우리는 인사를 하고 서로의 안부를 물었다. 아주머니의 남편은 건강검진 중 신장에서 암을 발견하게 되었는데 그 크기가 10㎝가 넘을 만큼 컸다고 했다. 복부 CT에서 암의 전이 여부는 나타나지 않았지만 담당의는 아마도 전이되었을 가능성이 크다며 항암치료에 대한 마음의 준비를 하라고 하였는데 막상 개복하여 보니 기적적으로 어디에도 전이가 되지 않은 깨끗한 상태였다고 했다. 담당의도 그런 경우는 드물다며 이제 회복에만 전념하자고 격려하였다고 한다. 그날 본 그 아주머니의 얼굴은 수술 당일 내가 본 절망과 간절함의 사이에 있는 표정이 아니라 희망에 가득 찬 표정이었다.

수술 전부터 지금까지 관찰한 바로는 거의 울먹이며 이 병동에 들어온 환자와 보호자 모두 다 희망에 찬 얼굴을 하고 있었다. 퇴원하는 사람들의 발걸음은 힘찼고, 심지어 웃으며 퇴원하는 가족들도 있었다. 나도 그랬다. 다시 희망을 품게 도와준 모든 병원 관계자분들께 감사하고 또 감사하다.

벌써 병원에서 9일을 보냈다. 오늘이 병원에서의 마지막 밤이다. 그동안의 시간이 머릿속을 스쳐 지나갔다. 하루하루가 삶에서 한 번도 겪어 보지 못한 새로운 경험이었고 힘든 도전의 연속이었지만 나와 아내는 잘 이겨 냈다. 보호자용 간이침대에서 곤히 자고 있는 아내가 보인다. 나보고 그 힘든 수술과 치료를 잘 견디어 주어서 고맙다고 한다. 그동안 나를 간호한다며 잔심부름부터 궂은일을 다 하고, 비좁고 불편한 간이침대에서 자느라 힘들었을 텐데 아무 불평 없이 오히려 간섭하는 사람 없어 편했다고 말해 주는 그 마음이 너무나 고마웠다. 비록 암에 걸렸지만 나는 아직도 참 복이 많은 사람인가 보다.

## 위암 수술 후 8일 차:
## 퇴원

입원 10일 차, 위암수술 후 8일 차 되는 오늘은 퇴원하는 날이다. 수술을 위해 입원을 할 그 당시에는 내가 이렇게 회복되어 퇴원하게 되리라는 생각을 하지 못했다. 정확하게 말하면 수술에 대한 막연한 두려움 때문에 그런 생각을 할 여유가 없었다고 하는 것이 옳겠다. 아무튼 시간은 어떻게든 흘러 흘러서 이제는 퇴원할 때가 되었다.

아침 식사 후 운동을 마치고 필요한 서류를 챙기기 시작했다. 다행히 암보험에 가입되어 있었기 때문에 추가적으로 필요한 서류가 있었다. 암보험. 대부분의 사람들이 그렇겠지만 개인적으로 가입하는 건강보험 중 세부 항목에서는 암 특약 부분이 가장 큰 비율을 차지한다. 항상 보험료를 납부하면서도 돈이 아깝다는 생각이 들곤 하였는데 이것이 지금 이렇게 유용하게 쓰일 줄은 꿈에도 생각 못 했다. 이럴 줄 알았으면 비싼 것으로 하나 더 들어 놓을 걸 하는 생각도 든다. 인간의 마음이란 참 간사하다.

어쨌든, 보험금 청구를 위해 필요한 서류는 보험회사마다 조금씩 다를 수도 있겠지만 기본적으로는 다음과 같다.

1. 진료비계산서&영수증
2. 병원 직인이 찍힌 진단서
3. 조직검사 결과서
4. 수술기록지
5. 입·퇴원증명서

나의 경우는 아직 조직검사 결과가 나오지 않았기 때문에 그것을 제외한 나머지 서류들만 원무과와 간호사실을 드나들면서 챙겼다.

진료비를 정산하면서 다시 한번 깜짝 놀랐다. 70만 원이 넘는 1인실 입원비와 9일간의 2인실 입원비, 그리고 수술비, 약값을 포함한 금액이 내가 생각한 것보다 훨씬 적게 나왔기 때문이다. 의료기관에서 일단 암 환자라 진단을 받으면 본인이 별도의 행위를 취하지 않아도 건강보험공단의 시스템 내에 자동으로 중증관리 대상자에 편입되어 급여 의료비에 한해서 본인 부담금이 5%로 경감된다는 사실에 새삼 놀라웠다. 이런 시스템은 내가 유학하였던 미국이나 영국에서는 상상도 못 할 일이다. 물론 앞으로도 개선해야 할 사항이 많겠지만 우리나라의 의료 수준 및 국민건강보험 체계는 세계 어느 나라와 비교해도 우수하다는 생각이 든다.

퇴원 후 3주 후에 첫 외래진료를 하기 때문에 진료 스케줄을 미리 예약하였다. 담당 간호사는 조직검사 결과에 따라서 혈액종양내과에 예약이 잡힐 수도 있다고 하였다. 그것은 곧 항암치료가 시작됨을 의미한다. 조직검사 결과를 듣고 되도록이면 홀가분하게 퇴원하고 싶었는데 그러질 못해서 아쉬웠다. 담당 간호사는 나에게 퇴원 후 음식 섭취에 대해 자세히 설명해 주었고, 집에서 먹을 약과 진통제를 가득 안겨 주었다.

마침내 환자복을 벗고 입원할 때 입었던 나의 옷으로 갈아입었다. 성취감이랄까? 해방감이랄까? 말로 설명하기 힘든 그런 복합적인 기분 좋은 감정이 내 몸을 휘몰아쳤다. 병실을 나오니 병동의 복도에는 많은 환자들이 여전히 비장한 얼굴로 복도를 걷고 있었다. 그 모습을 보니 그동안의 시간들이 내 머릿속을 스쳐 지나갔다.

"이제 이런 곳 따윈 다시는 안 오리라!!"

라고 다짐을 하며, 그동안 나를 잘 보살펴 주셨던 담당 간호사 선생님들, 그리고 담당 수련의에게 감사의 인사를 하고 병원을 나왔다.

약간의 어지러움이 있었지만, 병원 바깥의 공기는 좋았다. 아내와 함께 택시를 타고 집으로 돌아왔다. 안으로 들어가는 현관문 앞에서 감정이 복받쳐 올라와 한동안 현관문 손잡이를 잡고 서 있었다. 그러고는 문을 열었다. 베란다 창으로 들어온 햇살이 거실을 가득 채우고 있었다.

내가 돌아왔다!!!

# 입원 중
# 체중 변화

통상적으로 위절제수술을 받으면 몸무게가 빠진다. 위의 크기가 현저히 줄어들거나 위가 아예 없어지기 때문에 한 번에 먹을 수 있는 음식의 양이 줄고 영양분의 흡수도 원활하지 않기 때문이다. 위암 치료 백서에는 수술 전 몸무게를 유지하는 것을 최대의 목표로 해야 한다고 하지만, 담당의나 간호사, 그리고 영양사 선생님들의 말씀을 모두 종합해 보면 위절제술을 받은 대부분의 환자들은 수술 전 몸무게의 10~20% 정도의 체중 감소를 경험한다고 한다. 그런데 이러한 체중 감소는 언제 나타나게 될까? 체중 감소의 정도와 시기는 개인차가 있는 것은 분명하다. 나의 경우에는 수술 후에도 눈에 띄는 체중 감소는 없었다. 아래의 그래프는 입원 중 매일 체크했던 나의 몸무게 변화를 기록해 놓은 것이다.

입원하였을 그 순간의 몸무게는 72.2kg이었다. 입원 후 물까지 통제되는 금식을 하면서 순식간에 2kg가 빠졌다. 하지만 수술 후 3일이 지나 물을 마시기 전까지는 신기하게도 몸무게가 조금씩 늘었다. 수액을 제거하고 직접 물을 마시고 식사를 하게 되면서 몸무게는 다시 조금 감소하였지만 퇴원 당일의 몸무게는 수술 직후 몸무게를 거의 그대로 유지하고 있었다. 아마도 수액과 직접 몸속으로 투입되는 영양제가 몸의 밸런스를 유지하기에 적절한 양이었던 것 같다. 반대로 수액을 제거하면서 내가 마시는 물의 양이 투여되었던 수액의 양보다는 조금 적었던 모양이다. 그리고 입원 중에는 제공되는 식사량을 모두 섭취하여 애썼기 때문에 아마도 몸무게가 계속 유지되지 않은 것이 아닌가 생각한다.

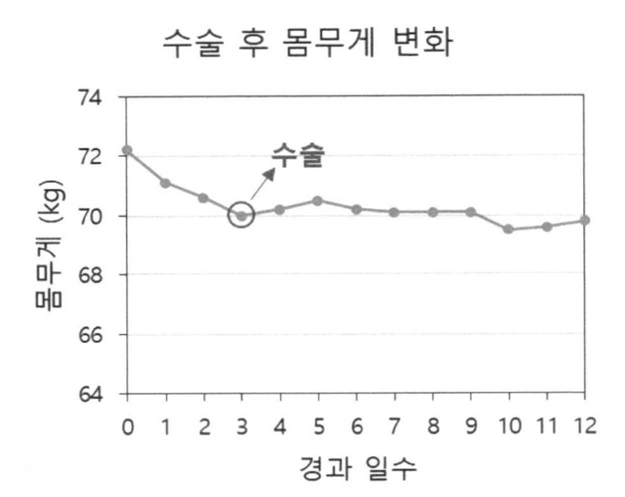


[그림] 입원, 수술, 퇴원까지의 몸무게 변화

하지만 퇴원 3개월 후부터 지금까지 내 체중은 수술 전 체중인 72kg에서 15% 정도가 줄어든 60kg 정도를 계속 유지하고 있다.

담당 의사 선생님과 영양사 선생님 모두 평생 이 체중을 유지하게 될 것이라 했다.

# 위암 수술 전후
# 심경 변화와 회복 단계

암 진단을 받으면 누구나 충격에 빠진다. 아직도 암은 우리나라의 사망 원인 중 1위를 차지하는 질병이며 그렇기 때문에 '암 = 죽음'이라는 공식이 무의식중에 머릿속에 자리 잡고 있는 경향이 있다. 특히 젊은 사람일수록 암 진단을 받았을 때의 충격이 크다. 통계에서도 보이듯이 암 진단율은 50대가 넘어서야 급격히 높아진다. 달리 말하면 40대, 30대, 20대에서는 암이라는 질병이 그리 흔하지 않은 것이다. 30대의 암 발병률은 3만 관중이 가득 찬 잠실야구장에서 딱 2명을 추첨하는 행사를 할 때 걸리는 확률보다 낮다. 그러니 그 나이 또래에서 자신이 암에 걸릴 것이리라는 상상을 꿈에서라도 해 본 사람이 몇이나 되겠는가? 전혀 준비가 되어 있지 않은 상황에서 암이라는 현실을 마주하기는 누구에게도 너무나 큰 충격이다.

암 확진을 받으면 절망에 빠진다. 이제 곧 죽을 것만 같고 자신의 처지가 너무나 처량해서 극심한 우울증에 빠지게 된다. 어떤 경우에는 현실을 부정하려 애쓰지만 결국에는 현실을 받아들일 수밖에 없다. 왜 나만 이런 시련을 겪어야 하는지 화가 나고 지난 세월들이 원망스럽다.

그래서 암 확진을 받은 후 며칠 혹은 몇 주 동안은 극심한 슬픔, 분노, 두려움, 좌절감, 인간관계와 생업을 못 하게 될지도 모른다는 걱정, 가족들에 대한 죄책감과 같은 감정들이 자신을 혹은 가족 전체를 지배한다. 이러한 감정들은 병원과 담당의, 그리고 수술 방법을 결정하고 난 다음까지도 계속된다.

입원을 하게 되면 막연한 두려움이 모든 감정들을 지배하게 된다. 수술받은 환자들을 유심히 보게 되고, 수술 후의 나의 모습도 저럴 것이라는 상상을 하며 모든 것이 잘될 것이라는 흐릿한 희망을 품기도 하지만 아무튼 두렵다.

비로소 수술을 받게 되면…… 아무 생각도 할 수가 없다. 극심한 통증을 이겨 내야 하고 하루하루 회복하는 몸 상태에 따라서 해내야 하는 단계들도 점점 복잡해지고 구체화되기 때문에 감정의 바다에 빠져 있을 여유가 없다. 다행인 것은 대부분의 경우 수술 후 거의 동일한 회복 과정을 거치고 그 과정에서 나도 회복해서 다시 정상으로 되돌아갈 수 있다는 희망을 본다. 그래서 퇴원하는 사람들의 표정이 다들 그렇게 힘차 보이는 것 같다.

하지만 그 기쁨도 잠시이다. 회복의 과정은 병원에서 생각했던 그것과는 훨씬 길고 지루하며 힘들다. 군대로 비유하자면 병원에서 퇴원하는 것은 마치 훈련소를 퇴소하는 것과 같다. 훈련소를 퇴소하는 훈련병

입장에서는 뭔가를 해낸 것 같은, 그리고 진짜 군인이 된 것 같은 뿌듯한 기분이겠지만 그의 앞에는 끔찍하고도 기나긴 자대 생활이 기다리고 있다.

퇴원 후 3주간은 죽을 먹으며 소화 장기들이 위가 없는 상태에 적응할 수 있도록 하여야 하며, 그 후에는 밥을 먹으면서 일상에 적응할 수 있도록 노력해야 한다. 그 과정에서 음식에 적응을 못 해 자꾸 탈이 나는 이전과는 완전히 달라진 내 몸을 알아가게 된다. 병원과는 달리 혼자 있는 시간이 많아지게 되면서, 그리고 내가 이전과 다른 내 몸을 알게 되면서 다시 우울증과 두려움, 좌절감 같은 감정에 휩싸이는 빈도가 많아지게 된다. 이러한 감정들은 몇 달 동안 계속된다.

지루하고 힘든 재활 과정을 지나면서 한두 번의 정기검진을 받고, 의사로부터 나아지고 있다는 말을 듣게 되면 어느 사이에 나도 살 수 있다는 자신감이 생기기 시작한다. 이 시기에는 몸도 어느 정도 회복하여 음식을 먹다가 탈이 나는 빈도도 줄어들고 가벼운 운동도 할 수 있게 된다. 운동을 하기 시작하면 우울감과 상실감은 조금씩 긍정적인 기운으로 대체된다.

그다음부터는 환자 본인이 하기 나름이라 생각한다. 수술로 미처 제거하지 못한 암세포가 남아 있어 전이되는 경우를 제외하고는 말이다. 나도 아직 수술한 지 일 년이 채 지나지 않아 2년, 3년, 혹은 5년 후 완치까지의 회복 과정이 어떠한지는 잘 모르겠지만 지금까지 겪은 나의 감정 변화들은 그러했다.

Chapter 3

# 아프니까 암환자다
## (회복과 시행착오)

# 위암 수술 후 신체의 회복 단계: 수술 후 30일, 죽 단계

수술 후 회복의 과정과 단계는 병원의 지침에 따라, 의사에 따라, 그리고 개인에 따라 다를 수 있다. 하지만 수술 후 1년에서 2년 동안은 몸의 회복과 상태 변화에 귀 기울여야 하고 조심에, 조심을 거듭하여야 한다. 왜냐하면 암의 재발은 수술 후 2년 내에 가장 빈번하게 일어나기 때문이다. 여기서 서술한 수술 후 일 년 동안의 회복 과정은 지극히 나의 개인적인 경험이지만, 아마도 대부분의 암 환우들도 비슷한 과정을 겪었을 것이라 생각하며 각자의 회복에 조금이나마 도움이 되길 바란다.

**수술~수술 후 한 달:**

이 기간 동안은 내 몸이 위가 없는 소화 시스템에 적응하는 1단계이다. 그렇기 때문에 소화하기 쉬운 죽을 먹으며 적응을 시작한다. 갓난아기가 이유식을 시작할 때와 아주 비슷하다. 물론 의사의 치료 철학이나 수술 방법의 차이에 따라 한 달 내내 죽을 먹으라고 권하는 경우도 있고, 그보다 더 짧은 기간 동안 죽을 먹으라 하는 경우도 있다. 아무튼 첫 시작은 죽이다. 처음에는 미음과 같이 아주 무른 죽으로 시작하였다가 차츰 끈기가 있고 건더기가 있는 죽으로 진행한다. 죽은 하루 6번으로 나누어 먹어야 하며, 중간에 1~2회 정도의 간식을 추가하여도 된다. 죽만 먹다가 보면 너무나 지겹기 때문에 나의 경우에는 하루 중 이 간식 시간이 너무나 기다려졌다. 예전처럼 식사와 같이 물을 마시기가 어렵기 때문에 식간에 꼭 물을 잘 챙겨 마셔야 한다. 그렇지 않으면 목이 말라도 물을 못 마시는 경우가 종종 생긴다. 억지로 물을 마셨다가는 어김없이 설사와 복통으로 되돌려 받는다.

식사와 물 마시는 중간중간에 틈틈이 가벼운 걷기 운동을 한다. 너무 의자에만 앉아 있으면 소화가 잘 안될 뿐만 아니라 몸의 회복도 느리며 근육량의 감소도 더욱 빨라진다. 이 기간 동안은 집 안에서나 집 근처에서의 걷기 운동을 추천한다. 조금만 걸어도 쉽게 피로감이 오고, 힘들 때마다 앉아서 쉴 수 있어야 하기 때문이다. 다시 한번 더 말하지만 무리한 몸의 움직임은 절대 금물이다. 나 같은 경우는 집안을 걸어 다녔다. 집 안에서 내가 직선으로 걸을 수 있는 가장 먼 거리가 부엌 끝에서 거실의 소파 끝까지의 아홉 걸음이었다. 나는 이 아홉 걸음을 식간에 30분씩 걸었다. 하루의 운동량을 기록해 보니 일만 걸음은 충분히 달성할 수 있었다. 퇴원 후 2주가 지나서 집 바깥을 걸어 보려 시도하였는데, 1월의 추운 겨울 공기라 그런지 어지럼증이 몰려와 바로 집 안으로 들어가 버렸다. 그래도 3주가 지나서는 하루에 한 번 정도 집 바깥을 걸으며 운동했다.

이 시기에는 한 번 이상의 덤핑증후군을 겪게 된다. 아직 천천히 먹어야 하는 새로운 식사 습관에 적응되지 않았기 때문이다. 조금만 정신을 놓아 버리면 입안으로 들어간 음식들이 빠른 속도로 배 속으로 들어가 버린다. 그렇게 몇 번 반복되면 위가 없는 우리 몸은 탈이 나게 마련이다. 속이 꽉 막혀 버리는 듯한 답답함, 복통, 설사, 구토, 어지럼증, 매스꺼움, 식은땀, 손 떨림, 피로감, 나른함 등의 증상들이 동시다발적으로 나타난다. 나도 이 시기에 처음 덤핑증후군을 겪었다. 처음 접하는 몸의 이상에 나는 물론이고, 아내도 무척이나 당황하였다. 한번 몸의 이상을 겪으면 몸이 안정될 때까지 금식하고, 최소한 한 끼 정도는 건너뛰는 것이 좋다. 그다음 다시 미음을 먹으며 상태를 확인하고, 죽으로 되돌아가는 것이 좋다.

이 기간부터 본격적으로 체중의 감소가 일어난다. 수술 직후부터 체중 감소가 나타나는 경우도 있겠지만 나의 경우에는 이 기간에 체중 감소를 확인할 수 있었다. 다음의 체중 변화 그래프를 보면 수술 후에서 퇴원 전까지는 체중 변화를 관찰할 수 없었다. 하지만 퇴원 후 나의 몸무게(체중 값은 아침 기상 직후에 측정한 수치이다)는 지속적으로 감소하여 수술 후 한 달 후에는 원래 몸무게에서 10% 정도가 감소한 64~65kg 사이에 있었다. 체중이 줄지 않으려 많이 먹어 보려 했지만 체중의 감소를 막을 수는 없었다. 의사 선생님이나 영양사 선생님의 말씀과 같이 체중 감소는 위절제술 후 뒤따라오는 필연적인 결과로 받아들여야 하는 것 같다.

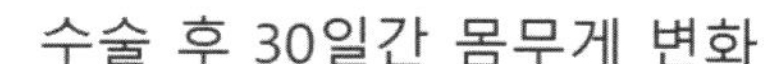


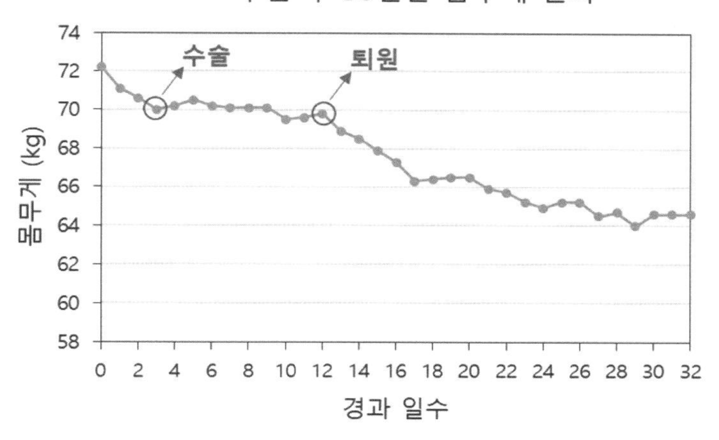


[그림] 수술 후 30일 간의 몸무게 변화

수술 후 한 달이 지나면 첫 외래진료를 받는다. 나의 경우는 퇴원할 때 조직검사 결과가 나오지 않아 정확한 병기를 알지 못하였다. 조직검사 결과에 따라 항암치료 여부도 결정되기 때문에 진료실에 들어가기 전까지 극도로 긴장하였던 기억이 난다. 진료실에 들어가서도 담당 의사선생님의 얼굴을 제대로 쳐다보지 못하였다. 전이가 없다는 의사 선생님의 말을 듣고 나서야 비로소 고개를 들 수 있었다. 담당의는 배의 이곳저곳을 만져 보고는 수술도 잘되었고 조직검사 결과도 예상했던 것보다는 훨씬 좋으니 앞으로 회복에만 신경 쓰라고 하였다. 그리고 조기위암이라도 100명에 5명 정도는 재발되고, 그중 대부분이 수술 후 1년에서 2년 사이에 나타나니 이 기간 동안은 몸 관리에 만전을 기하라 하였다. 나는 기꺼이 그러겠노라 힘차게 대답하고 진료실을 나왔다. 다음 진료는 수술 후 3달 뒤로 예약되었다. 아내와 나는 병원 복도에서 벅차오르는 기쁨에 서로 꽉 껴안았다.

# 죽 먹기도 쉬운 일이 아니다

위암 치료를 위한 위절제수술을 받은 환자가 병원에서 퇴원을 하여 집 안에서 가족들과 같이 식사를 (비록 죽이지만) 하고 혼자 걷고 있는 모습을 보이면 주위의 사람들은 한결같이,

"이제 거의 다 회복했네."

"많이 좋아졌네."

"밥만 잘 먹으면 되겠네." 등과 같이 큰 문제가 해결된 것 같은 반응을 보인다.

물론 수술이 잘되었고 음식을 섭취하며 혼자 거동할 수 있을 정도가 되면 회복에 큰 진전이 있었다는 것은 분명하다. 하지만 이 단계에서부터 환자 본인에게는 겪어 본 자만이 알 수 있는 어려움들이 가득하다.

죽 먹기가 그중의 하나이다. 병실에서 처음 미음을 입에 넣었을 때를 생각해 보라. 그때의 기쁨은 이루 말할 수 없었을 것이고, 아무런 간도 하지 않은 미음이나 죽이 그렇게 고소하고 맛있을 수가 없었을 것이다. 하지만 인간의 혀는 아주 간사해서 한번 그 맛에 적응해 버리면 곧바로

좀 더 자극적인 것을 찾게 된다. 특히 우리는 한국인이라 짜고 매운 음식에 수십 년 동안 길들여져 있었기 때문에 죽과 같이 짜지도 않고 맵지도 않고 씹히는 식감이 하나 없는 음식에는 금방 질리게 된다. 그리고 한번 입맛을 잃어버리면 그다음부터는 계속 죽을 먹기가 여간 힘든 것이 아니다. 생각해 보라. 우리에게는 하루 세끼가 아니라 하루 여섯 끼를 챙겨 먹어야 하는 임무가 있다. 그걸 모두 죽으로 먹어야 한다니! 죽을 만드는 것도 일이고 먹는 것은 더더욱 큰일이다. 옆에서 지켜보는 사람들이야 "그냥 환자식이야 하며 먹으면 되지 뭐가 그리 어려워?" 하겠지만 그렇게 말하는 자기들은 하루 세끼 혹은 두 끼를 차진 밥이나 구수한 잡곡밥에 김치를 올려 먹는다. 얄밉게도 내 앞에서…….

영양사 선생님의 말씀이 자꾸 귓가에 아른거린다.

"퇴원하시고 죽만 먹게 되면 그때부터는 정말 힘드실 거예요."

그 당시에는 이해할 수 없었지만 이제는 충분히 이해한다. 역시 전문가가 잘 안다.

기억해야 할 것은 죽을 먹는 동시에, 천천히 오래 먹어야 한다는 것이다. 집중하지 않으면 금세 목구멍 저 너머로 넘어가 버린다. 그러면 금세 체한 것 같은 증상이나 덤핑증후군이 나타난다.

어떤 날은 아침부터 몸의 컨디션이 좋지 않았다. 물만 먹어도 위에서 받아들이지 못하는 느낌이고, 배 속이 계속 더부룩해 입맛이 없었다.

먹으면 자꾸 체할 것 같은 느낌이 들었지만 먹지 않으면 회복을 위한 나의 의무를 다하지 않는 것 같아 억지로 숟가락을 입에 넣는다. 의욕이 없고 힘들었다. 문득 이런 생각이 들었다.

'수술 전에는 뭐든지 잘 먹는 정상인이었는데 왜 멀쩡한 사람을 수술해서 왜 이렇게 만들어 놓았지?'

'내가 과연 정상적인 삶을 살아갈 수 있을까?"

"왜 나만 젊은 나이에 이런 고통을 겪어야 하지? 내 주위 사람들은 모두 건강히 잘 살고 있는데…… 왜 나만?"

이런 생각을 하기 시작하면 자괴감과 우울감에 하루를 보내기가 힘들었다. 하지만 항상 그런 건 아니다. 대부분의 날은 잘 먹고, 잘 마시고, 걷고 좋은 생각도 많이 하였다.

수술 후 첫 외래 진료에서 만난 위암 환우들에게 그동안의 안부를 물었다. 모두들 이구동성으로 죽을 먹느라 여간 힘든 것이 아니었다고 토로하였다. 특히 몇 분은 자기는 원래 죽을 싫어했는데 죽만 먹어야 해서 끔찍했다는 말을 하였다. 그리고 모두들 이제부터는 밥을 먹어도 된다는 기대감에 부풀어 있었던 기억이 난다.

나도 그러했다. 더 이상 죽을 안 먹어도 된다는 사실이 이렇게 기쁠 줄은 그전에는 몰랐다.

# 수술 후 회복:
# 죽 단계에서의 식단 및 하루 일과

죽 단계에서 죽은 하루 6번으로 나누어 먹는다. 죽 먹을 시기에만 그렇게 하는 것이 아니라 평생 한 끼 식사를 두 번에 나누어 먹는 습관을 가지도록 연습해야 한다. 그래서 한 번 먹는 죽의 양은 밥그릇의 반 정도만 채워 먹는다. 사실 그런 적은 양을 먹는데 매번 새로운 죽을 만들어 먹기는 불가능하다. 나는 매일 아침 혹은 저녁에 하루 먹을 양의 죽을 만들어 놓고 그것을 하루 종일 정해진 시간에 따라 나누어 먹었다.

내가 주식으로 먹었던 죽 종류는 야채죽, 소고기죽, 새우죽, 전복죽, 닭죽, 참치죽이며, 이 여섯 가지 죽을 매일 로테이션으로 돌려 만들어 먹었다. 중요한 것은 주식으로 먹는 죽은 쌀을 기본으로 한 죽이며, 호박죽과 같은 야채나 과일 베이스의 죽은 간식으로 하루 한두 번 정도 먹었다.

죽을 만드는 방법은 유튜브나 블로그, 요리 책자들에 아주 자세히 소개되어 있으니 여기서 일일이 설명하지는 않겠다. 단지 나의 경험으로는 죽 만드는 것이 그리 어렵지 않으니 환자 본인이 소일거리 삼아 만

들어 먹어도 큰 문제가 없다. 가능하다면 환자가 직접 요리해 보기를 추천한다.

매일 다른 종류의 죽을 만들어야 했기에 재료 준비에 어려움이 있었다. 여기에 대한 나만의 팁을 소개한다면, 나는 한 번에 여러 가지의 재료를 아주 작은 크기로 잘라 준비하고, 크기가 좀 큰 얼음 제조용 틀 안에 종류별로 채워 놓았다. 죽을 만들 시간이 되면 얼음틀 안에 들어 있는 재료를 목적에 맞게, 종류별로 한두 개 정도 꺼내어 바로 투입했다. 그렇게 하면 마치 라면 끓이듯이 손쉽게(물론 시간이 더욱 걸리는 것은 어쩔 수 없지만) 죽을 만들 수 있었다. 단 잣죽은 기름이 많아 설사를 유발하니 먹지 않도록 한다.

죽을 일일이 만들어 먹는 것이 어려우면 죽 전문점에서 테이크아웃으로 사 먹어도 괜찮다. 그리고 요즘에는 당일 만든 죽을 소분해서 배달해 주는 서비스도 많이 있으니 이러한 시스템을 적극 활용해 보는 것도 큰 도움이 되지 않을까 하는 생각이다.

죽과 함께 먹는 반찬도 자극이 덜하고 소화하기 쉬운 것들이어야 한다. 나는 찐 야채를 거의 매끼 먹었다. 영양의 균형을 맞추기 위해 신선한 야채를 먹어야 하지만 생야채는 아직 소화에 무리가 있기 때문이다. 당근, 양배추, 브로콜리, 단호박, 청경채 등과 같은 야채를 찜기에 넣고 살짝 데쳐 간장에 찍어 먹었고, 감자조림, 버섯조림, 생선조림, 닭가슴

살조림 등과 같은 조림류의 반찬도 자주 해 먹었다. 모두 병원에서 환자식으로 나왔던 반찬들을 벤치마킹한 것이다. 그리고 구이류는 너무 자주 먹지 않도록 주의하였고, 소고기의 연한 부위를 살짝 익혀 먹는 정도로는 하루 한두 번 정도 먹을 수 있게 신경을 썼다. 왜냐하면 소고기에는 단백질뿐 아니라 철분과 같은 필수영양소도 풍부하여 회복에 좋은 음식이기 때문이다.

특히, 튀김류나 구이류는 조심하여 섭취해야 한다는 것을 잊으면 안 된다. 이러한 음식들은 식용유로 조리하여 기름을 많이 함유하고 있기 때문에 쉽게 설사를 유발한다. 조금이라도 설사의 기운이 있다면 아직은 피하는 것이 좋다. 그리고 셀러리처럼 식이섬유가 과한 야채류도 아직은 금물이다.

죽을 먹을 동안, 그리고 밥 단계로 넘어가서도 한동안은 식사 때 물을 마음껏 마실 수가 없다. 수술 전 나는 물을 많이 마시는 편이었다. 식사를 하는 와중에도 물을 한 컵에서 두 컵 정도는 항상 마셔 왔던 습관이 있었는데, 이제는 식사 때 물을 못 마시니 여간 불편한 것이 아니었다. 물을 마실 수 있는 시간이 되어도 예전처럼 한 컵을 벌컥벌컥 시원하게 마실 수 있는 것도 아니다. 조금씩 나누어 천천히 마셔야 한다. 그래서 하루 식사 시간을 관리하는 것이 아주 중요했다. 퇴원 초기에 나를 돌봐주셨던 어머니는 일주일 정도 지나서 본가로 가셨고, 아내는 매일 아침 6시 30분이면 회사 출근을 한다. 그러니 나는 혼자 스스로 밥을 제시간에 챙겨 먹고, 아이의 어린이집 등·하원을 책임지는 생활을 해야 했다.

아래는 나의 하루 일과이다.

7시: 기상 후 물 마시기

8시: 죽 먹기 ①(아이와 함께)

8시 30분: 걷기 운동(어린이집 등원 도움)

9시: 물 마시기

9시 30분: 걷기 운동

10시: 죽 먹기 ②

10시 30분: 걷기 운동&샤워

11시: 물 마시기

11시: 30분 걷기 운동&청소

12시: 죽 먹기 ③

12시 30분: 걷기 운동

1시: 물 마시기

1시 30분: 걷기 운동

2시: 죽 먹기 ④

2시 30분: 걷기 운동

3시: 물 마시기

3시 30분: 걷기 운동

4시: 간식

4시 30분: 물 마시기

5시: 걷기 운동(어린이집 하원)

5시 30분: 물 마시기

6시 30분: 죽 먹기 ⑤(온 가족이 함께 저녁 식사)

7시: 걷기 운동

7시 30분: 물 마시기

8시: 걷기 운동

8시 30분: 죽 먹기 ⑥

9시: 걷기 운동

9시 30분: 물 마시기

10시: 세면 및 취침 준비

10시~: 취침

이렇게 복잡하고 빡빡한 스케줄이다. 모르는 사람들은 그냥 집에서 편히 쉬면서 회복하면 되는 게 아닌가 하지만 절대로 그렇게 않다. 한 시간 정도도 편하게 누워 쉴 수 없는 바쁜 일정이며, 이것을 지키려면 휴대폰에 각 시간마다 알람을 꼭 설정해 놓아야 한다. 그렇지 않으면 절대로 시간을 맞출 수 없다는 것을 물 마시는 타이밍을 놓쳐 심한 갈증을 여러 번 겪고 나서야 깨달았다.

가만히 앉아 미래를 걱정하느라 시간을 다 허비하지는 않았으면 한다. 심각한 생각에 빠져들기 시작하면 생각은 생각을 낳고 걱정은 더 큰 걱정을 낳는다. 그것은 몸의 회복에도 좋지 않은 영향을 미친다. 각 단계별 시간만 잘 지킬 수 있다면 보고 싶었던 드라마나 영화를 보며 시간을 보내거나 읽고 싶었던 책을 읽는 것이 오히려 몸의 회복과 정신 건강에 좋은 방법이 되지 않을까 한다.

그렇게 정해진 일과에 따라 바쁘게 시간을 보내다 보면 밥 단계로 넘어갈 때가 오게 된다.

# 간식이
# 입맛을 살린다

보통 사람이 하루 6번 죽만 먹는 일은 너무도 지겹다. 계속 죽을 먹다 보면 어느새 입맛도 사라져 죽을 보기도 싫을 때가 있다. (하루 6번 한 달 동안 죽을 먹어 보지 않은 사람은 위암 환자의 음식 투정을 절대 이해하지 못한다.)

이럴 때 중요한 것이 간식이다. 죽처럼 무른, 그리고 적당히 달거나 혹은 짭짤한 간식은 죽에 지쳐 있는 우리의 입맛을 살려 준다. 그래서 간단하면서도 맛있고 영양가 높은 다양한 간식을 잊지 않고 챙겨 먹는 것이 필요하다. 그래야 지치지 않고 죽 단계를 잘 지나가야 몸의 회복이 원활해지고 이후의 밥 단계에서도 적응을 잘할 수 있다.

죽을 먹는 단계에서 먹을 수 있는 간식들은,

· 으깬 감자, 감자샐러드, 찐 감자

· 단호박샐러드, 단호박찜

· 쿠키류: 담백한 크래커

· 유제품: 요거트, 치즈, 두유

- 과일류: 사과 1/2, 딸기 5개, 수박, 복숭아, 오렌지, 감귤 등(단감은 먹지 않는다)
- 빵류: 카스텔라, 모닝빵, 식빵 등(크림이나 설탕이 많이 들어 있지 않은 담백한 빵)
- 삶은 계란, 구운 계란
- 수프류: 크림수프, 양송이수프, 옥수수수프, 토마토수프

와 같은 것들이 있다. 그리고 한 가지 식품보다는 1~3가지를 함께 먹는 것이 영양 측면에서 좋다고 한다.

또 다른 식사 보조식품으로는 영양보충음료가 있다. 영양보충음료란 쉽게 말하면 고농도의 두유라고 생각하면 된다. 영양보충음료는 체내에 필요한 영양소를 골고루 함유하고 있어, 수술 후 식사량의 회복이 느리거나 체중이 많이 감소된 경우 또는 다양한 음식을 챙겨 드시기 힘든 경우 활용하면 도움이 될 수 있다. 그러나 영양 농도가 높아 수술 초기에는 부글거림, 설사, 더부룩함 등의 불편감이 나타날 수 있다. 대표적인 영양보충음료로는 그린비아, 뉴케어, 메디웰, 메디푸드가 있으며, 각 브랜드 다양한 맛이 있어 기호에 따라 선택하여 먹으면 된다.

하지만 불행히도 나의 경우에는 이 영양보충음료를 먹기가 참 힘들었다. 영양보충음료를 마시면 어김없이 멀미 증세와 비슷한 부글거림과 속이 울렁이는 증상이 나타났기 때문이다. 심지어 물과 희석하여 마시거나 빵과 같은 간식과 함께 복용하여도 비슷한 증세가 나타나 몇 번

먹지 못하고 그만두었다. 하지만 다행히도 나는 음식 섭취를 잘 하는 편이었기 때문에 영양보충음료의 도움 없이도 영양 섭취에 어려움이 없었다.

# 덤핑증후군
# (Dumping syndrome)

위절제술을 받아 유문이 절제되어 위나 식도가 공장과 바로 연결되면 이전과는 전혀 새로운 증상들을 경험하게 된다. 그중 우리에게 가장 빈번하게 일어나는 증상이 덤핑증후군과 저혈당이다.

덤핑증후군은 'dumping'이란 단어의 뜻은 '한번에 쏟아진다'는 것과 같이 음식이 위를 통과해 소장으로 급격히 이동하기 때문에 생기는 증상이다. 정상적인 위에서는 위와 십이지장 사이에 항문과 같은 유문이라는 것이 있어 위에서 죽처럼 반죽된 음식물을 조금씩 십이지장으로 이동하도록 조절되는 데 비해, 위절제술을 받은 우리처럼 유문이 상실된 경우에는 이러한 조절 기능 또한 상실되게 된다. 따라서 위의 음식물이 소장으로 빠르게 이동하게 되고, 소장에서 삼투압이 높은 음식물(당분이나 염분이 몸의 체액보다 높은 음식물)에 의해 소장 내로 수분이 몰리게 된다. 동시에 혈관 내에는 수분의 양이 부족하게 되고, 소장의 팽창에 따라서 분비되는 물질로 인하여 이상 증상이 발생한다.

덤핑증후군은 식후 20분 전후에 일어나 약 40분 정도 지속되는 조기 덤핑증후군이 있고, 식후 약 2~3시간 후에 나타나는 후기 덤핑증후군으로 구분할 수 있다. 그리고 덤핑증후군은 당질의 섭취가 많거나 신경질적이고 예민한 사람에게 잘 일어난다고 한다.

조기 덤핑증후군이 오면 배에 뭔가가 꽉 막혀 꾸르륵꾸르륵 힘들게 내려가는 듯하며 배가 몹시 아프다. 더불어 가슴이 두근거리고, 식은 땀이 나고, 얼굴이 창백해지고, 현기증이 나며, 설사나 구토를 할 수 있다. 이러한 증상들은 음식물이 급하게 소장으로 흘러감으로써 비어 있던 창자가 급속하게 확장되고, 이와 동시에 당질이나 염분이 함유된 고농도의 음식물 때문에 장 주위 혈액 속의 수분이 장내로 다량 유입됨으로써 혈류량이 갑자기 줄어들기 때문에 나타난다. 음식물이 급속히 소장으로 유입되는 것이 원인이기 때문에 증상이 나타나면 일단 1회 식사량을 줄이고 횟수를 늘리며, 고단백, 저지방, 저탄수화물의 식단으로 조절한다. 조기 덤핑증후군의 경우 수술 후 얼마 지나지 않아 나타나는 경우가 많다. 이것을 처음 접하는 환자는 아주 당황함과 동시에 수술이 잘못되지는 않았는지, 혹은 암의 재발이 아닌지 걱정하게 된다. 하지만 이러한 증상들은 시간이 지나고 식사에 적응하면 할수록 그 횟수와 정도가 줄어들게 된다.

후기 덤핑증후군은 식후 2~3시간 후에 오는 저혈당이다. 음식물이 소장으로 흘러 들어가자마자 급속히 소화·흡수되어 혈당이 급격히 상승하면 우리 몸은 이에 대항해 췌장에서 인슐린을 대량 분비하여 곧바로 혈당을 떨어뜨린다. 그 결과 식후 2~3시간 후에는 이미 당분이 많이 흡수되어 버렸기 때문에 혈당 수치가 정상 아래로 떨어져 저혈당 증세가 나타나게 되는 것이다. 따라서 후기 덤핑증후군의 증세는 시야 흐려짐, 무기력감, 어지러움, 식은땀, 발한, 손발 떨림과 같은 저혈당 증세와 동일하다. 후기 덤핑증후군의 경우는 어느 정도 식사에 대한 적응이 되는 시기에 자주 나타난다.

나는 첫 덤핑증후군을 퇴원 후 일주일 정도 지난 후에 겪었다. 그날은 4번째 죽을 먹고 난 후 간식을 먹을 시간이었다. 간식으로는 떠먹는 요거트와 담백한 크래커, 그리고 삶은 계란 반쪽을 먹었다. 그런 음식들이 입에서 반죽되어 들어가니 아마도 배 속에서는 걸쭉한 밀가루 반죽과 같은 상태가 되었던 것 같다. 간식을 다 먹고 30분이 채 되지 않은 시간이었다.

갑자기 극심한 복통이 수술 부위 근처에서 몰려왔다. 곧바로 음식물들이 소장 입구를 꽉 막아 버린 것이라는 걸 직감했다. 마치 급체한 것 같은 느낌이었다. 너무나 갑작스러운 통증에 나는 이러지도 저러지도 못한 채 식은땀을 뻘뻘 흘리며 소파에 걸터앉아 돌처럼 굳어 버렸다. 집에는 나 혼자였기에 어떻게 해야 할지 막막했다.

'어떡하지? 병원에 연락해야 하나?'

응급 상황이 생기면 언제든 암병동의 간호사실로 연락하라는 나의 담당 간호사의 말이 생각났다. 그런데 배 속이 꾸르륵꾸르륵하면서 음식물이 억지로 소장을 밀고 내려가는 듯한 느낌이 났다. 그때마다 복통이 파도치듯이 몰려왔다. 마침 아내가 퇴근하여 집으로 돌아왔다. 아내도 내 꼴을 보고는 깜짝 놀라 어쩔 줄 몰라 하였다. 그렇게 30분에서 1시간 정도 씨름을 하였을까? 순간 뭔가 쑥 내려가는 느낌이 나면서 복통이 점점 사라졌다. 나는 '아이고, 살았네.' 하며 안도의 한숨을 내 쉬었다. 복통이 한 시간만 더 지속되었으면 구급차를 부를 생각이었다. 그런데 복통이 사라진 지 30분쯤 더 지나자 이번에는 시야가 흐려지며 심한 어지럼증과 손 떨림이 생기기 시작했다. 더불어 이마에는 식은땀도 송골송골 맺혔다. 나는 저혈당임을 직감하고 사탕을 하나 물고는 빨아대기 시작했다. 아내도 포도로 즙을 내어 내 입에 넣어 주었다. 30분쯤 지나자 저혈당 증세도 차츰 사라지기 시작했다. 증세가 모두 사라지니 오한이 밀려들고 급속히 피곤해졌다. 그래서 그날 식사는 모두 건너뛰고 초저녁부터 잠자리에 빠져들었다.

그렇게 나는 그날 덤핑증후군을 겪었다. 그리고 그다음 날은 조심하라는 아내의 신신당부와 함께 하루 종일 미음만 먹는 벌칙을 받게 되었다.

# 수술 후 회복 단계:
# 밥 단계

위암 수술 후 회복의 단계를 나눈다고 한다면,

1. 수술 후 음식에 적응하는 죽 단계
2. 일상생활로 복귀를 위한 준비 단계인 밥 적응 단계
3. 생업으로의 복귀 단계
4. 적응 완료 단계

의 4단계로 구분할 수 있지 않을까 한다.

두 번째 단계인 밥 적응 단계에서는 말 그대로 죽 단계를 지나 정상적인 밥을 먹기 위한 훈련을 하는 단계이다. 수술 전 아무 문제 없이 먹었던 한국식 식단에 적응하는 훈련, 사람들과 같이 밥을 먹기 위한 훈련, 좀 더 많은 야외 활동을 시도해 보는 훈련, 수술 후 나타나는 합병증과 무너진 몸의 밸런스를 직접 몸으로 겪어 내며 각자에 맞는 해결 방법을 고민해 나가는 단계이기도 하다. 이 단계에서는 위가 없어짐으로써 상실된 내 몸의 기능을 통증과 이상 증상으로 절실히 확인할 수 있고, 그에 따른 상실감과 우울감, 그리고 앞으로 다시 생업에 복귀하였을 때 과연 내가 잘 해낼 수 있을까 하는 두려움이 몰려와 심리적인 어려움을

다시 겪게 될 수도 있다.

밥 적응 단계에 와서도 체중의 감소는 지속적으로 이어진다. 그리고 수술 후 2~3달쯤 와서는 체중의 감소폭이 줄어들고 몸무게가 어느 지점에서 머무는 것을 확인할 수 있을 것이다. 수술의 영향인지 활동적이지 않은 생활 패턴 때문인지, 체지방만 빠지는 것이 아니라 근육량의 감소가 크다. 그래서 몸의 밸런스가 무너지고 몸의 여러 부분에서 원인 모를 근육통과 신경통과 같은 증상들이 다발성으로 나타나기 시작한다. 마치 내 몸이 갑자기 30년은 늙어 버린 것 같은 느낌이다.

밥 적응 단계로 넘어와서는 죽 단계와는 다르게 좀 더 공격적으로 음식을 먹으며 적응한다. 그래서 음식을 소화하는 데에 있어서 죽 단계보다 더 많은 탈이 나게 된다. 덤핑증후군, 소화불량, 저혈당과 같은 트러블이 새롭게 혹은 더욱 빈번히 나타나게 된다. 그로 인해 종종 음식을 먹기가 무서워지고, '내가 왜 이렇게 됐나?' 하는 상실감에 휩싸여 무기력해지거나 신경질적이 될 수 있다.

밥 적응 단계인 이 시기에는 특히 가족들의 격려가 필요하다. 하지만 가족들이여, 우리를 특별 취급하지 말고, 다른 종류의 사람으로 여기지 말며, 너무 동정하지도 말고, 우리 앞에서 눈물 흘리지도 말며, 우리의 감정 변화에 너무 예민하게 반응하지도 말아 달라. 그냥 우리를 믿고 한 발 떨어져서 우리가 겪는 어려움과 그것을 이겨 내는 그 지루한 시간들을 묵묵히 지켜봐 달라. 가끔 우리에게 공감해 주고 잘 이겨 낼 수 있을 것이라는 한마디 말과 따뜻하게 한 번 안아 주는 것만으로도 우리는 이 시기를 잘 이겨 낼 수 있다. 환자의 식단을 챙겨 주거나 두고 먹을 수 있는 밑반찬 같은 것들을 준비해 줄 수 있다면 도움이 될 것이다.

암 환우들이여, 몸 여기저기가 아프고 밥 먹는 것이 힘들고 이전과는 다르게 활동에 제약이 생기더라도 너무 상심하거나 걱정하지 마라. 이것도 회복을 위한 하나의 과정일 뿐이다. 그렇게 큰 수술을 하였는데 두세 달 만에 이전과 같아질 것이라 생각했다면 그것은 크게 잘못 생각한 것이다. 30년 전이었다면 우리는 죽을 수도 있었을 큰 병을 고치고 새로운 삶과 몸을 받았다. 그것은 지금 이 시대를 살고 있는 우리가 받은 축복이리라. 아마 우리는 전생에 나라를 구했거나 누군가의 큰 은인이었음이라. 우리는 예전의 생활 습관에 이 몸을 억지로 적응시킬 것이 아니라 새롭게 받은 이 몸에 우리의 생활을 맞추어야 한다. 어떤 부분에서는 우리의 가족과 동료들과는 전혀 다른 삶을 살아야 할 수도 있다. 그렇다고 해서 상심하지 말자. 이것이 당신과 내가 만들어 가는 새로운 삶이다. 이 글을 읽는 모든 사람들이 그렇게 새로운 삶을 살고 있다. 그러니 우리는 혼자가 아니다. 시간이 지나면 모든 것은 다 좋아진다. 아마도 지금 상실감에 빠져 있을 당신도 나중에는 지금 겪고 있는 모든 것을 잊고 하루하루 열심히 살고 있는 자신의 모습을 발견하고는 성취감을 느낄 날이 있을 것이다.

## 밥 적응 단계에서의
## 식사 적응 요령

지겨웠던 죽 단계를 지나 이제부터는 밥을 먹을 수 있는 단계에 이르렀다. 하지만 죽 단계를 지났다고 곧바로 수술 전에 먹던 식단으로 돌아갈 수 있는 것은 아니다. 밥 적응 단계에서도 세부적인 단계가 있다. 먼저, 잡곡이 아닌 백미를 무르게 하여 먹기 시작한다. 즉, 진밥부터 시작한다는 것이다. 아직 우리의 몸은 고슬고슬한 된밥을 먹기에는 무리이다. 그리고 아직은 소화력이 떨어지기 때문에 잡곡은 피한다. 의사에 따라서는 평생 잡곡을 금할 것을 요구받을 수도 있다. 그것은 잡곡이 몸에 좋지 않은 것이 아니라 사람에 따라서 섬유질이 풍부한 잡곡을 소화하지 못하여 잦은 설사를 하게 될 수도 있기 때문에 그 원인을 원천적으로 제거하기 위함일 것이다. 하지만 나의 개인적인 소견으로는 밥 적응 시작 후 2달 정도 지나서부터 잡곡을 시도해 봐서 이상이 없으면 괜찮다고 판단한다.

밥의 양은 수술 전 먹던 양의 1/2 이하로 제한한다. 이 경우에도 위가 얼마나 절제되었는가에 따라 회복의 정도가 다르다. 위아전절제술(부분절제)을 받은 경우에는 먹을 수 있는 밥의 양이 꽤 빨리 이전으로 회복된다. 하지만 위전절제술을 받은 경우에는 초기에 1/2 공기를 먹는 것도 힘들며 먹는 양의 회복도 느리다. 의사에 따라서는 평생 1/2 공기를 섭취할 것을 요구받는 경우도 있다. 식사량은 몸의 상태를 잘 살펴 이상 증상이 나타나지 않는 범위 내에서 수술 후 6개월쯤 되었을 때 수술 전의 60~70% 정도로 섭취할 수 있도록 한다. 일단 밥은 백미의 진밥으로 시작하고 차츰 그 정도를 조절해 본다. 성급하게 된밥으로 넘어갔다가 설사나 덤핑증후군, 소화불량 증상이 나타나면 다시 진밥으로 되돌아가기를 반복한다. 그러다 보면 차츰 몸도 적응하여 결국에는 된밥을 어느 정도 먹을 수 있을 정도가 된다.

이제 먹을 수 있는 음식에는 거의 제한이 없다. 수술 전에는 몰랐던 놀라운 사실이다! 하지만 몸의 회복을 위해서는 단백질 반찬(육류, 생선, 계란, 두부 등)을 매 끼니마다 꾸준히 섭취할 수 있도록 한다. 육류와 생선의 종류, 조리법에는 제한이 없다. 그러니 불고기, 고기볶음, 장조림, 수육, 보쌈, 백숙, 찜닭, 삼계탕 등과 같은 음식들을 마음껏 먹어라!

이제부터는 점차 생야채류(샐러드, 겉절이, 쌈류 등)의 섭취를 시도해 보아도 된다. 단, 새롭게 시도하는 것은 한 번에 한 가지씩 시도해 보면서 몸의 이상 여부를 잘 관찰하며, 셀러리와 같이 섬유질이 너무 많은 야채는 뒤로 미루는 게 좋다.

김치를 먹을 수 있을까? 그것 또한 의사마다 다르다. 음식에 의한 몸의 이상을 원천적으로 차단하기 위해 고춧가루 음식을 아예 배제하는 원칙주의 의사가 있는 반면, 삶의 질과 일상의 원활한 적응을 위해 적당히 허용하는 의사가 있다. 하지만 한국 사람이 김치와 같이 고춧가루가 아예 들어가지 않은 음식만을 먹으며 생활이 가능할까? 매일 집에서만 만든 밥을 만들어 먹는다면 가능할지도 모르겠다. 그러나 직장생활을 하면서 동료들과 함께 식사하면서 어울리려면 그러한 식습관을 지키는 것은 불가능하다. 다행히 위암 환자 식단에 관련된 대부분의 서적들은 김치를 시도해 볼 것을 권장한다. 처음에는 백김치와 같은 자극적이 않은 것으로 시도하다가 차츰 고춧가루가 있는 김치도 같이 시도해 본다. 이때에도 초기에는 김치를 물에 살짝 씻어서 먹기를 권한다. 다시 한번 더 강조하지만 처음부터 자극적인 음식을 시도하여 탈이 나게 하지는 말자.

일반적으로 사람들이 생각하기에 위암 수술을 받은 환자들은 간을 아주 심심하게 하여 먹어야 한다고 생각한다. 물론 너무 짠 음식은 보통 사람에게도 좋지 않고, 위전절제수술을 받은 환자에게 짠 음식은 도움이 되지 않지만 그렇다고 너무 심심하게 먹는 것도 별로 추천하지 않는다. 식사량과 체력이 회복될 때까지는 환자가 맛있게 먹을 수 있도록 음식의 간을 적절히 조절하자.

국을 먹을 수 있지만 예전처럼 많이 먹을 수 없다. 음식을 십이지장으로 조금씩 흘려보내는 기능을 하는 유문이 없어졌기 때문에 국을 너무 많이 먹으면 음식이 그대로 소장으로 흘러가 버린다. 그 후의 결과는 이제 언급하지 않아도 알 것이다. 몇 번 당해 보면 몸이 기억한다. 환자 스스로 국물을 잘 먹지 않고 건더기만 건져 먹게 된다. 내 아내도 나를 위해 정성껏 육수를 끓여 국물 요리를 만들어 주었다. 그럴 때마다 나는 국물은 먹지 않고 건더기만 건져 먹게 되었는데, 아내는 그런 나를 보고 허탈한 표정을 지을 때가 한두 번이 아니었다. (미안하지만 어쩔 수 없다.) 사실 이러한 식습관이 몸에 좋다. 국물에 염분이 많이 들어 있기 때문에 국물만 먹지 않아도 염분 섭취는 줄어들게 된다. 이와 더불어 물도 식사 전후 30분 동안은 과하게(반 컵 이상) 마시지 않도록 한다.

식사의 빈도는 1회 식사량이 60~70% 수준으로 회복될 때까지는 2~3시간 간격으로 자주 먹도록 한다. 수술 후 3달까지는 무조건 1일 6식을 기본으로 지키고, 그 후에는 몸의 상태와 체중의 회복 상태에 따라 하루 3~5끼 식사와 3~5회 간식으로 대체한다.

가장 중요한 것은 모든 식사는 항상 천천히 꼭꼭 씹어 먹는 것을 평생 습관화할 수 있도록 노력해야 한다. 한입 먹을 때마다 30회 가까이 씹고, 한 끼 식사는 20분 이상 할 수 있도록 명심하고 노력해야 한다. 말로는 쉽지만 이것을 지키기가 정말 어렵다. 하지만 꼭 지켜야 할 원칙이다. 만약 위가 있다면 위에서 2~3시간 동안 음식들이 위산과 섞여 소화되기 쉬운 죽과 같은 상태로 소장으로 흘러간다. 위가 없는 우리가 입에서 위 역할을 못하고 음식을 넘겨 버리게 되면 그 부담은 온건히 소장과 대장이 받게 된다. 그 상태가 오랫동안 지속되면 결국에는 소장과 대장에서 병이 나게 된다. 이것이 위절제술을 받은 환자에게서 대장암의 발병률이 높아지는 하나의 원인이다.

그러니 천천히 꼭꼭 씹어 먹자!

# 식사 원칙:
# 조심해야 할, 금지해야 할 음식들

밥 적응 단계에 들어서면 먹을 수 있는 음식의 종류가 아주 다양해진다. 다양해지는 정도가 아니라 거의 모든 음식들을 먹을 수 있지만, 이 단계에서도 지켜야 할 원칙과 조심하거나 금해야 할 음식이 있다.

**식사 원칙**

· 과식은 절대 금물이다.

· 천천히 꼭꼭 씹어 먹도록 한다.

· 단백질 식품과 신선한 채소를 함께 먹도록 한다.

· 식간에 수분 섭취를 게을리하지 않아야 한다.

과식을 하거나 급하게 먹게 되면 탈이 나게 된다. 한 번 탈이 나면 그것으로 끝나는 것이 아니라 체중의 감소로 이어진다. 그동안 잘 먹어서 유지해 왔던 체중이 한순간에 빠져 버리는 것을 본다면 많이 허탈해질 것이다. 단백질 식품과 신선한 채소는 회복을 위해서 항상 잘 챙겨 먹어야 한다. 이제부터 우리는 좋은 음식만 먹고 살아야 한다는 사실을 잊지 말자. 식간에 수분 섭취를 게을리하면 하루 종일 갈증에 시달리게 될 것이다. 이것은 체중의 유지에도 도움이 되지 않을 뿐 아니라 어떤 경우에는 변비를 유발하게 되어 곤란한 경우가 생긴다. 그러니 마시는 물의 양을 수시로 체크하여 하루 8컵 이상의 물을 마실 수 있도록 하자.

**조심해야 하는 음식**

· 직화구이 음식

· 기름기가 많은 음식(삼겹살)&튀김류

· 면류

· 국물류

· 날것

· 자극적인 음식

우리가 섭취할 수 있는 음식의 종류나 조리법에는 제한이 없으나 직화구이 요리는 조심해야 할 필요가 있다. 주로 고깃집에서 숯불에 고기를 구워 먹을 때 고기의 끝부분이 타는 경우를 자주 보았을 것이다. 고기가 탈 때에는 발암물질이 생성되기 때문에 암의 재발에 극도의 신경을 써야 하는 우리의 몸에 좋지 않은 영향을 줄 수 있다. 그러니 직화요리보다는 다른 조리법으로 만든 음식을 즐길 수 있도록 노력하자.

기름기가 많은 음식은 설사를 유발할 수 있기에 조심해야 한다. 대표적인 음식으로는 삼겹살, 짜장면 등이 있으며 돈가스, 치킨, 생선가스와 같은 모든 튀김 요리들에 이에 해당한다. 물론 튀긴 음식들이 맛있는 것은 동감하지만 조금씩 시도해 보며 어느 정도에서 설사를 하는지 기억해 두었다가 그 이상은 넘지 않도록 조절하자.

면 음식을 좋아하는 사람들이 많을 것이다. 나도 면식을 자주 즐기는 사람 중의 하나이다. 하지만 이제 면 요리를 먹을 때는 조심하여야 한다. 면 음식 자체가 우리에게 좋지 않은 것이 아니라 면 요리는 입안에서 제대로 씹히지 않고 그대로 넘어가 버리는 경우가 많기 때문이다. 수술 후 처음 면발이 굵은 칼국수나 면발이 질긴 냉면을 시도한다면 아마 십중팔구는 불편함을 느낄 것이다.

국물류의 요리 또한 마찬가지이다. 국에 밥을 말아서 먹게 되면 충분히 씹어 삼키기가 어렵다. 또한 식사 중 많은 국물을 마시게 되면 삼킨 음식물이 국과 함께 소장으로 바로 흘러가기 때문에 탈이 날 수 있다. 식사 시 섭취하는 국의 양은 100cc 이하로 조절하도록 하자.

생선이나 육회 같은 날것은 최소 수술 후 3개월 이후에 섭취하도록 한다. 의사에 따라서는 6개월 이후에 먹도록 하는 경우도 있다. 항암치료를 받을 경우에는 치료 종료 후 먹도록 한다.

너무 맵고 짠 음식은 피하도록 하자. 평생토록!

### 금해야 하는 음식

- 술

· 감
· 즙, 달인 물, 엑기스

술에 들어 있는 알코올은 미국 식약처에서 공식 인증한 1급 발암물질이다. 수술 후 5년 동안은 입에도 대지 말자. 그리고 가급적이면 평생 멀리하자. 사회생활을 하면서 술을 어떻게 안 마시냐고 하는 분들도 계실 것이다. 하지만 어렵겠지만 우리는 이제 술을 대체할 것을 찾아야 하는 숙제를 받았다.

감이 위석을 형성할 수 있다는 사실을 나는 이번 기회를 빌려 처음 알았다. 공부해 보니 감에 의한 위석 발생은 위절제술을 받은 환자에게 꽤나 빈번하게 발생하는 상황이었다. 위석을 생기면 시술로 소멸시키거나 수술로 꺼내야 한다. 또다시 수술대에 오르는 것이 싫다면 웬만하면 감은 먹지 말자. 다른 맛있는 과일도 많지 않은가!

민간요법에서 건강식품이라 소개하는 즙, 달인 물, 엑기스 같은 것들은 수술 후 식사 적응을 어렵게 하고, 간에 부담을 주거나 설사를 유발할 수 있으니 금한다.

위에서 소개한 모든 사항들은 개인차가 있다. 그러니 음식 섭취 후 이상 증세가 나타나면 그것을 잘 기억해 두었다가 다음에 그렇게 하지 않으면 된다. 그렇게 한두 번 여러 경우를 겪다 보면 어느새 새로운 몸에 적응하게 된다.

# 이상 증상별 원인 및 대처방법

## 덤핑증후군

| 원인

- 과식
- 빠른 식사 속도
- 당분과 염분이 높은 음식 섭취
- 식후 과도한 수분 섭취

| 대처방법

- 과식하지 않음
- 음식은 천천히 꼭꼭 20회 이상 씹어서 먹음
- 지나치게 달거나 짠 음식은 피함
- 식사 시 섭취하는 국의 양을 줄이고, 물은 식사 전후로 30분 이상의 간격을 두고 마심

## 설사

| 원인

- 과식

· 빠른 식사 속도

· 과도한 지방 및 기름기 섭취

| 대처방법

· 과식하지 않음.

· 음식은 천천히, 꼭꼭 20회 이상 씹어서 먹음.

· 기름기가 많은 음식이나 튀김류의 섭취를 줄임

## 구토

| 원인

· 과식

· 빠른 식사 속도

· 장유착

| 대처방법

· 과식하지 않음.

· 음식은 천천히 꼭꼭 20회 이상 씹어서 먹음.

· 이유 없이 구토가 지속될 경우 의료진과 상의함

## 신물 올라옴(역류)

| 원인

· 과식

· 식후 바로 눕기

| 대처방법

· 과식하지 않음

· 식후 운동을 지속적으로 하고 식후에 바로 눕지 않음. 그리고 가급적 식후 2시간 이상 경과 후 취침함.

### 변비

| 원인

· 부족한 식사량

· 수분 섭취 부족

· 섬유질 섭취 부족

| 대처방법

· 식사량이 적절한지 확인

· 식간에 수분의 섭취를 늘림. 하루 8컵 이상의 물을 마실 수 있도록 수시로 체크

· 채소의 섭취를 늘리고 씹어서 삼키도록 함

나의 부모님은 수술 후 적게 먹는 내가 못마땅하신지 항상 많이 좀 먹으라고 하신다. 하지만 많이 먹는 것은 우리를 죽이는 행동이다. 과식하지 말자!

# 커피,
# 마셔도 될까?

입원 중 위절제술을 받은 환자들을 대상으로 실시한 퇴원 후의 식사법과 음식에 대한 교육을 들으면서 영양사 선생님으로부터 생각지도 못했던 말을 듣게 되었다.

"커피는 웬만하면 자제하시고, 꼭 마시고 싶다면 하루 한 잔 정도만 마시도록 합니다."

'What??? 커피를 마셔도 된다고?'

이전까지 나는 커피는 이제 술과 함께 영원히 안녕이라고 생각하고 있었다. 그래서 수술 전 그렇게 내가 사랑했던 커피들과 작별 여행을 했던 것이다. 그런데 지금 내 앞에 있는 이 사람은 커피를 마셔도 된다고 한다. 내가 잘못 들은 것은 아닐까 하여 손을 들고 다시 한번 더 물어보았다. 그래도 역시 대답은 마찬가지이다.

내가 생각해 왔던 커피는 위에 자극을 주고 위염을 일으키게 하는 음식이었다. 내시경에서 위염이 발견되는 사람들은 담당 의사로부터 어김없이 맵고 짠 음식, 그리고 커피와 같은 자극적인 음식을 줄이라는 충고를 듣게 된다. 그래서 내 머릿속에는 '커피 → 위염 → 위암 → 커피는 절대 금지'라는 공식이 무의식적으로 세워져 있었던 것이다. 그런데 위암 환자 식사 교육을 하고 있는 소위 '전문가'라는 사람이 하루 한 잔 정도의 커피는 마셔도 된다고 했다. 이건 무슨 학위를 다시 받은 것만큼 기분이 좋았다. 사실 나는 커피를 무척이나 좋아했다. 주위 사람들에게도 술은 끊을 수 있어도 커피만큼은 절대 끊을 수 없다고 단언해 왔을 정도로 커피광이었다. 그래서 항상 하루 3잔 정도의 커피는 항상 마셔왔었다. 위암 판정을 받은 후 가장 상심한 것 중의 하나가 커피를 못 하시게 된다는 것이었다. 삶의 크나큰 낙 하나가 사라져 버린 것이다. 그런데 그것을 다시 돌려받으니 그 기쁨과 희열이란 이루 말로 표현할 수가 없었다. 그런데 사실 잘 이해가 되지 않았다.

그래서 나름 커피와 위암의 상관관계에 대해 공부해 보았다.

### 1. 커피는 발암물질인가?

이 주제에 대해서는 아직도 많은 의사들 사이에서 논쟁이 진행 중이다. 커피는 2000년대 초반까지만 해도 발암과 관계가 없거나 일부 암의 위험을 높을 수 있는 것으로 의심되었으나, 최근의 연구에서는 커피가 암의 원인이 아니며 오히려 일부 암에서는 유익한 효과가 있는 것으로 알려지고 있다. 국가암정보센터의 질의응답 부분을 보면 암 발생과 커피 섭취와의 관계에 대해서 암 발생 위험을 낮춘다, 높인다, 영향이 없다 등의 다양한 결과가 보고되고 있으며 커피와 암과의 관련성이 명확하지 않다고 이야기하고 있다. 세계암연구재단과 미국암협회의 2007년 보고서는 커피는 발암과 관계가 없는 것으로 보인다고 보고하였다.

반면 더욱 최근에 발표된 보고서에는 커피에 관해 유익함을 이야기하는 경우가 많아졌다. 수십 개의 연구가 이루어졌고, 특히 2014년 백만 명을 분석한 연구 결과에서는 하루 4잔의 커피를 마시는 사람의 사망률이 커피를 마시지 않는 인구에 비해 16% 낮았다고 보고했다. 최근 커피와 암의 관계에 대한 연구들을 살펴보면 대부분 커피를 마시는 것이 암의 발생을 높이기보다는 무관하거나 혹은 발병률을 낮추는 것으로 보고되었다. 현재의 상황에서 섣불리 커피가 항암물질이라고 이야기하기에는 조심스러우나 커피로 인한 암의 위험성에 대해 지나치게 우려할 필요는 없어 보인다.

## 2. 커피와 위염

반면, 커피와 위염은 어느 정도 상관관계가 있는 것으로 보인다. 2013년 국내 연구팀에서 시행된 한 설문 조사에서는 위내시경 검사를 받고 중증의 위염이 있는 사람 중 커피를 전혀 마시지 않는 사람의 비율은 2.2%인 것에 비해 커피를 하루 4잔 이상 마시는 사람은 20%로 나타났다. 커피에 포함되어 있는 수많은 화학물질 중 일부가 위의 점막을 자극하고, 특히 식후에 마시는 다량의 설탕이 포함된 커피는 위산의 분비를 촉진하여 위벽을 상하게 하여 위염의 발생시킬 수 있다고 한다.

### 3. 카페인과 위암

일반적으로 커피의 권장량이나 추천량은 없다. 다만 일부 연구에서 안전한 카페인 섭취량을 제시하고 있는데, 그 양은 1일 400㎎ 이하의 카페인이다. 커피의 카페인 함량은 내린 커피 1잔(240cc)이 약 130㎎, 에스프레소 1잔(30cc)이 약 40㎎, 커피전문점 아메리카노 1잔이 약 100㎎이므로 단순 계산으로는 최대 하루 3.5잔까지는 안전한 양이라는 것이다. 하지만 카페인에 대한 반응은 개인차가 있으므로 커피로 인해 두근거림, 가슴 통증, 위장장애 등의 증상을 야기하는 경우에는 마시지 않거나 증상이 나타나지 않을 정도로 그 양을 조절하여야 한다.

요약하면, 커피와 위암과의 상관관계는 아직 밝혀진 바가 없고, 커피업계의 노력(?)의 영향인지 최근에는 커피의 장점이 부각되고 일부 암에서는 커피의 긍정적인 영향이 있다는 연구 결과가 발표되고 있다. 하지만 커피가 위와 장의 점막을 자극할 수 있다는 것은 사실인 것 같다.

나는 커피를 마시기로 결정하였다. 커피로 인하여 얻는 업무상의 이로움과 삶의 질 상승이 나에게는 너무나 컸기 때문이다. 하지만 나만의 원칙이 있다.

첫째, 식후에는 마시지 않는다. 참을 수 있을 때까지 참았다가 마신다. (이때가 보통 오후 2~3시 정도이다.)

둘째, 절반만 마신다. 커피전문점의 커피는 종이컵 한 컵 정도는 버리거나 주위 사람과 나누어 마시며, 커피믹스를 타서 마실 때에는 무조건 절반을 버린다. 커피를 내려 마실 때에는 반 잔(100cc) 정도만 내린다.

셋째, 커피를 마실 때에는 하던 일을 멈추고 커피에만 집중한다.

이렇게 하니 커피에 대한 갈망 때문에 오는 스트레스가 전혀 없었고 하루 한 잔만 마시니 밤에 잠도 잘 왔다.

커피의 응용 가능 여부에 대해서는 의사마다 그 의견이 다르다. 아마도 5:5 정도로 허용 여부가 갈리지 않을까 한다. 그러니 스스로 잘 판단하기를 바란다. 커피를 마시지 않아도 상관이 없다는 괜찮지만 정말 참을 수 없을 정도로 마시고 싶다면 하루 반 잔에서 한 잔 정도로만 제한하자.

# 밥 적응 단계에서의 몸무게 변화

이제 지겹고 힘겨웠던 죽 단계를 지나 밥에 적응하는 단계에 도달하였다. 비록 진밥이지만 그 첫 숟가락을 떠서 입안에 넣을 때 느꼈던 그 감정은 뭔가 해냈다는 성취감과 비슷한 것이었다. 밥을 먹기 시작하면서 먹을 수 있는 음식의 종류도 많아졌고 그만큼 식사 시간이 기다려졌다. 하지만 여전히 한 번에 먹을 수 있는 음식의 양은 정해져 있고 충분한 영양분의 섭취를 위하여 하루 6끼 + 간식 2회의 스케줄을 따라야 했다. 식사 중에는 충분한 양의 물을 마실 수 없기에 식사와 식사 사이의 시간에 물 마시기를 게을리해서는 안 되었고 그 사이사이에 적당한 운동을 해 주어야 했다. 그 모든 것을 수행하기에는 하루가 참 바빴다.

죽에서 밥으로 바꾸었다고 해서 몸무게가 줄지 않은 것은 아니었다. 밥을 먹는 단계에서도 몸무게는 꾸준히 줄었다. 다만 그 감소폭은 죽 단계에서의 그것보다는 적었다. 예를 들면, 퇴원할 당시 나의 몸무게는 70kg 정도였으나 죽 단계가 끝날 무렵인 수술 후 30일 정도에는 원래 무게에서 5kg 정도가 줄어든 65kg이었다. 두 달여간의 밥 적응 단계를 지나면서도 몸무게는 지속적으로 감소하여 수술 후 100일이 지난 시점에서는 3kg 정도가 더 빠진 62kg를 유지하였다. 첫 외래진료 때 원래 몸무게의 10~15% 정도가 빠질 것이라는 영양사 선생님이 하신 말이 딱 맞았다.

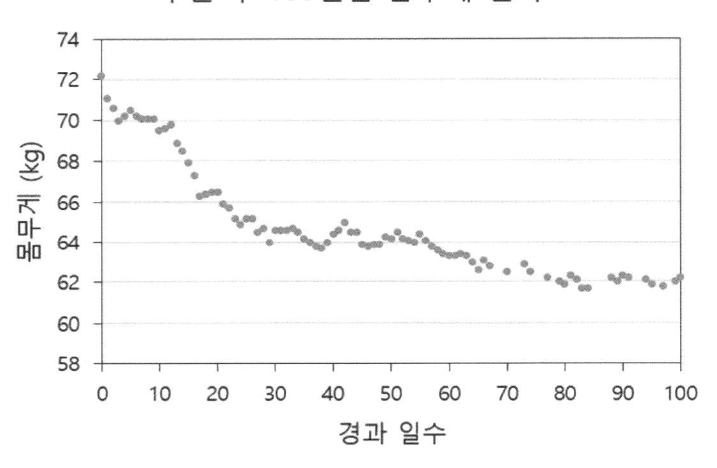


[그림] 수술 후 100일간의 몸무게 변화

몸무게가 62kg에 도달하고 나서는 더 이상의 급격한 감소는 없었다. 다만 설사를 하거나 덤핑증후군 및 체한 듯 음식이 위장으로 내려가지 않는 증상 때문에 끼니와 물 마시기를 거르는 경우에는 500g~1kg 정도 빠졌다가 다시 회복되었다.

위절제수술 후 살이 빠지는 것은 건강했을 때 다이어트를 한답시고 살을 빼는 것과는 전혀 다른 느낌이었다. 수술을 하고 나서는 내 몸이 그전과는 완전히 다른 몸으로 바뀌어 있음을 느낀다. 수술 전에는 아무 증상도 없었기에 더욱 그런 느낌을 받는다. 병원에 있을 때는 수술 부위가 많이 아프니까 그러려니 했다. 집에 돌아와 죽을 먹는 기간을 지나 밥을 먹기 시작하고 다른 음식들에도 다시 적응을 하면서 식욕도 예전만큼 많이 돌아오고 먹고 싶은 음식들도 많이 생겼다. 하지만 나의 몸은 그것들을 모두 받아들일 수 없는 몸이 되었다. 예전처럼 배가 고프다고 게걸스럽게 먹는 것은 물론이고, 목이 탄다고 물 한 잔을 시원스럽게 들이켜기도 힘들다. 행여 맛있는 음식에 혹은 허기에 정신을 잃고 조금이라도 빨리 먹거나 많이 먹으면 어김없이 불편함이 찾아온다. 그뿐 아니다. 근육과 살로 적당히 균형 잡힌 예전의 나의 몸은 어디론가 사라져 버리고 홀쭉해진 웬 남자가 거울 앞에 서 있는 것을 발견하게 된다. 특히 얼굴의 볼, 허리, 엉덩이, 허벅지의 살들이 눈에 띄게 줄었다. 예전엔 아무리 노력해도 1인치 이상을 줄이기 힘들었던 허리 사이즈는 어느새 4인치가 줄어 28인치가 되었다. 오랜 기간 노력으로 만들어 놓았던 누구에게 보여 주기는 민망하지만 나름의 자부심이었던 어깨, 가슴, 팔 근육은 온데간데없다. 근육으로 적당히 두꺼웠던 허벅지, 아직은 볼록 쏟아 있어 섹시했던 엉덩이는 동정심을 불러일으킬 정도로 삐쩍 말라 버렸다. 내 몸은 그야말로 키만 자랐지, 아직 단단해지지 않은 중학교 시절 그때의 몸 이전으로 되돌아가 버린 것이다.

살이 빠지니 추위도 더욱 많이 탔다. 예전에는 겨울에도 굳이 내의를 입지 않아도 되었다. 잘 때 전기장판을 켜고 잔다는 것은 상상도 할 수 없었다. 그래서 전기장판은 항상 아내가 있는 쪽에만 놓고 잤었다. 그런데 수술 후의 몸은 추위를 많이 타는 몸이 되었다. 1~2월의 겨울 날씨였지만 밖으로 외출을 나갈 때는 이전과는 다르게 너무 너무나 추웠다. 그래서 내의는 필수가 되었지만 그것조차도 예전의 내가 느끼는 것보다 훨씬 추웠기 때문에 항상 옷을 4~5겹은 껴입어야 안심하고 외출할 수 있었다. 손발은 항상 차가웠고, 전기요를 켜지 않으면 추워서 잠들 수가 없었다. 그래서 아내 쪽에 놓았던 1인용 전기요를 퀸사이즈의 전기요로 바꾸었다.

그렇게 내 몸은 다시 약해져만 갔다. 하지만 영양 교육 시간에 들은 내용을 다시 복기하면 몸무게가 안정화되는 시기를 지나면 음식의 섭취량도 늘어나고 몸무게도 어느 정도 회복을 한다고 한다. 그때는 항상 그래 왔던 것처럼 다시 집중하여 몸을 만들어야 할 시기가 필요할지도 모르겠다.

# 위절제술과
# 빈혈

위절제술, 특히 위전절제수술 후 많이 나타나는 2차 증세 중 하나는 빈혈이다. 빈혈의 증상은 얼굴 창백해짐, 어지럼증, 피로, 무기력함 등으로 위암 수술을 받은 사람에게서 빈혈이 나타나는 것은 해부학적으로 어쩔 수 없는 현상이다.

먼저 빈혈이 생기는 이유가 무엇인지 알아야 한다. 빈혈의 원인은 여러 가지가 있지만, 대부분의 경우 몸속에 철분이 부족하여 적혈구의 생성이 정상치를 밑돌 때 생긴다. 이것을 철결핍성 빈혈이라 한다. 위절제술을 받으면 이 철분의 흡수가 현저하게 줄어든다. 왜냐하면 철(Fe)의 흡수를 담당하는 소화기관이 위이기 때문이다. 정상적인 위에서는 소화를 위해 위산이 항상 분비된다. 음식이 위로 들어가면 위산은 음식을 소화되기 쉬운 죽과 같은 상태로 만들어 줌과 동시에 철분을 이온화시키고 몸에 흡수될 수 있는 화학적인 상태로 변환한다. 그런 과정을 거쳐야 비로소 철은 우리 몸에 흡수되어 적혈구를 생성하는 영양분으로 쓰이게 되는 것이다. 위절제술, 특히 위전절제술을 받으면 위산이 충분히 생성되지 않기 때문에 아무리 철 성분이 많이 들어 있는 음식을 먹는다고 하여도 몸이 흡수할 수 없기 때문에 철결핍성 빈혈이 생길 수 밖에 없다.

서울성모병원 소화기내과에서는 위절제술을 받은 161명의 환자를 추적 관찰하였는데, 수술 1년 후 전체 환자의 27%가 빈혈을 앓고 있는 것으로 드러났다. 위절제술 후 3개월째 빈혈의 발생 빈도는 24%였으나 수술 4년이 지난 때에는 37%로 시간이 경과할수록 빈혈이 증가하는 경향을 보였다. 특히, 여성의 경우 수술 후 1년, 2년, 4년 후 빈혈 환자는 각각 40%, 45%, 52%로 남성의 경우와 비교하였을 때 두 배 정도로 높은 빈도를 보였다고 한다. 철결핍성 빈혈이 나타날 경우 의사와 상담한 후에 철분 보충제를 먹거나 정맥주사로 철을 보충할 수도 있다.

나의 경우에도 수술 후 2달이 지나자 얼굴의 창백함이 눈에 띌 정도로 나타났다. 아내도 가끔 내 얼굴을 보고는,

"오빠 얼굴이 진짜 하얗다, 너무 집에만 있어서 그런가?" 하고 물어볼 정도였다.

오랜만에 만나는 지인들도 나를 보며 하는 첫인사가,

"얼굴이 왜 이렇게 하얘요? 요즘 어디 아파요?"

하고 물어볼 정도였으니 말이다. 어지럼증도 차차 심해졌다. 앉았다가 일어설 때는 눈앞이 핑 하고 시야가 잠시 흐려지는 경우가 빈번했다.

한번은 집에서 목욕을 할 때였다. 욕조에 따뜻한 물을 받아 놓고 10여

분 정도 몸을 담갔다가 일어서는데 눈앞이 까매졌다가 순간적으로 의식을 잃어버려서 그대로 욕조에 엉덩방아를 찧어 버렸다. 그 아픔에 곧바로 의식이 돌아왔다. 어찌 보면 큰 사고로 이어질 만한 아찔한 순간이었지만 다행히 엉덩이에 멍이 드는 정도로 끝이 났다. 그 이후로 겁이나 틈틈이 영양제를 챙겨 먹고는 한다. 정기검진 때는 빈혈 증상이 있는 것 같다고 담당의에게 항상 말하고 내 몸의 철분 수치를 항상 확인한다. 아직 수치상으로는 철분이 문제 될 정도로 부족하지 않다고는 하지만 수술 후 1년이 지난 지금의 내 얼굴은 여전히 선크림을 발라 놓은 것처럼 하얗다.

# 위절제술 후 겪는
# 근육통, 신경통, 신체 밸런스 무너짐

위절제술 후 수술 부위와 직접적으로 연관이 있는 소화기에서 나타나는 이상 증세들 말고도 나를 괴롭히는 것들이 있었으니, 그것은 바로 단순 근육통이나 신경통으로 정의하기 힘든 통증으로 인해 몸의 밸런스가 무너지는 것이었다.

전조 증상은 수술 후 병원에서 퇴원할 무렵부터 찾아왔다. 퇴원을 2일 정도 앞두고 왼쪽 어깨가 조금씩 아파 왔다. 그때 나는 단순히 수술 부위가 아파서 한쪽으로만 몸을 쓰고, 침대도 불편하여 나타나는 증상이라 생각했다. 그리고 당연히 시간이 지나면 나아지리라 믿었다. 하지만 집으로 돌아와서 수술 부위의 통증이 점차 사라짐에도 불구하고 어깨의 통증은 점점 더 심해져만 갔다. 특히 오후를 지나 저녁이 되면 통증이 너무나 심하였고, 잠자리에 들어서는 눈물이 날 정도로 쑤시고 아파 잠을 쉽게 들지 못하는 날이 많았다. 증상은 마치 심한 오십견 증세와 같았다. 정형외과에서 X-ray 촬영을 해도 염증과 같은 이상 증상은 없었다. 신경외과에 가서 신경통 약도 받아서 먹어 보고, 한의원에서 침도 여러 번 맞아 보아도 큰 도움이 안 되었다. 모두들 정확한 원인을 알지 못했다. 신기한 것은 여러 병원에서 공통적으로 하는 말이 개복수술을 받은 사람들 중에서 어깨 통증을 호소하는 환자가 많았다는 것이다. 특히, 유방암 수술을 받은 환자 중 수술받은 부위와 가까운 어깨 쪽에서 원인 모를 통증이 나타나는 경우가 종종 있다고 했다. 한쪽 어깨가 심하게 아프니 자연스럽게 몸의 움직임이 부자연스러웠다. 그러다 보니 통증은 옆구리, 허리, 오른쪽 어깨로 번져 나갔다. 결국 몸의 밸런스가 무너져 버린 것이다. 매일 밤마다 나는 어깨와 허리에 온찜질을 하고 마사지를 했다. 통증을 줄여 보려 스트레칭과 가벼운 바벨 운동도 많이 하였다. 그렇게 몇 달이 지나자 어느 순간 통증은 조금씩 줄어들었고, 나도 통증을 잊는 날이 많아졌다.

수술 후 반년 정도 지난 후 몸이 어느 정도 회복한 후에는 달리기와 같은 운동을 많이 했다. 그런데 너무 의욕이 앞섰기 때문일까? 어느 순간부터 무릎 뒤쪽 근육(햄스트링, 슬와근)에 통증이 생겼다. 이번에도 어깨와 마찬가지로 통증은 쉽게 없어지지 않고 점점 심해져만 갔다. 통증은 정강이와 무릎으로 번져 나갔고, 다리를 오므리고 펼 때마다 아팠다. 앉았다 일어설 때는 나도 모르게 '악' 하는 소리를 질렀다. 한쪽 다리에서 시작된 통증은 다른 다리로, 그리고 다시 허리로 올라왔다. 또다시 몸의 밸런스가 무너진 것이다. 통증이 심한 날은 진통제와 근육이완제를 먹었고, 집에 돌아와서는 항상 가벼운 스트레칭을 하고 온찜질기, 안마기와 같은 의료기구를 몸에 달고 살았다. 처음엔 걱정스러운 눈으로 나를 쳐다보던 아내는 이제는 그냥 그러려니 한다. 나도 처음에는 이런 내 몸에 실망한 날이 많았지만 지금은 으레 찾아오는 계절병 같은 것으로 여긴다.

그렇다면 왜 이런 원인 모를 근육통, 신경통 같은 것들이 자꾸 생길까? 여기에 대한 나의 이론은 이렇다. 위절제술 후 우리는 심한 몸무게의 감소를 겪는다. 몸무게의 감소는 비단 지방의 감소뿐 아니라 근육량의 감소도 동반한다. 특히, 수술을 받은 우리는 근육량의 감소가 심하다. 원래 체지방이 적고 근육이 많은 사람일수록 근육량의 감소는 더욱 크다. 수술 후 반년이 지난 시점에서 건강검진을 받았을 때 수술 전보다 12kg이 감소하였는데 그중 7kg가 근육이었다. 보통 다이어트를 하면 근육량의 감소는 크지 않으며 오히려 근육량의 비율은 더욱 증가하는 경우가 많지만 위절제술을 받은 환자의 경우는 영양분의 흡수에 장애가 생기고, 활동량이 줄어드는 쪽으로 생활 패턴이 변화하기 때문에 근육량의 감소가 심하다. 이렇게 갑자기 줄어든 근육량 때문에 수십 년 동안 적응해 온 우리 몸의 밸런스가 무너지고 각종 근육통 및 신경통이 발생하는 것이다. 몇 달의 시간이 지나면 우리 몸은 바뀐 상태에 적응하게 되는데 이 적응 기간 동안 심한 통증을 겪는 것이다. 마치 성장통과 같이 말이다.

내 경험으로는 적당한 웨이트 운동과 스트레칭이 통증의 완화와 적응기간 단축에 많은 도움이 된 것 같다. 그리고 추워지는 계절에는 온열요법(찜질, 목욕)도 근육의 긴장 완화와 통증 조절에 많은 도움이 되는 것으로 보인다.

적당한 운동과 스트레칭이다. 조금이라도 무리하면 다시 아파진다는 것을 잊지 말자.

# 위 절제와 담석

수술 후 5개월쯤 지나 회사에서 실시하는 건강검진을 받았다. 검진 항목 중 초음파검사를 실시하기 위하여 검사실에 들어가 복부에 젤을 바르고 준비하였다. 초음파검사 담당자분이 초음파 봉을 배에 대로 이리저리 움직이다가 갑자기 말을 꺼내기 시작했다.

"어! 여기 뭔가 있네요."

하며 나에게 영상을 보여 주었다. 뭔가 있다는 말에 나는 깜짝 놀랐다.

'뭐지? 또 뭐가 있는 거야?' 덜컥 겁이 났다.

화면 속에는 작은 주머니 같은 것에 하얀 점들이 보였다. 담당 선생님은 그 점들을 손가락으로 가리키면서 말했다.

"여기 점들 보이시죠? 담석이 있네요. 하지만 크기가 아직 모래알만큼 작아서 증상이 없으실 수도 있어요. 나중에라도 담석증 증상이 생기면 꼭 병원에 가셔서 치료를 받으세요."

나는 혹시나 암인지 걱정이 되어 (자라 보고 놀란 가슴 솥뚜껑 보고 놀란다고) 그게 어떻게 담석인지 알 수 있냐고 물어보았다. 담당 선생님은 웃으며 나에게 옆으로 돌아누워 보라고 하셨다. 그랬더니 화면 속의 그 하얀 알갱이들도 같이 움직이는 것이 보였다. 선생님은 담석인 경우 암 덩어리와는 다르게 5㎜ 이하의 아주 작은 크기라도 담낭 안에서 초음파로 쉽게 관찰되며, 이렇게 몸과 함께 움직이는 것이 보이는 것 또한 담석의 증거라 하셨다. 자기 소견으로는 100% 담석이니 큰 걱정은 하지 말라고 하셨다.

검사실을 나오면서 또 큰 한숨을 내쉬었다. 자꾸 뭔가 이상한 것이 생기는 이 몸이 참 처량했다. 수술 후유증과 위가 없는 후유증에 평생 시달려야 한다는 사실이 다시 한번 더 나를 무겁게 짓눌렀다.

정상적인 사람의 경우, 담즙이 너무 많은 콜레스테롤을 함유하고 있을 때 담석이 생기지만, 위를 절제하면 미주신경이 절단되고 이로 인하여 담낭의 운동 기능이 떨어져 담즙의 정체가 생겨 담석이 생긴다. 담석은 위절제술을 받은 환자에게 10~20%의 빈도로 발생한다고 한다.

담석은 복부초음파검사로 쉽게 발견할 수 있다. 담석이 생기면 증상이 없는 경우도 있고, 복통, 황달, 발열 등과 같은 증상을 동반할 수도 있다. 증상 중에서 가장 흔한 것이 복부 우측 부분의 통증이다. 담석이 담낭관을 따라 움직이면서 담낭관을 막아 버려 담낭 내부의 압력이 높아지면 극심한 통증을 동반한다. 이것을 담성산통이라 한다. 담성산통이 오면 여러 시간 동안의 극심한 통증이 생기고 구토, 오한, 발열, 황달, 회색의 대변과 같은 증상이 동반된다. 이런 증상이 나타나면 (그러지 않길 바라지만) 곧바로 위절제술을 받은 병원의 응급실에 연락을 취하도록 하자.

담석이 발견된다고 해서 모든 경우에 반드시 치료를 해야 하는 것은 아니다. 통증과 같은 증상이 없거나 담석의 크기가 아주 작은 경우에는 약물 치료나 담낭제거시술, 혹은 수술이 필요하지 않으나 지속적인 관찰을 요한다.

증상이 없지만 수술이 필요한 경우는 다음과 같다.

· 담낭암이 의심되는 경우
· 담낭벽의 석회화가 생기는 경우
· 담낭용종이 함께 존재하는 경우
· 큰 담석이 있는 경우
· 담낭에 선근종증이 생긴 경우
· 총담관 내 담석이 있는 경우
· 다른 이상을 동반한 경우

위암 정기검진 때 담당 의사에게 건강검진 때 담석이 발견되었다고 이야기하였다. 선생님은 별 대수롭지 않다는 듯이 담석은 위암 수술 환자 10명 중 1명 정도로 발생할 수 있고, 커지면 다시 수술해야 한다고 했다. 다시 수술을 받을 수도 있다는 말에 마음이 괜히 불편해졌다. 다시는 이 몸에 칼을 대기 싫은데 자꾸 그런 상황이 생길 것 같아 불안했다.

다행히 무증상 담석의 50% 정도는 평생 치료를 필요로 하지 않는다고 한다. 하지만 예방적 차원에서 기름기가 적은 음식을 주로 먹고 운동을 꾸준히 해야 한다. 결국엔 건강식으로 잘 먹고 운동하는 길밖에 없다. 그것이 이렇게 약해 빠진 우리 몸을 위해서 우리가 할 수 있는 최선이다. 참 손이 많이 가는 몸뚱이이다. 하지만 어쩌랴…… 이 몸이 내가 사랑하는 사람과 이 세상을 살아가도록 해 주는 하나밖에 없는 소중한 몸뚱이인 것을.

## 수술 부위 피부의 변화: 비대흉터 or 켈로이드

수술 직후 의료용 스테이플러 심이 얼기설기 수술 부위에 박혀 있는 모습을 본 나는 충격에 휩싸였다. 보기에 징그러웠고, 흉터가 걱정되었기 때문이다. 하지만 스테이플러 심을 다 제거하고 난 다음에는 그런 걱정들이 어느 정도 사라졌다. 배를 가른 부분과 심이 박혀 있었던 부분만 빨갛게 자국(홍반)이 남아 있었을 뿐이었기 때문이다. 수술 후 3주가 지나서는 스테이플러 심의 자국은 좀 더 연해졌고, 상처 부위도 잘 아무는 듯했다. 상처 부위가 많이 가렵기는 했지만 낫는 과정이라 생각하고 크게 신경 쓰지 않았다.

하지만 시간이 지나면서 개복 부위의 피부는 조금씩 부풀어 오르기 시작했고, 급기야는 사진에서 나타난 것처럼 피부 안쪽에서 바깥으로 살이 비집고 나온 듯한 흉터로 발전했다.

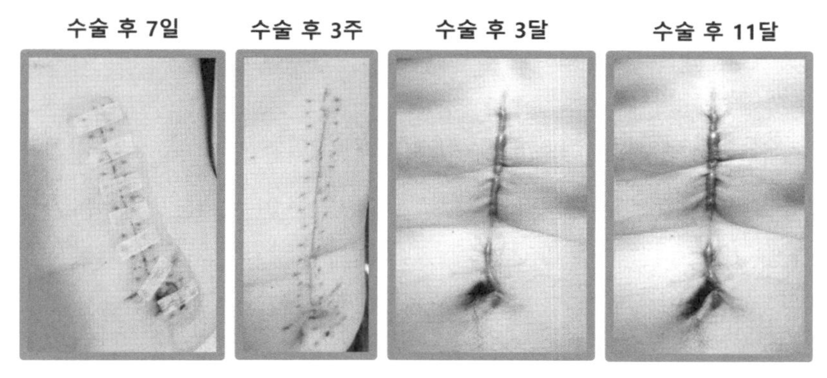


[사진] 수술 부위의 피부 변화

가려움증 또한 개선되지 않았다. 수술 부위가 가려워 잠결에는 항상 배를 긁었고 거의 매일 상의가 반쯤 탈의된 상태에서 잠이 깨었다. 어떤 날은 너무 심하게 긁어 흉터 부분의 피부가 벗겨지고 피나 나는 경우도 있었다.

가려움증 이외에도 수술 부위의 피부가 민감해져서 까칠한 소재의 옷은 입을 수가 없었기에 항상 부드러운 면 티셔츠나 러닝셔츠를 안에 입을 수밖에 없었다.

그림과 같이 나의 배에는 심한 흉터가 남아 버렸다. 처음에는 남들 앞에서 옷을 벗는 것이 많이 의식이 되었지만, 차츰 시간이 지나자 나에게는 이런 외형적인 흉터가 크게 부끄럽거나 사람들이 많은 목욕탕과 같은 장소에서 상의를 탈의하는 것에 불편함을 느끼지 못하였다. 하지만 아마 많은 암 환우들, 특히 여성 환우들은 이런 배에 이런 흉터가 생기면 큰 콤플렉스가 되리라는 생각도 들었다.

차츰 나아지리라는 나의 기대와는 반대로 몇 달이 지나도 나아지기는 커녕 가려움증만 심해지자 나는 피부과 병원을 가 보기로 결심했다. 동네의 가까운 병원에 들러 의사 선생님께 배를 보여 주자 '켈로이드'라는 병명이라 하였다. 아니, 정확하게는 병은 아니고 상처 회복 시 피부에 콜라겐 성분이 많으면 특히 개복수술 후 남은 큰 상처가 아물 때 나와 같이 거대 흉터로 남는다고 하였다. 특히 젊은 사람일수록 잘 생긴다고 한다.

정상적인 상처의 치유 과정에서는 단백질인 콜라겐과 피부의 섬유조직, 그리고 피부결합 유전자가 증가하여 피부를 재생한다. 상처 발생 후 3주가 지나면 결합조직의 합성이 서서히 감소하며 상처 부위가 회복되고 홍반이 줄어든다. 하지만 흉부외과나 소화기외과 수술처럼 가슴이나 복부의 정중앙 절개에 의한 수술 상처는 그 부위에 피부 장력과 같은 기계적 압력이 커진다. 상처 부위에 지속적인 기계적 압력이 가해지면 섬유세포와 콜라겐의 합성이 필요 이상으로 증식된다. 그 결과 개복수술 부위가 부풀어 오르는 켈로이드(Keloid)나 비대흉터(hypertrophic scar)와 같은 증상이 나타나게 되는 것이다.

켈로이드와 비대흉터(혹은 비후성반흔)는 육안으로 간단히 구분하기가 힘들다고 한다. 다만 켈로이드는 외상 후 수개월이 지나 발생하고 시간이 지나도 호전되지 않으며, 원래의 상처 부위를 넘어서 주위의 피부까지 부풀어 오르게 하는 경우가 많다. 반면 비대흉터는 외상 후 빠른 시간 내에 발생하고 시간이 지나면서 호전되며 그 부위가 상처 부위에 국한된다.

나의 경우는 비대흉터와 비슷하게 생겼으나, 수술 후 2개월 정도의 시점부터 본격적으로 나타나기 시작했고, 1년이 다 되도록 호전되지 않았지만, 그래도 상처 부위에 국한되어 있다는 점에서 켈로이드인지 비대흉터인지 구분하기가 모호했다. 아무튼 의사가 켈로이드라 진단했으니 켈로이드로 믿기로 했다.

치료는 스테로이드 주사와 스테로이드 연고를 바르는 것이 가장 보편적인 치료법이라 한다. 외과적 수술법이나 레이저 치료술이 있지만 다시 재발할 가능성이 있고 그 효과도 그리 크지 않기 때문에 추천하지 않는다고 했다. 그래서 나는 스테로이드 주사와 연고를 바르기로 했다. 주사실에서 상처 부위에 무려 10방에 가까운 주사를 맞고 처방전을 받아 병원을 나왔다. 주사는 의료보험이 적용되어 가격이 싼 편이었지만 연고는 보험 적용이 안 되는 품목이라 비쌌다.

주사 후 2일 정도가 지나니 확실히 가려움증이 줄어들고 상처의 부풀어 오른 높이 또한 낮아진 것이 느껴졌다. 진즉에 병원에 갈 것을 왜 놔두어서 이 고생을 했나 싶다. 역시 뭔가 이상하면 바로바로 병원에 가야 한다.

# 첫 번째 정기검진:
# 수술 후 위내시경

수술 후 어느덧 3개월이 지나갔다. 오늘은 위내시경을 찍는 날이다. '위'라고 할 것까지도 없이 작아진 내 위가 어떻게 생겼는지 며칠 전부터 무척이나 궁금하였다. 오전 금식을 하고 병원을 방문하여 내시경 준비를 하였다. 수면이 아닌 일반 내시경으로 하면 대기 시간 없이 바로 할 수 있다고 하여 일반으로 신청하였다. 생애 처음으로 내시경을 받았을 때는 수면이 아니면 도저히 견뎌 내지 못할 것 같았지만 짧은 시간에 여러 번 내시경 검사를 받으니 이제는 수면이 아니어도 견딜 만했다.

준비를 마치고 내시경실에 들어가 누워 입을 벌리고 식도의 힘을 풀어 내시경 튜브를 꾸역꾸역 몸 안으로 받아들였다. 위를 부풀리기 위해 가스를 주입하는데, 얼마 넣지도 않았는데도 배가 빵빵해지며 통증이 느껴졌다. 발을 동동 굴렀다. 내시경은 식도를 지나 식도괄약근을 밀고 들어가 위에 도달했다. 위 벽의 사진은 이전의 그것과는 달리 염증 하나 없이 아주 깨끗했다. 사진 3장을 찍자 바로 위와 공장의 연결부에 닿았다. 공장은 십이지장과 연결된 부분으로 위를 지난 음식물은 공장과 십이지장을 지나 소장으로 들어가게 된다. 위와 공장의 연결부는 유문이 없고 볼록하게 부풀어 오른 부분만 관찰될 뿐이었다. 내시경은 억지로 공장을 밀고 들어가 공장 입구로 들어갔다. 억지로 밀어 넣은 탓인지 출혈이 조금 생겼다. 공장의 내부에는 약간 하얀 빛이 감돌았는데 나중에 염증이냐고 물어보자 그건 염증이 아니라 거품이라 하였다. 내시경 촬영은 금방 끝났다. 위가 작으니 찍을 사진도 얼마 없어 왠지 하다가 만 듯한 느낌이었다.

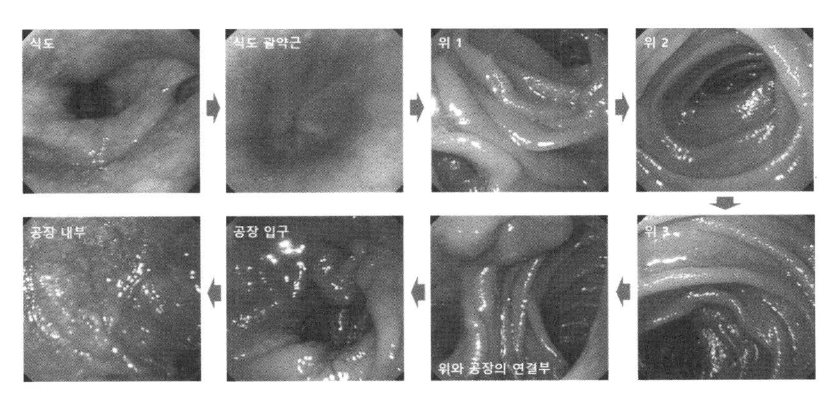

[사진] 위전절제 수술 후 나의 위내시경 사진

내시경 담당의의 총평으로는 수술은 아주 잘되었고, 수술 부위도 잘 아물었으며, 위도 염증 하나 없이 깨끗하고 좋은 상태라 한다. 좋은 상태라 하니 나도 덩달아 기분이 좋았다.

조금 지나 수술 담당의와 내시경 사진을 보며 그동안의 회복과 수술 부위에 대한 점검을 했다. 담당 의사 선생님도 모든 것이 좋아 보이니 관리를 잘 하고, 잘 먹고, 자주 조금씩 먹는 생활을 잘 유지하라고 하였다.

병원 나서면서 왠지 할 수 있다는 자신감이 샘솟았다.

이렇게 5년만 버티면 완치다!

# 위절제술 직후
# 회복을 돕는 운동

위 절제 후, 원활한 회복을 위해 운동은 항상 옳다. 수술 후 몸의 원활한 회복을 위해서는 걷기 운동을 꾸준히 하는 것이 필수적이다. 수술 후 첫 2주 동안 하는 걷기 운동은 장기가 몸 안에서 안정적으로 자리를 잡고 정상적으로 기능을 하는 데에 도움을 주며, 그 이후의 걷기 운동은 상처의 빠른 회복과 동시에 근육의 상실과 관절의 퇴화를 늦추는 역할을 할 뿐만 아니라 음식의 소화를 돕기도 한다.

사실 위절제술을 받은 우리의 몸의 활동량은 수술 이전과 비교하여 현저히 줄어들 수밖에 없다. 왜냐하면 이전과는 다르게 움직일 수 있는 시간의 제약을 받기 때문이다. 그렇기 때문에 수술 후 회복 초기의 근육량 감소는 피할 수 없는 현상이며, 그에 따른 몸의 불편함도 심하지만 꾸준한 운동을 통하여 몸의 밸런스를 일정 수준으로 유지하고 근육량 감소에 따른 후유증을 어느 정도 상쇄할 수 있다.

수술 후 한두 달까지는 걷기 운동이 최선임과 동시에 할 수 있는 최대의 운동이다. 병원에서는 수술 후 세 달까지는 웨이트와 같은 근육운동을 금하며 다른 무리한 운동들도 피하라고 조언한다. 그런 힘든 운동들은 하고 싶어도 수술 후 첫 두 달까지는 할 수 없다.

처음에는 집 안이나 집 근처에서 걷기 운동을 하여야 한다. 아무리 평지라도 실외에서의 운동은, 특히 집과 10분 이상 떨어진 곳에서의 운동은 체력의 저하가 심하며 앉아서 쉴 때에도 체력의 회복이 더디다. 그렇게 조금씩 시간이 흐르다 보면 곧바로 식사 시간이 돌아오고, 그 후의 휴식 및 물 마시는 시간까지 챙기다 보면 계획된 시간표대로 하루를 생활하기가 힘들다.

나는 수술 후 첫 한 달 동안은 집 안에서만 걷기 운동을 하였다. 집 안에서 내가 직선으로 걸을 수 있는 가장 먼 거리가 아홉 발자국이었기에 이 거리를 계속 왕복하여 걸었다. 식간에 틈틈이 20~30분 정도의 시간에 팔을 힘차게 앞뒤로 휘저으며, 신나는 음악이나 내가 듣고 싶은 음악을 크게 틀어 놓고 걸었다. 스마트폰 어플로 걸음 수를 측정하여 보니 그렇게 하루에 6번 정도 걷기 운동을 하면 1만 걸음은 손쉽게 걸을 수 있었다. 그리고 걷기 운동은 한 시간과 하지 않은 시간의 소화 상태나 식욕의 정도, 그리고 기분을 비교하면 확실히 걷기 운동을 하고 난 후가 공복감이나 식욕이 더욱 높았고 기분도 더욱 상쾌했다.

수술 후 1달 반이 지나서부터는 바깥으로의 걷기 운동을 시도하였다. 처음에는 집 주위를 몇 바퀴 도는 정도로 하다가 나중에는 하루에 한 번 집에서 걸어서 20분 정도에 있는 공원을 한 바퀴 돌고 들어왔다. 공원에서의 걷기 운동은 처음엔 정말로 큰 도전이었다. 집에서 출발하여 다시 집으로 들어오기까지의 거리가 8㎞ 정도였기 때문이다. 느린 걸음으로는 2시간이 넘게 걸렸고, 빠른 걸음으로는 1시간 30분이 걸렸다. 그래서 공원으로의 운동은 식간의 여유가 있는 시간에 하였다. 처음에는 땀이 나고 체력적으로 매우 힘들었다. 중간에는 어지럼증도 생겨서 앉아서 쉬다가 다시 걷고는 했다. 하지만 병원 복도에서 걸을 때를 상기하며, 그리고 다시 집으로 들어가야 했기에 이를 악물고 계속 걸을 수밖에 없었다. 당시에는 어깨 통증이 심했기 때문에 걸으면서도 계속 팔을 크게 휘젓고 어깨 스트레칭도 반복적으로 하였다. 처음엔 너무 무리하게 하는 게 아닌가 하는 생각이 들었으나 적응되니 그 정도쯤 걷는 것은 별로 힘들지 않게 할 수 있게 되었다. 집에 돌아와서 밥을 먹고 좀 쉬다가 샤워를 하면 기분이 정말 좋았다. 그렇게 수술 후 첫 두 달간은 거의 매일 30분 4회 집안 걷기, 1회 집 안 청소하기, 1회 공원 걷기, 1회 목욕하기를 하며 하루를 보냈다. 본격적인 걷기 운동을 시작하면서부터 아내도 많이 좋아했다. 내가 좀 더 생기 넘치게 보이고, 매일 청소를 하니 집 안도 아주 청결하게 유지되었기 때문이다.

수술 후 2달이 지나서는 웨이트 운동을 조금씩 더했다. 그렇다고 무거운 덤벨(아령)을 든 것은 아니었다. 수술 전 나는 8~10kg의 덤벨을 가지고 운동을 했다. 하지만 이제는 5kg짜리 덤벨을 새로 구입하여 팔운동을 했다. 1kg짜리 덤벨로는 어깨운동을 하였다. 아직 팔굽혀펴기나 스쿼트는 무리였다. 수술 부위가 당겨 허리와 등이 많이 굽어 있었기에 팔과 등을 쭉 펴는 스트레칭과 무릎을 굽히고 엎드려 다리를 뒤로 쭉 폈다 굽히는 스트레칭을 자주 정도 하는 정도였다.

하루 중 저녁 8~9시 사이에 먹는 마지막 식사는 소화가 잘 안 되는 편이었다. 속이 더부룩한 감이 있으면 또 어김없이 집 안을 걸어 다녔다. 개인적인 경험으로는 속이 더부룩한 느낌이 있을 때는 걷기 운동이 가장 효과가 좋았다. 그래서 아내와 아이가 잠자리에 드는 밤 10가 넘어서도 혼자서 집 안을 걷고 있는 날이 많았다.

요약하면, 운동은 항상 옳다. 특히, 수술 후 첫 3달 동안 꾸준히 운동하는 것이 가장 중요하다고 생각한다. 운동은 몸의 원활한 회복을 돕고, 내 몸의 굳어진 근육들을 풀어 주고, 자세를 바로잡게 해 주며, 생각을 정리할 수 있게 하며, 기분을 좋게 하고, 내 몸의 체온을 올리는 아주 중요한 습관이다.

그러니 힘들어도, 지겨워도, 하기 싫어도 운동을 하자.

# 수술 후
# 첫 외식

오늘은 수술 후 처음으로 아내와 밖에서 밥을 먹는 날이다. 아내는 연차를 내고 누구에게도(?) 방해받지 않고 나와 평범한 데이트를 하고 싶다고 했다. 오전에 아이를 어린이집에 등원시키고 공원 산책을 하고는 집으로 돌아와 씻고 옷을 입었다. 항상 입던 추리닝이 아닌 외출복으로 갈아입으니 왠지 어색하기도 하고 기분이 좋아지기도 했다.

점심을 먹으러 밖을 나왔다. 아내가 봐 두었던 식당으로 들어갔다. 수술 후 첫 외식이라 살짝 긴장되었다. 아내는 나에게 치킨데리야끼덮밥을 추천했다. 소스가 자극적이지 않고 같이 나오는 반찬도 적어 부담이 되지 않을 것 같다는 이유였다. 나도 그것이 좋을 것 같아 아내의 말을 따랐다. 밥이 나오기 전까지는 아내와 신나게 떠들었다. 이렇게 다시 나와서 밥을 먹게 될지 몰랐다는 이야기, 그동안 서로 고생했던 이야기, 많이 회복해서 다행이라는 이야기, 아내의 회사에서 나에 대해 물어봤던 이야기 등등 마치 첫 데이트를 하는 것마냥 모든 대화가 즐거웠다.

이윽고 주문하였던 음식이 나왔다. 내가 시켰던 치킨데리야끼는 넓은 그릇 속에 밥과 치킨데리야끼 소스가 뿌려진 간단한 음식이었다. 문제는 그 양이 너무 많아 보였다. 수술 전이었다면 그 정도의 음식은 뚝딱하고 디저트까지 맛있게 먹었을 것이지만, 지금 내 앞에 있는 이 음식은 부담스러울 정도였다. 내가 어쩔 줄 몰라 하자 아내는 절반 이상 남길 것을 당부하고 조금만 먹으라 하였다. 나는 최대한 치킨 위주로 먹으면서 밥은 조금만 먹으려 노력하였다. 하지만 돈 내고 시킨 음식이고 싸서 갈 수도 없었기에 나도 모르게 자꾸만 먹게 되었다. 치킨은 2/3 정도 먹고 밥은 거의 남겼지만 너무 많이 먹었다는 느낌이 강하게 들었다. 하지만 아내 앞에서 내색할 수는 없는 노릇이었다.

식사를 마치고 10분 정도 앉아 있다가 바로 옆의 커피숍으로 자리를 옮겼다. 나는 물만 마시기로 하고 아내는 음료를 시켰다. 순간 배 속에서 요동치는 느낌이 들었다. 나는 화장실에 간다고 하고는 자리를 나왔다. 변기에 걸터앉으니 배가 요동치며 통증이 몰려왔다.

덤핑증후군이다!

나는 통증을 참으려 이를 악물고 머리를 쥐어뜯었다. 오랜만에 나온 외출을 망치기가 싫었다. 얼른 통증이 내려가기만을 기다렸다. 그렇게 통증과 씨름하기를 10여 분, 가까스로 통증이 사라졌다. 나는 심호흡을 하고 거울을 보고 상태를 점검하고는 다시 커피숍으로 들어갔다. 아내는 나를 보더니 괜찮은지 물어보았다. 나는 아무렇지도 않은 듯 묵직한

(?) 놈이 나왔다고 괜찮다고 했다.

그 후에도 속은 계속 불편했다. 마치 배에 가스가 찬 느낌이었다. 시원하게 방귀를 뀌거나 트림을 하면 괜찮을 것 같은데 잘 되지 않았다. 아내와 나는 커피숍을 나와서 카페 거리를 걸었다. 귀엽고 예쁘게 장식한 가게들을 구경하며 걷는 것이 아내는 기분 좋은 듯했다. 하지만 아직 2월의 겨울에 부는 찬 바람은 나에게 더욱 차가운 느낌으로 스며들었다. 아내의 이야기를 들으며 가스를 배출하려 해 보았지만 추워서 그런지 잘 되지 않았다.

한참을 분위기에 취해 걷던 아내는 내 얼굴을 보더니 깜짝 놀랐다.

"오빠, 얼굴이 왜 이리 흙빛이야? 지금 속 안 좋지?"

나는 조용히 고개를 끄덕였다.

"언제부터 그랬어, 이 바보야! 말을 했어야지. 얼른 집으로 돌아가자."

아내는 화를 내며 내 손을 잡아끌었다. 나는 엄마 손에 이끌린 아이처럼 조용히 아내가 끄는 손을 잡고 집으로 향했다.

집에 돌아와서는 편한 옷으로 갈아입고, 전기장판을 켠 침대의 이불

속으로 들어갔다. 몸에 온기가 도니 긴장이 풀리고 방귀가 나왔다. 그제야 배 속이 편해지는 것이 느껴졌고, 동시에 피로감이 몰려왔다. 나는 그대로 잠이 들어 버렸다.

두 번의 식사 시간이 그냥 지나가고 저녁이 되어서야 잠에서 깨었다. 아이는 어린이집에서 돌아와 있었고, 둘은 저녁을 먹고 있었다. 나도 조용히 자리에 앉아 같이 저녁을 먹었다. 아내의 하루를 망친 것 같아 미안해서 조용히 밥만 먹었다. 아내도 괜히 자기 때문에 내가 곤혹을 치른 것 같다며 조용히 밥만 먹었다. 그날 저녁은 평소와 다르게 참 조용했다.

돌이켜보면 익숙하지 않은 곳에서, 익숙하지 옷을 입고, 익숙하지 않은 음식을 돈 내고 먹으니 나도 모르는 불편함에 탈이 난 것 같았다. 한편으로는 걱정도 되었다. 이제 곧 회사 복귀를 해야 하는데 그 정도의 불편함에 이렇게 어려움을 겪으면 어떻게 적응해야 할지 걱정스러웠다. 그리고 외출해서 밥도 같이 편히 못 먹는 내가 원망스러웠다. 아내에게 미안했다. 모든 것이 불안해지기 시작했다. 과연 내가 잘해 나갈 수 있을지 불안했다.

다음 날은 더욱 이를 악물고 공원을 힘차게 걸었다.

'이겨 낼 수 있을 거야, 꼭 이겨 내야만 해!' 하는 다짐과 함께.

Chapter 4

# 생업으로의 복귀

# 위 절제 후 회복 3단계:
# 생업으로의 복귀

위절제술 후 회복의 단계를 크게 4단계로 구분한다면,

1단계: 죽 단계

2단계: 밥 적응 단계

3단계: 생업으로의 복귀 및 적응 단계

4단계: 적응 완료 후 안정화 단계

로 구분될 수 있을 것이다.

나의 개인적인 경험으로는 1단계에서 2단계로 넘어가는 과정도 큰 변화이기는 하지만 2단계에서 3단계로 가는 단계가 전체 회복의 과정 중 가장 큰 변화였다고 생각한다. 그만큼 내 주위의 환경이 크게 변하기 때문이다.

먼저, 회복의 3단계에서는 환경을 내가 컨트롤할 수 없게 된다. 밥 적응 단계까지는 내가 정한 스케줄에 따라 움직이기만 하면 되었다. 아침에 일어나는 것도, 잠자리에 드는 것도, 밥을 먹는 시간과 운동하는 시간도 내가 편한 대로 모든 상황을 컨트롤할 수 있었다. 힘들거나 불편하면 건너뛰고 쉬거나 자 버리면 그만이었다. 하지만 생업으로의 복귀는 어느 것 하나 내 마음대로 조정하기가 힘들다. 특히, 직장에서 직급이 과장급이거나 그보다 낮은 경우는 더더욱 힘들다.

두 번째는 끊임없이 스트레스를 받는다. 스트레스라는 것은 업무의 책임감에 따른 긍정적인 스트레스일 수도 있고, 과도한 업무나 상사의 질책에 따른 부정적인 스트레스일 수도 있다. 아무튼 내가 원하든 원하지 않든 간에 조직 안에서 일하면서 스트레스를 받는다. 그러한 스트레스로 인하여 소화불량, 덤핑증후군, 설사와 같은 이상 증세가 빈번히 발생하고, 그것은 곧 체중 감소로 이어지며, 체중 감소는 체력 저하나 무기력증과 같은 결과를 초래한다.

마지막으로는 식사를 편히 할 수 있는 환경을 만들기가 녹록지 않다. 우리는 적은 양의 식사를 충분히 오랜 시간 동안 천천히 먹어야 한다. 하지만 직장 동료들과 같이 식사를 하는 상황에서는 그렇게 하기가 절대 쉽지 않다. 간식을 챙겨 먹는 것조차도 쉬운 일이 아니다.

이 모든 이유들, 그리고 혹시 더 있을지 모를 이유들 때문에 생업으로의 복귀 단계를 가장 어렵고 도전적인 단계라 감히 정의하고 싶다.

생업으로의 복귀 시기는 각 개인에 따라 다를 수 있다. 일반적으로 병원에서는 수술 후 한 달 정도면 복귀가 가능할 것이라 한다. 하지만 내 경험상 수술 후 한 달 만에 복귀하는 것은 직원이 있는 사업체를 운영하는 사장님이거나, 정말로 가만히 책상에 앉아서 일하는 일부 사무직에만 해당된다. 사람을 많이 상대하거나, 어느 정도는 몸을 써야 하는 업종 혹은 운전을 많이 해야 하는 업종에 종사하시는 분들은 최소 두 달 정도의 회복 기간을 가지고 밥 먹기에 어느 정도 적응이 완료되었을 때 복귀하는 것을 추천한다.

나는 연구직에 종사하는 과장급 정도의 직책을 가진 회사원이다. 자가 운전을 하여 출퇴근을 하고, 출퇴근을 위한 왕복 거리는 총 106㎞이며, 출퇴근을 위해 대략 2시간을 운전해야 한다. 많은 서류를 검토하고 연구를 기획하고 보고서를 작성하는 일을 하며, 여러 분야의 사람들을 만날 때도 있다. 한 달에 서너 번 정도 지방 출장을 가고, 현장에서 연구원들과 밤을 새며 연구에 매진하는 날도 많다.

이런 일을 하는 나는 많은 걱정과 부담감을 안고 위전절제 수술 후 정확히 73일 만에 직장에 복귀하였다.

# 다시 출근

위암 수술을 받고 73일째 되는 날 직장으로 복귀하였다. 이제는 예전 생활로의 완전한 회귀이다. 출근 시간에 맞추기 위해서는 아침 6시에 일어나 준비를 해야 했다. 사실 집에서 회복하는 동안 아침에 그렇게 일찍 일어나 본 적이 없었다. 심지어 마음먹고 일찍 일어나 보려고 하여도 잠깐 눈만 떴다가 다시 잠들어 버리고는 하였다.

"오빠, 출근하는 연습 좀 해야 하는 거 아냐?"

하고 아내가 물어보기도 하였고, 내 스스로도

'이러다가 제대로 출근이나 할 수 있을까?'

하며 걱정이 되기도 하였다. 하지만 일이 코앞으로 다가오면 저절로 하게 되는 것이 세상 이치인 것일까? 출근하기 이틀 전부터 아침 5시 30분 정도에 눈이 떠지고 더 이상은 잠들기가 어렵게 되었다. 출근 전날 직장에서 먹을 수 있을 만한 간식거리들을 사서 가방 안에 챙겨 넣었다. 저녁부터는 새로운 직장에 첫 출근을 하는 기분인 양 긴장되기도 하였고, 아무 탈 없이 무사히 하루를 보낼 수 있을 지 걱정이 되기도 하였다. 그렇게 긴장과 걱정이 뒤섞인 감정으로 어렵게 잠을 청하였다.

다음 날 나는 어김없이 알람이 울리기 30분 전에 눈을 뜨고 하루를 어떻게 보낼 지 생각하기 시작했다. 얼마 뒤 아내도 일어나서 출근 준비를 하기 시작했고, 나도 같이 준비를 시작했다. 불과 석 달 전만 하여도 새로울 것 없는 우리의 일상이었거늘, 그런 우리 부부의 아침이 오늘 다시 시작되고 있다는 사실이 너무나도 새로웠다. 아이가 자는 것을 확인하고 조금 기다렸다가 아침 돌봄 선생님과 교대를 하고 난 후 드디어 집을 나섰다.

직장까지는 53㎞이며 대략 차로 한 시간 정도의 거리이다. 오늘 아침은 부슬부슬 봄비가 내리고 있었다. 수술을 위해 휴직할 그때는 매서운 추위가 시작되는 시점이었다. 이번 겨울은 유난히도 추웠다. 그런데 그 겨울이 어느 사이에 다 지나가 버렸다. 겨울이 지날 동안 나는 좌절했고, 긴 고통을 참고 이겨 내야 했으며, 새로운 나에게 적응하기 위해 많은 시행착오를 겪어야 했다. 그리고 이제 그 겨울의 끝을 선언하는 듯한 봄비와 함께 나도 나의 새로운 삶의 첫발을 내디뎠다. 기분이 좋았다. 왠지 모를 성취감도 있었다. 아침의 그 출근길을 다시 달릴 수 있다는 것이 이렇게 기분 좋은 것일 줄은 어젯밤 잠이 들기 전까지도 몰랐다. 그 기분은 직장에 도착할 때까지 이어졌다.

직장에 도착하였다. 만나는 사람들과 가볍게 인사를 하였다. 모두들 이제 괜찮은 지 물어봐 주셨다.

"네, 이제 많이 괜찮아졌습니다." 혹은
"뭐 이제 그럭저럭 먹고살 만합니다. 이제 일도 좀 해야지요."

하며 나는 감사의 인사를 전했다.

사무실의 내 책상에 다다르니 익숙한 풍경들이 나를 반겼다. 책상, 의자, 컴퓨터, 책장에 정리된 책들과 문서들 등등 모든 것이 휴직 전의 그대로였다. 내가 온 것을 확인한 팀장님과 우리 팀원들은 나에게 다가와 반갑게 안부를 물었다. 이 사람들을 여기서 다시 보고 있다는 사실이 참 좋았다.

복귀 첫날은 마치 첫 출근 때와 마찬가지로 흘러갔다. 여러 필요한 서류들을 인사과에 제출하였고, 직속상관분들께 내가 왔노라고 인사를 하러 다녔다. 팀장님과 팀원들에게 일의 진행이 어떻게 되고 있는지 설명을 듣고 검토해 보아야 할 자료들을 전달받았다.

드디어 점심시간이 되었다. 팀장님께서는 동료가 돌아왔으니 점심 회식이라도 해야 되는 것 아니냐며 분위기를 띄우셨고, 어디로 가면 좋을지 나에게 물어보셨다. 팀원들도 내가 뭘 먹을 수 있는지 궁금해하면서 이것저것 물어보았다. 그런데 사실 내가 선택할 수 있는 메뉴는 그리 많지가 않았다. 매운 것도 안 되고, 날것도 안 되고, 기름진 것도 안 되고, 면류는 위험하고 등등. 그래서 가장 안전한 백반 식당으로 가자고 했다. 복귀 첫날부터 탈이 나서 뒹굴 수는 없으니까 말이다. 그런데 우리가 도착한 백반 식당은 평범한 식당이 아니었고 고급스러운 한정식 식당이었다. 내가 원한 곳은 이런 곳이 아닌데…… 아마도 팀장님은 반가운 마음에 뭔가 좋은 것을 먹여 주고 싶었나 보다.

음식이 한상 거하게 차려졌다. 나는 일단 밥그릇의 밥을 절반 덜어서 다른 그릇에 옮겨 놓았다. 그리고 아주 조금씩 조금씩 오물오물 먹기 시작했다. 밥을 먹으면서도 사람들의 질문 공세는 이어졌다. 생활이 많이 바뀌었는지, 살은 얼마나 빠졌는지, 앞으로 어떻게 생활해야 하는지, 뭘 먹을 수 있고 뭘 못 먹는지, 가족들은 어떤지 등등. 다들 너무나 궁금한 것이 많았나 보다. 나는 팀원들의 많은 질문에 일일이 답하며 밥을 먹을 수밖에 없었다. 내가 먹는 것조차도 신기해하며 쳐다봤다. 하지만 내가 잘 먹지 못하는 모습을 보며 다들 걱정하는 시선이 느껴졌다. 사람들의 관심은 고마웠지만 나에게는 곤혹스러운 순간이었다. 혼자서 집중하며 천천히 밥을 먹어도 탈이 난 적이 많았는데 방어하기가 참 힘들었다. 하지만 그동안 내가 겪었던 많은 시행착오와 그에 따랐던 고통들 덕분에 동료들과의 식사를 무사히 마칠 수 있었다.

식사가 끝난 후 팀원들은 내가 밥 먹는 양이 정말 많이 줄었다며 한마디씩 했지만 그냥 그뿐이었다. 같이 대화하며 식사하는 일은 전혀 문제되지 않았다. 식사 후 모두 커피전문점에 들러 테이크아웃 컵을 한 손에 들고 나왔다. 나도 빈 종이컵에 물 반을 채우고 팀원들에게 커피 동량을 아주 조금 하여 커피 맛이 나는 물을 한 모금 들이켰다. 나는 그들과 먹는 방식이 조금 달랐지만 그 형태는 그들과 같았다. 먹는 것에 대한 두려움이 아주 조금 사라지는 듯했다.

퇴근 시간이 되었다. 차를 몰고 나오니 아직 햇살이 눈부셨다. 휴직 전에는 해가 가장 짧은 시기여서 퇴근 때면 밖이 어두웠지만 이제는 제법 해가 길어진 것이다. 라디오를 틀었다. 늘 퇴근하며 들었던 채널을 고정시켰다. 모든 사연들이 너무나 재미있었고, 노래들은 장르에 상관없이 모두 흥겨웠다. 오늘은 왠지 길이 뻥 뚫린 느낌이다. 집으로 들어오는 길에 들어서자 석양이 차 안을 가득 채웠다. 내 몸 안이 무엇인가 뜨거운 것으로 가득 차는 느낌이었다. 지하주차장에 차를 세우고는 작은 한숨을 내쉬었다. 그러고는 핸들에 고개를 파묻고는 조용히 흐느꼈다. 안도감과 성취감, 그리고 앞으로 잘 해 나갈 수 있으리라는 희망이 나의 감정을 이전과는 다르게 요동치게 했다.

'잘해 나갈 수 있겠지? 그래, 이젠 다시 잘할 수 있을 거야!'

## 처음엔
## 가만히 있어도 힘들다

수술 후 직장으로 복귀하였던 그 첫 주는 정말 힘든 한 주였다. 밀린 일이 많아서가 아니라 아무것도 하지 않았는데도 매일 녹초가 되어 집으로 들어왔다.

아침 6시에 일어나 준비를 하고 집을 나서면 7시 30분이 되기 전에 회사에 도착한다. 오랜만의 장거리 운전 탓에 그 시점에서 나는 이미 체력의 절반을 소비한 상태였다. 회사 식당에서 혼자서 아침을 천천히 먹고 사무실로 들어가 업무 준비와 아침 회의 준비를 했다. 아침 회의는 항상 무거운 분위기 속에서 진행되기 때문에 아침 먹은 것이 체한 것처럼 속이 불편했다. 회의를 마치면 계획했던 업무를 보기 시작했다. 팀장님이 처음부터 무리하지 말라고 신신당부를 하였기 때문에 여유를 가지고 일을 할 수 있었다.

시간은 금방 흘러 10시를 지난다. 그러면 나는 준비해 온 간식이나 두 번째 아침 도시락을 들고 휴게실로 몰래 들어가 조용히 먹기 시작한다. 다들 한참 일에 몰두하고 있을 시간에 휴게실에서 음식을 먹고 있기가 눈치 보여 조용히, 그리고 천천히 먹는 와중에도 최대한 빨리 먹기 위해 노력하며 먹었다. 하지만 마음이 불편했는지 또 속이 불편했다.

몸을 움직이고 걷기 운동도 할 겸 가끔 현장을 나가 보았다. 그동안 일이 어떻게 진행되고 있었는지 하나하나 내 눈으로 확인해 놓아야 그 다음부터 내가 일에 참여할 수 있기 때문이다. 현장으로 나가는 길은 얼마 멀지도 않은데도 중간에 현기증이 일어났다. 현장에서도 서 있는 와중에 가끔 현기증이 일어나 계단이나 벤치에 앉아 쉬는 빈도가 잦았다. 동료들은 나를 걱정스러운 표정으로 바라보았고, 나 또한 내가 걱정스러워 한숨을 쉬었다.

점심시간이 되면 동료들과 같이 회사 식당에서 밥을 먹는다. 나는 그들이 먹는 양의 절반도 먹지 않지만 그 절반의 절반도 먹기 전에 동료들은 자기들의 밥그릇을 모두 비워 버렸다. 그리곤 나를 쳐다보며 천천히 먹으라 한다. 그러면 나도 모르게 밥 먹는 속도가 빨라지기 시작한다. 식사 후엔 또다시 속이 불편해진다.

오후가 되어도 상황은 마찬가지이다. 휴게실에서 눈치를 보며 두 번째 점심과 간식을 먹고 불편한 속을 달래며 하루의 업무를 마친다.

퇴근 시간이다. 기분 좋게 차에 오르지만 아직 끝난 것이 아니다. 집까지의 먼 거리에다 퇴근길의 교통 체증이 더해져 퇴근 시간은 더욱 길어진다. 설상가상으로 심한 오십견 증세로 어깨가 너무 아파 운전대를 잡고 있기가 힘들다.

집에 도착할 때쯤 되면 난 완전히 녹초가 되어 버렸다. 하루 종일 별로 한 일도 없는데도 체력은 완전 방전이다. 그래도 집에서 먹는 밥은 편하게 먹을 수 있어서 좋다. 아내는 나의 하루를 궁금해하며 자꾸 이것저것을 물어본다. 너무 일찍 복귀한 것이 아니냐며 걱정을 함과 동시에 큰 수술을 받고도 이렇게 멀쩡하게 복귀하는 것이 대단하다며 칭찬을 한다. 그 말이 그때는 참 듣기 좋았다.

피곤해서 빨리 자고 싶었기에 두 번째 저녁은 먹을 수가 없었다. 그렇게 나의 직장 복귀 후 첫 일주일이 지나갔다.

# 직장생활은 요령이 필요하다

직장에 복귀한 첫날은 모든 것이 잘될 것만 같았다. 예전처럼 열심히 일하고 사람들과 부딪치고 고된 업무 후의 성취감을 다시 맛볼 줄 알았다. 직장 동료들은 회사로 다시 복귀한 나를 축하하고, 아픈 나를 배려해 주었다. 훈훈하고 따뜻했다. 하지만 달콤한 허니문이 깨어지는 데는 한 달이 채 걸리지 않았다.

동료들도 각자의 역할과 업무에 바빴고, 업무 후에도 삶이 주는 책임에 눌려 겨우겨우 살아가고 있었다. 한마디의 따뜻한 격려는 고마웠지만, 그렇다고 나의 삶의 무게까지 나누어 들어 줄 여유까지는 없었던 것이다. 무리하지 말라는 말은 결코 업무를 조금만 하라는 말은 아니었고, 그렇게 나의 책임을 다하려 노력하다 보면 사람들은 어느새 내가 아직 아프다는 사실도 잊어버리곤 했다. 그들은 나와 다른 삶을 살기 때문에 어쩔 수 없는 일이다. 이제는 직장에서 다시 적응하기 위해 나만의 요령이 필요한 시점이 왔다.

가장 중요한 것은 직장에서의 적응을 위해서는 먼저 내가 그들과 다름을 적극적으로 알려야 한다는 것이다. 아픈 티를 내라는 것이 아니라 내가 다름을 알리는 것이다. 대부분의 사람들이 우리가 아침과 점심 사이, 점심과 저녁 사이에 식사를 하여야 한다는 사실을 모른다. 그러니 먼저 이 사실을 적극적으로 알려야 한다. 그리고 우리가 아직 회복 단계에 있음을 알려야 한다. 사람들은 내가 멀쩡히 출근해서 같이 밥을 먹고 업무를 하는 모습을 보면 병이 다 나았다고 판단한다. 그리고 우리가 아무 말을 하지 않고 불편함 없이 있으면 우리가 업무와 생활에 불편함이 없다는 것이 사실로 되어 버린다. 그러다가 나중에 몸이 불편한 상황이 생기면 동료들은 왜 그런지 어리둥절해한다. 그러니 항상 내 몸이 아직 완전한 상황이 아니라고 수시로 알려야 한다. 몸이 불편한 상황이 생기면 숨기려 하지 말고, 그 상황을 보여 주고 그들이 나에 대해 이해할 수 있도록 해야 한다. 그러면 그들도 나를 조심스럽게 대하는 습관이 몸에 밴다.

명심해야 할 또 다른 한 가지는 내 몸은 내가 스스로 챙겨야 한다는 것이다. 동료들의 배려심이 아무리 크다고 해도 그들이 나를 100% 이해해 줄 수는 없다. 내 몸은 내가 스스로 챙겨야 한다. 당연한 이야기다. 가령 직장 동료가 나에게 먼저,

"○○ 씨, 간식 드실 시간 아니에요? 식사하시고 오세요."
"○○ 씨, 걷기 운동 하셔야죠."
"어디 불편하세요? 좀 쉬다가 오세요."

라고 하는 상황은 절대로 벌어지지 않는다는 것이다. 그러니 우리에게 필요한 시간은 스스로 벌어야 한다. 조직 안에서 매일 개인적인 시간을 가지기란 쉬운 일이 아니다. 하지만 사람들의 눈치를 보며 이렇게 할까 저렇게 할까 망설이다 보면 나의 생활 패턴을 직장에 이식할 기회를 놓쳐 버리고 만다. 직장으로의 복귀 초기에 사람들이 나를 아픈 사람이라 인지하고 있을 때, 그때가 기회다. 얼굴에 철판을 깔고 중간 식사를 꼭 해야 하는 것과 가끔 걷기 운동을 하는 것이 꼭 필요한 것이라 어필하자. 일부로 도시락 가방을 눈에 띄게 들고 다니고, 가끔은 배가 불편하다고 엄살도 부려 보자. 아픈 사람 떡 하나 더 준다고 이런 모습들을 자주 노출하면 자연스럽게 주위 사람들도 나를 어떻게 대해야 하는지 알게 된다. 즉 직장 동료들에게도 새로운 나에 대해 학습시키는 것이다.

식사 시간에도 나만의 요령이 절대적으로 필요하다. 수술하기 전까지는 한국 사람들, 특히 한국 남자들이 밥을 그렇게 빨리 먹는지 몰랐다. 나도 분명히 그랬으니까. 하지만 밥을 천천히 먹어야 하는 상황이 되고 나니 주위 사람들과 같이 밥을 먹는 것이 여간 불편한 것이 아니다. 사람들과 같은 속도로 밥을 먹다 보면, 비록 절반의 양이긴 하지만, 나도 모르게 먹는 속도가 너무 빨라져 식사 후 항상 배가 불편했다. 페이스를 조절하며 식사를 하면 나는 그들이 먹는 밥 양의 절반의 절반도 먹지 못했지만 그들은 식사를 다 마치고 나를 쳐다보며 기다린다. 천천히 먹으라고 나에게 이야기를 해 주지만 내가 숟가락을 놓자마자 일제히 일어서는 상황이 반복되면 그다음부터는 나도 모르게 식사 속도가 빨라진 모습을 발견하게 된다. 하지만 우리도 우리만의 지켜야 할 식사법이 있으니 각자의 상황에 맞는 요령을 터득하자.

나는 식사 시간에 동료들과 이야기를 많이 하는 편이었으나 수술 후에는 내가 말을 하지 않고 주로 듣기만 한다. 들으면서 먹는 것이 집중하며 최대한 빠른 속도로 많이 씹는다. 중간중간에 대화가 끊기면 내가 질문이나 화두를 던지고 말을 시키거나 인터넷 검색을 시킨 다음 다시 들으며 먹는다. 즉, 상대방의 식사 시간을 최대한 늘리는 방법을 쓰고 있다. 다른 방법으로는 가능한 내가 가장 먼저 먹는다. 직장 내 식당에서 배식이 시작되면 내가 동료들의 맨 앞줄에 서고, 식당에서는 내가 먼저 도착하여 시켜 놓거나 가장 빨리 나오는 메뉴를 골라서 항상 먼저 먹을 수 있도록 한다. 그렇게 하여 내가 먹을 수 있는 시간을 조금이라도 더 늘일 수 있도록 신경 쓴다. 나도 먹고 살아야 하니 어쩔 수 없다.

아마도 암 환우 여러분들이 생업에서 맞닥뜨리게 되는 상황은 모두 다를 것이다. 그러한 상황 속에서도 우리의 생활 원칙을 지키며 살아나갈 수 있도록 요령을 터득하고, 거기에 적응할 수 있도록 스스로 많은 고민과 시도를 해 보자.

뜻이 있는 곳에 길이 있다!

# 직장에서의 식사 요령

위전절제 혹은 부분절제를 한 우리는 한 번에 많은 양의 음식을 먹을 수가 없다. 그래서 항상 식사를 나누어 하는 식습관을 이어 가야 한다. 하지만 생업에 종사하면서 그런 식습관을 지키기란 쉬운 일이 아니다.

회사 식당에서 아침과 점심을 해결할 수 있다고 하더라도 그 중간중간의 시간은 어떻게 해결할 것인가? 도시락을 싸서 다닐 수도 있을 것이고 빵이나 쿠키 같은 간단한 간식으로 해결할 수도 있을 것이다. 나도 처음에는 아침과 점심 사이, 점심과 저녁 사이의 시간에 먹을 수 있도록 퇴근 후 저녁에 도시락을 2개씩 준비하였다. 처음 두 달은 도시락으로 그럭저럭 해결되었다. 하지만 시간이 지날수록 도시락을 준비하는 것이 힘들어져만 갔다. 집에서 매일 먹는 음식을 가지고 와서 먹는 것도 지겨웠고, 매번 새로운 메뉴를 찾는 것도 신경이 쓰였다. 가끔 업무를 보다 보면 도시락을 먹을 시간을 놓쳐 버리는 경우가 있어 먹지 못하고 집으로 그대로 가지고 오는 날도 있었는데 그럴 때는 아깝기도 하였다.

도시락을 준비하는 것이 힘들어지자 그다음부터는 빵이나 삶은 계란 혹은 찐 감자 같은 것으로 중간 식사를 대체하였다. 그런 음식들도 처음에는 간편하고 좋았으나 차츰 질리기 시작했다. 어떨 때는 삶은 계란을 쳐다보기도 싫을 때가 있어 중간 식사를 거를 때도 있었고, 그러다 보니 나도 모르게 빵을 먹는 날이 많았다. 하지만 빵에는 설탕이나 잼 혹은 크림이 첨가된 것이 많았기 때문에 자주 먹기는 부담스럽기도 했고, 그러면 안 될 것 같은 기분이 들 때도 많았다.

이처럼 직장생활을 하면서 항상 중간 식사를 걱정 없이 만족스럽게 해결하기는 결코 쉬운 일이 아니었다. 몇 달 동안의 고민과 시도를 해 본 결과, 드디어 나만의 해결책을 찾아냈다. 지극히 나만의 개인적인 해결책이지만 나와 똑같이 직장생활 중 중간 식사를 해결하는 방법을 고민하는 분들이라면 한번쯤 참고해 보는 것도 나쁘지 않을 듯하다.

그것은 바로 식당에서 나오는 음식의 절반을 나의 도시락 용기에 나누어 담는 방법을 기본으로 하는 것이었다. 모든 반찬을 나누어 담을 필요 없이 소화에 부담이 되지 않을 만한 반찬 한두 가지만을 하나의 통에 담는 방법이다. 별것 아니지만 그렇게 함으로써 중간 식사에 대한 모든 고민을 한 번에 해결할 수 있었다.

이 방법은 많은 장점이 있다. 첫 번째 장점은, 식당의 식사는 매일 바뀌기 때문에 매번 무엇을 먹어야 할지 걱정할 필요가 없었다. 내가 좋아하는 반찬이 나오면 그것으로 좋았고, 그렇지 않더라도 참고 먹고 나면 다른 메뉴를 기대하게 하였다.

두 번째는, 식당의 밥은 어쨌든 관리된 음식이기 때문에 최선의 음식은 아니어도 차선의 음식은 되었다. 가끔 당분이 많은 빵이나 쿠키류를 먹었을 때의 죄책감을 느끼지 않아도 되었다.

세 번째는, 음식을 남기는 것에 대한 죄책감이 사라진다는 것이다. 나는 항상 음식의 절반밖에 먹지 못하였기 때문에 배식을 받아도 절반은 남겨 버릴 수밖에 없었다. 하지만 도시락 통에 배식받은 음식의 절반을 나누어 담으면 온전히 1인분의 양을 다 먹을 수 있어서 남기는 것에 대한 죄책감이 사라졌다.

네 번째는, 간식으로 먹을 수 있는 음식이 더욱 다양해졌다. 음식을 나누어 담아 나중에 먹는 방식을 기본으로 두면 가끔 먹는 계란, 감자, 고구마, 빵들이 더욱 맛있었다. 가끔 출장을 나갈 때도 휴게소나 편의점에서 사 먹는 맛있는 간식들을 죄책감 없이 먹을 수 있었다. 그리고 단 음식들을 먹는 빈도가 더 줄어들게 되어 전체적으로 음식을 더욱 균형 있게 먹을 수 있었다.

마지막으로, 이 방법은 모든 장소에서 활용할 수 있는 방법이었다. 가끔 동료들과 회사 밖의 식당에서 밥을 먹는 경우가 있다. 나는 음식 한

그릇을 시키면 절반 이상은 무조건 남기기 때문에 돈도, 음식도 아까워서 밖에서 먹는 식사를 꺼리게 되었다. 하지만 도시락 통을 가지고 가서 내가 시킨 음식의 일부분을 담아 오면 결과적으로 1인분을 거의 다 먹을 수 있게 되니 회사 밖 식당에서의 식사도 불편하지 않게 되었다.

불편한 점이라면 도시락 통을 항상 들고 다녀야 한다는 것과 주위의 시선을 견뎌야 한다는 것이다. 하지만 사람은 적응의 동물이라 처음에 조금 불편해도 일상이 되면 큰 불편을 못 느끼게 된다. 식사 때 왜 그렇게 하냐고 동료들이 물어보면 당당하게 나의 상황을 이야기해 주면 오히려 그들이 나를 이해한다. 나중에는 내가 깜빡할 경우가 생겨도 동료들이 나의 도시락 가방을 식당으로 챙겨 오는 경우도 있었다.

뜻이 있는 곳에 길이 있다는 말처럼, 오랜 고민의 결과 나는 나만의 방법을 찾았다. 이 글을 읽는 독자분들도 각자의 상황에서 여러 가지 방법을 많이 시도하고 최선의 방법을 찾기를 바란다.

## 즉석식품을 적극 활용하자:
## 간식의 종류

직장 복귀 초기에는 내가 먹을 간식을 직접 만들어 먹었다. 내가 주로 먹은 간식의 종류로는,

감자류: 찐 감자, 으깬 감자, 구운 감자, 감자샐러드

계란류: 삶은 계란, 구운 계란, 계란샐러드

빵&쿠키류: 식빵, 바게트, 효모빵, 보리빵 등 설탕이나 크림이 거의 들어가지 않은 빵이나 쿠키

단호박, 고구마, 과일, 그리고 집에서 만든 죽 등이 있었다.

하지만 몇 달이 지나자 이런 간식들도 차츰 질리거나 집에서 만들어 준비하기가 번거로워지기 시작했다. 그리고 급한 외출이나 출장이 생겼을 때 먹을 수 있는 간식들이 필요해지기 시작했다. 그래서 간식으로 걱정 없이 먹을 수 있는 음식들을 하나둘 찾아보기 시작하였다. 그 결과, 우리가 간식으로 먹을 수 있는 식품들을 다양하게 찾을 수 있었다.

간단히 해결하기 좋은 첫 번째 간식은 바로 김밥이다. 아마도 김밥이라는 음식이 없었다면 간식이나 중간 식사를 해결하기가 아주 어려웠

을 것이다. 다행히 우리나라 어디를 가도 '○○천국'과 같은 김밥전문점을 찾는 것이 어렵지 않다. 열량이나 영양분, 그리고 소화 등과 같은 모든 측면에서 빵보다는 밥이 좋으므로 외출 시 간식을 먹어야 하는 상황이 생기면 나는 항상 첫 번째로 김밥을 떠올린다.

간식 해결의 두 번째 방법은 편의점을 적극 활용하는 것이다. 편의점 음식들은 우리와 같은 위 절제 환자들에게는 오아시스와 같은 곳이다. 왜냐하면 거기에는 우리가 간단히 먹을 수 있는 정말 많은 다양한 음식들을 찾을 수 있기 때문이다. 물론, 편의점 음식은 기본적으로 '단&짠(달고 짠)' 음식이 기본이므로 편의점 음식에 너무 의존하면 안 되지만 급할 때 한두 번씩은 부담 없이 이용할 수 있다. 편의점에서 구할 수 있는 간식의 종류로는, 삼각김밥, 김밥, 도시락, 샌드위치, 삶은 계란, 과일 팩, 즉석 죽, 당류가 적은 에너지바 등이 있다. 요즘은 편의점에서 군고구마도 팔기 때문에 간식 선택의 폭이 더욱 넓어졌다.

나의 경우 편의점에서 간식을 해결해야 할 때는 주로 삼각김밥과 즉석 죽을 사 먹는다. 특히, 유통기한이 조금 여유가 있는 즉석 죽은 회사 책상 안에 비상식량처럼 한두 개씩 구비해 두고 먹는다.

간편한 간식 해결의 또 다른 방법으로는 즉석식품 상품몰을 적극 활용하는 것이다. 요즘에는 건강 죽이나 간식 같은 식품들을 그날그날 만들어서 배송해 주는 업체들을 인터넷으로 어렵지 않게 찾을 수 있다. 3

일이나 일주일 정도 먹을 수 있는 식품들을 주문하여 계획적으로 먹는 것도 간단히 중간 식사나 간식을 해결할 수 있는 좋은 방법이다.

식사 시 밥을 덜어 나중에 다시 먹는 방법을 기본으로 하고 위에서 언급한 여러 방법들과 직접 간식을 만들어 먹는 방법, 그리고 가끔 여러 음식들을 사 먹는 방법들이 모두 혼합하여 식사와 간식 스케줄을 자유롭게 통제할 수 있는 정도의 수준이 되면 중간 식사와 간식에 대한 스트레스가 저절로 사라지는 것을 경험하게 될 것이다.

그리고 아마도 내가 소개하는 방법들 말고도 독자들도 각자의 상황에 맞게 활용할 수 있는 방법들이 있을 것이다. 그러니 각자의 환경에 맞는 방법을 고민하고, 찾아보고, 적용해 보고, 개선해서 나만의 식사법을 익힐 수 있도록 노력하자.

잊지 말자, 뜻이 있는 곳에 길이 있다.

# 두 번째 정기검진:
# 수술 후 6개월

벌써 수술 후 6개월이 지나갔다. 첫 번째 정기검진을 지나고 이제 두 번째 검진을 받을 차례가 되었다. 이번에는 기본적인 혈액검사에 더하여 종양지사자검사와 CT촬영이 예정되어 있었다. 진료 2주 전 검사들을 마치고 그 결과들을 보면서 담당의의 진료를 받는 수순이다.

진료일이 다가오자 나는 다시 초조해지기 시작했다. 왜냐하면 혈액검사 결과에서 monocyte[1](단핵구), CA-19-9[2]수치들이 조금씩 높게 나왔기 때문이다. 단순히 이 두 가지 수치들이 높아진 것만 보고 해석한다면, 몸속에서 암세포로 발전 가능한 이물질들의 생성이 많아졌고 이것들을 잡아먹는 면역체계도 같이 활발해졌다는 의미로 들렸다. 한 달 전에 받았던 건강검진에서도 담석이 발견된 것도 그렇고, 자꾸 내 몸에서 이상 신호가 감지되는 것 같아 불안했다. 내가 불안해하는 것을 알아챈 아내는 괜찮을 거라며 나를 안심시키려 애썼다. 하지만 이 불안감

1) 사람의 백혈구 중 4~8% 정도를 차지하며 혈구 중 가장 큰 세포이다. 이상 세포나 세균을 잡아먹는 식세포작용을 한다.

2) Carbohydrate Antigen 19-9의 줄임 표현으로 번역하면 탄수화물항원 19-9이다. 종양표지자의 하나로 소화기암에서 높은 수치를 보인다.

과 두려움을 떨쳐 내기는 쉽지 않았다.

그날 밤 꿈을 꾸었다. CT촬영 결과 복부에서 7㎝ 정도의 종양이 발견되어 다시 개복수술을 받았다. 아침에 눈을 뜨니 꿈속의 기억이 아직 선명했다. 손을 이마에 대고 한숨을 내쉬었다. 마치 군 제대 후 얼마 지나지 않아 다시 입대하는 꿈을 꾼 것 같은 기분이었다. 한마디로 더러운 기분이었다.

아내와 같이 병원으로 향했다. 평소 차를 타면 서로 수다를 많이 떠는 편이었지만 그날의 차 안은 조용했다. 접수를 마치고 내 차례가 오기를 기다리며 질문할 것들을 머릿속으로 정리해 보았다. 그리고 최악의 결과를 듣게 되더라도 좌절하지 말자고 다짐하고 또 다짐했다.

드디어 내 이름이 호명되었다. 나는 크게 한숨을 내쉬며 진료실로 향했다. 담당의 선생님은 안부를 간단히 물어보시고는 밥은 어떻게 먹는지, 설사나 구토는 하는지에 대해 질문하셨다. 그다음 뭔가 이상이 있다면 지금이 이야기를 할 타이밍인데 별말씀이 없으셨다. 그러고는,

"지금까지는 잘 회복되고 있는 듯하네요."

하고 짤막하게만 말씀하셨다. 나는 2주 전 받았던 검사 결과들은 어떤지 물어보았다. 선생님은 CT나 혈액검사 결과로는 특별히 이상 소견이 보이지 않는다고 하셨다. 나는 다시 monocyte와 종양표지자 수치가

좀 높지 않느냐고 콕 집어 물었고, 건강검진에서 담석이 발견된 것도 걱정된다고 하였다.

선생님은 '아니, 그런 것까지 어떻게 알았지?' 하는 표정으로 나를 빤히 쳐다보더니 모니터로 다시 한번 더 수치를 확인하였다. 그러고는 수치가 정상 범위를 많이 벗어나는 높은 수준은 아니며 정상인들도 해당 수치가 더욱 높게 나오는 경우가 있기 때문에 그 수치만 가지고 재발 여부를 논하기는 어렵고 아직 CT상 깨끗하고 다른 표지자들에서 정상 범위를 보이기 때문에 괜찮다고 너무 걱정하지 말라고 하셨다. 그리고 담석은 위절제술을 받은 환자 중 5~10% 정도의 큰 확률로 생길 수 있고 나중에 커져서 통증이 있다면 수술을 받아야 하지만 지금은 괜찮다고 했다. 그것보다는 식사를 꼭 나누어 6번 먹는 것을 지키라고, 그리고 절대 많이 먹지 말라고 강조하셨다. 갑자기 안도감이 커다란 파도처럼 내 안에서 몰려왔다.

갑자기 뒤에서 아내가 말했다.

"저기, 이제 회 먹어도 되나요?"
아내는 이번 여름휴가 때 나와 다시 회를 먹어 보는 것이 목표라고 했었다.

의사 선생님은 또다시 약간 당황한 듯하다가 말씀하셨다.

"물론 먹어도 됩니다. 하지만 조금씩만 드세요."

그렇게 두 번째 진료는 끝이 났다. 다음 진료는 이제 6개월 후, 즉 수술 후 1년이 되는 날이다. 우리 부부는 마치 뭔가 큰일을 해낸 것처럼 손을 꼭 잡고 병원을 나왔다. 그리고 서로가 맘에 품었던 이야기들을 쏟아 내기 시작했다. 그제야 아내도 나와 같이 최악의 상황을 생각하고 있었다는 것을, 그리고 그렇게 되면 어떻게 행동해야 할지 그것만 생각하고 있었다는 것을 알았다. 하지만 결국에는 자기가 생각했던 가장 좋은 시나리오일 경우의 질문을 할 수 있었다며 좋아했고, 나에게 그동안 잘 했다고 했다. 그런 아내가 너무나 고맙고 고마웠다.

그날 점심으로는 고추장불고기 비빔밥을 먹었다(물론, 고추장을 좀 덜어 내기는 했지만). 벌겋게 비벼진 밥 한 숟가락을 입에 넣는 나를 보고는 아내가 한마디 거들었다.

"그런 것도 겁 없이 먹네. 아저씨, 이제 좀 살 만하신가 봐?"

# 잊을 수 없는 고통,
# 장폐색

입원 중에 음식 섭취에 관한 교육이 있었다. 그때 영양사 선생님으로부터 바나나와 감 같은 과일은 되도록이면 먹지 말라는 이야기를 들었다. 식이섬유가 많이 있어 소화에 좋지 않은 영향을 미친다는 것이었다. 그때는 그러겠다고 했다. 하지만 일상생활에서 먹을 간식이 없을 때나 아이가 바나나를 먹을 때 가끔 한 조각씩 먹어 보다 보니 바나나에 대한 경각심이 사라진 듯했다.

직장 복귀 후 첫 주말에 마트에서 바나나를 아주 싼값에 파는 행사를 하여 바나나 한 송이를 사게 되었다. 노랗고 탐스러운 바나나는 아주 먹음직스러웠다. 다음 날 아침 직장에서 먹을 간식을 챙기는데 바나나가 나의 눈에 들어왔다. 나라도 한입 거들어 줘야 제때에 다 먹을 수 있을 것 같다는 생각이 들어 바나나 하나를 따서 가방 안에 슬쩍 넣었다. 그리고 그 바나나는 오전 간식으로 나의 조그마한 위 속으로 들어갔다. 천천히 음미하면서 먹는 바나나는 참 달고 부드러웠다. 거기까지는 참 좋았는데…….

조금 지나자 배가 점점 불러오면서 불편한 기분이 느껴졌다. 그리고 그 불편함은 점점 더 커져 갔다. 덤핑 같았지만 덤핑 같지 않았고, 체한 것 같았지만 또 완전히 그런 것 같지도 않았다. 마치 덤핑과 체함의 중간에 있는 것 같은 불편함이 나를 사무실 의자에서 꼼짝 못하게 만들었다. 회사에서 탈이 나면 할 수 있는 것이 별로 없다. 집에서는 남의 시선이 없으니 탈이 난 것 같으면 편하게 기대어 앉거나 누울 수 있고, 아니면 편한 자세로 천천히 걸을 수도 있지만 회사에서는 많은 부분에서 제약을 받는다.

일반적인 덤핑증후군과는 다르게 시간이 지날수록 배는 점점 아파왔다. 이번의 통증은 보통의 것과 달랐다. 위의 아랫부분이 뭔가 꽉 막힌 느낌이었으며 점점 등을 펴기가 힘들어졌다. 아무리 길어도 보통 한 시간 정도가 지나면 어느 정도 나아지는 느낌이 드는데 이번 것은 통증이 심해져만 갔다. 더 이상 태연한 모습으로 버티고 있을 수가 없을 것 같아 그날 오후 휴가를 내고 회사를 나와 집으로 향했다. 집으로 돌아오는 내내 새우등으로 땀을 뻘뻘 흘리며 운전대를 잡았다. 집에 오니 뭔가 안도감이 들었다. 아프던 누워 있던 주위의 눈을 신경 쓰지 않아도 되니 말이다.

아무데나 옷을 벗어 던지고 잠시 침대에 누웠다. 누워 있으니 통증이 점점 더 커져만 갔다. 식은땀이 나고 정신이 어질어질할 만큼의 통증이 복부 상부로부터 밀려왔다. 마치 장이 고였을 때의 그런 통증 같았다.

직감적으로 이것은 음식이 소장의 어느 부분에 막혔거나, 최소한 덤핑 증후군은 아니라는 생각이 들었다. 아마도 점도 높은 바나나 반죽이 위에서 조금씩 내려가지 못하고 한꺼번에 내려가는 바람에 장에서 딱 걸린 모양이다. 배를 만져 보니 위의 아랫부분 정도에 딱딱하게 뭔가 걸려 있는 것이 느껴졌다. 통증이 시작된 지 4시간째, 병원에서 퇴원할 때 위급한 상황이 생기면 빨리 병원 응급실로 오라는 간호사의 말이 떠올랐다. 1시간쯤 더 지나자 응급실로 가야겠다는 확신이 생겼다. 동시에 응급실로 가면 어떤 처치를 할지 궁금하기도 했다. 휴대폰을 들고 119 버튼을 누르려 하다가 암 병동 간호사실 전화번호로 바꾸어 통화 버튼을 눌렀다. 저 너머에서 간호사 선생님이 전화를 받았다.

"네, 암병동입니다."

"안녕하세요. 저는 3달 전에 거기서 위전절제술을 받고 퇴원한 환자인데요. 제가 오전에 바나나를 하나 먹은 후부터 통증이 점점 심해져서요. 마치 장이 꼬이거나 막힌 듯한 통증인데요. 등을 펴지 못한 만큼 아파요. 응급실로 들어가야 하나요? 아니면 여기서 어떻게 할 수 있는 방법이 있을까요?"

"아, 네. 아마도 바나나가 내려가다가 장에 걸려서 장폐색이 오는 것 같아요. 환자분께서 지금 하실 수 있는 가장 좋은 방법은 장을 막고 있는 것이 자연스럽게 내려갈 수 있게 걸으시는 방법밖에 없어요. 병원으로 오셔도 그렇게 하시도록 유도하고 있어요. 그래도 안 되면 식도를 통해서 관을 넣어 막힌 것을 빼내거나 응급 수술을 해야 할 수도 있어요."

'헉! 응급 수술?' 나는 반사적으로 "네, 그럼 좀 걸어 볼게요." 하고는 전화를 끊었다.

집에서 수술 후 죽 단계와 밥 단계의 회복기를 가지던 중 아내가 약속해 달라고 한 것이 있었다. 그 어떠한 이유로도 또다시 몸에 칼을 대야 하는 상황이 생기면 일을 그만두겠노라고. 나도 그 의견에 동의했었다. 다시 수술을 하는 상황이면 암 재발일 경우일 것인데, 그때는 다시 회사에 복귀할 수 있을지 나도 자신이 없었기 때문이다. 하지만 고작 바나나 하나 때문에 나의 커리어를 여기서 끝내야 한다면 그것은 너무나 허무하고 억울하겠다는 생각이 들었다. 그런 생각이 들자 나는 일어서서 걷기 시작했다. 새우등을 하고서는 머리는 옆으로 반쯤 젖히고, 시계추가 흔들리듯 옆으로 흔들흔들하면서 손은 벽을 짚고 인상을 잔뜩 찌푸리고 건들건들 걸었다. 마치 좀비가 걷는 것 같은 모습이었다.

10분을 걸었다가 5분을 앉아 쉬고 하기를 계속 반복했다. 땀이 흘러내리고, 또 배가 너무 아파서 저절로 눈물이 났다. 걷고 쉬기를 1시간쯤 반복했을까? 앉아서 등을 두드리는데 통증이 점점 줄어들고 몸의 긴장이 풀리는 느낌이 났다. 나는 더욱 힘을 내어 걸었고 통증은 빠른 속도로 사라져 갔다. 통증이 사라지자 갈증과 허기가 몰려왔다. 물과 죽을 먹고 나니 이번에는 항상 그랬듯이 나른함과 피곤함이 몰려왔다. 나는 그대로 소파에 누워 잠이 들었다.

조금 지나자 아내가 퇴근 후 아이를 데리고 들어왔다. 녹초가 되어 잠든 나의 모습에 놀란 듯했다. 자초지종을 설명하자 아내는 내 머리를 꼭 안아 주었다. 아내가 보기에도 바나나 하나 마음껏 먹지 못하는 남편이 측은해 보였나 보다.

그 후로 몇 달 동안 바나나와 떡같이 섬유질과 끈기가 많은 음식은 입에 대지도 못했다. 다시는 겪고 싶지 않은 고통이었다.

# 다시 스트레스,
# 그리고 체중 감소

위절제술을 받기 전까지 나는 밤에 쉽게 잠들지 못하는 타입이었다. 잠자리에 들 때면 항상 마무리해야 하는 일들, 제때 마무리하지 못한 일들에 대한 반성, 여러 가지 잡다한 생각들이 자꾸만 머릿속에서 맴돌아 나를 괴롭히곤 했다. 그런데 수술 후에는 신기하게도 나를 괴롭히던 그 많았던 생각들이 말끔히 사라졌다. 회복이라는 단 하나의 목표만을 위해 살아가는 단순한 삶의 패턴이 나를 그 끔찍한 고통에서 벗어나게 한 것 같았다. 위절제술이 주는 그 많던 단점들 중에서 찾을 수 있는 하나의 장점이었다.

하지만 직장 복귀 후 나의 삶은 다시 예전처럼 복잡해지기 시작했다. 휴직 전 하던 업무들이 하나둘 나에게로 다시 돌아왔고, 그만큼의 책임들도 모두 다시 지게 되었다. 이제까지 쌓아 온 분야에 대한 경력과 전문성, 그리고 사회적 지위는 내가 이 일을 계속하는 이상 절대로 벗어날 수 없는 울타리를 만들어 버렸다. 나의 직장 상사들과 동료들은 최소한 내가 이제까지 해 오던 것만큼의 업무수행능력을 보여 주길 바랐고 나중에는 그 이상을 바랐다. 시간이 더욱 지나자 내가 도맡아 책임져야 할 새로운 일들이 하나둘 생기기 시작했다. 동료들의 무리하지 말라는 말은 조금만 책임을 지라는 의미는 결코 아니었다.

삶이 다시 복잡해지자 그에 따라 스트레스도 다시 늘어났고 쉽게 잠들지 못하는 날 또한 점점 늘어나기 시작했다. 적당한 스트레스는 삶에 긴장감과 활력을 주는 긍정적인 측면이 있지만, 그 이상이 되면 오히려 독이 된다. 위암 진단을 받고 나서 내가 위암이 걸린 이유를 스트레스 때문이라고 스스로 정의하였음에도 불구하고 나는 다시 그 스트레스를 받고 있었다.

복귀 후 일의 강도가 점점 세어지고 스트레스의 정도도 늘어나면서 변하지 않을 것 같던 체중은 다시 새로운 저점을 향해 조금씩 변화했다. 직장 복귀 후 두 달 동안 62kg에서 머물던 몸무게가 조금씩 줄어들더니 50kg대로 진입하기 시작한 것이다. 사실 60kg은 나의 심리적인 저지선이었다. 몸무게가 62kg 이하로 떨어지면서 먹는 것과 휴식에 더욱 신경을 쓰기 시작했지만 한번 하향곡선으로 진입한 몸무게는 쉽게 회복하지 못했다.

몸무게가 예전 몸무게의 15% 이하(나의 경우는 61kg)로 떨어지기 시작하자 체력도 현저히 떨어지기 시작했고 무기력감도 심해졌다. 하루 중 오후나 저녁이 되면 천근만근 무거워진 몸을 움직이기가 힘들어졌고, 다시 아침이 되어도 반만 충전된 휴대폰 배터리마냥 신선한 기분이 아니었다. 일의 성과를 위해 필요한 야근이나 밤샘 근무, 사람들과의 관계, 심지어는 아이와 놀아 주는 것조차도 다 귀찮아졌다. 나의 경우 62kg에서 60kg 사이가 단순히 살이 빠지는 것과 기력이 빠지는 사이의 경계인 것 같은 느낌이 들었다.

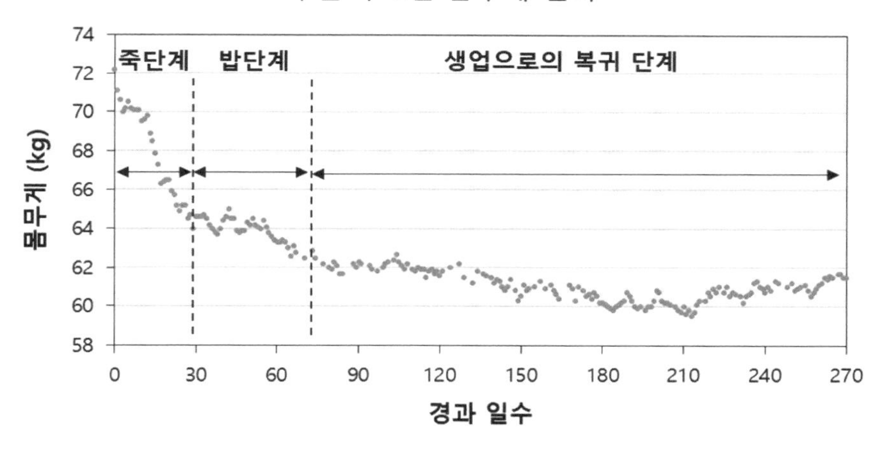


[그림] 수술 후 아홉 달 동안의 몸무게 변화

아내도 내가 몸무게에 많은 신경을 쓰고 있다는 것을 알고 있었다. 굳이 내가 체중계 위에서 인상을 쓰며 표시된 숫자를 오랫동안 응시하고 있는 모습을 보지 않더라도 수척한 얼굴을 하고서는 예전보다 더 많이 먹으려 하는 나를 보면 쉽게 알 수 있었다고 한다. 그랬다. 몸무게가 줄면 줄수록 나는 예전보다 더욱 많이 먹으려 노력했지만 그것은 체중의 증가로 이어지지는 않았다. 아내도 여러 가지 음식을 많이 챙겨 주었지만 또다시 줄어들기 시작한 몸무게는 깨진 물병의 물처럼 줄줄 새어 나갔다.

어느 순간 몸무게는 다시 상향곡선을 그리기 시작했다. 계절이 한 번 바뀌는 동안 업무와 사람들과의 관계에 다시 익숙해졌고, 직장에서의 나만의 식습관이 어느 정도 정형화된 시점이었다. 운동의 강도를 더욱 늘이기 시작하였던 시점이기도 하였다. 아무튼 다시 몸무게가 62kg를 회복하자 체력도 다시 좋아졌고 사라졌던 의욕도 다시 샘솟기 시작했다. 참으로 다행인 일이다.

하지만 그 후에도 잦은 야근이나 밤샘 근무가 있는 날이면 신기하게도 몸무게는 어김없이 줄었다가 충분한 휴식을 취하면 다시 회복하고는 했다.

업무의 강도와 스트레스를 조절하는 것이 이 몸이 세상을 살아가는 데에 얼마나 중요한 것인지 매일매일 깨닫는다.

# 맞는 옷이 없다

누군가 나에게 가장 확실하게 살을 뺄 수 있는 방법을 알려 달라고 한다면 나는 위 절제가 가장 확실한 방법이라고 이야기할 것이다. 살을 조금만 빼기를 원한다면 십이지장과 위 사이에 위치한 유문 괄약부를 살리는 위아전절제술(부분절제술)을 권하고, CFID적인 해법인 확실하고도(Complete) 급격한(Fast), 돌이킬 수 없는(Irreversible) 지방의 해체(Dismantlement)를 원한다면 위전절제술을 받기를 권한다.

그만큼 체중의 감소는 위절제술 후 뒤따라오는 필연적인 현상이다. 개인에 따라서 어느 정도의 체중 회복이 있을 수 있으나 기본적으로 살이 많이 빠진다. 지방의 감소는 물론이고 건강할 때는 쉽게 경험해 보지 못하는 근육의 감소 또한 단기간에 심하게 일어난다.

인간을 포함한 모든 동물들은 섭취한 음식의 소화를 위해 어마어마한 에너지를 소비한다. 수만 년의 시간 동안 각각의 종들은 그들이 속한 환경에서 섭취할 수 있는 음식물을 효율적으로 소화시키기 위하여 적절히 진화해 왔다. 그런 점에서 위, 췌장, 십이지장, 소장, 대장 등의 인간의 주요 장기도 우리의 식습관에 따라 분업화하여 음식물의 소화를 위해 최적의 상태로 진화했다. 그런데 위절제술을 받은 우리는 위가 없다. 위가 없어도 살 수 있다는 사실의 발견은 놀라운 일이지만, 음식물의 소화를 위해 조화롭게 유지되던 시스템이 깨졌다는 것 또한 사실이다.

위가 없어짐으로써 위의 역할을 다른 장기가 고스란히 부담해야 하고, 어색한 역할이 더해진 장기들은 소화를 위해 더욱 많은 에너지를 소비한다. 그럼에도 불구하고 영양분의 흡수는 위가 있을 때만 못하다. 즉, 효율이 떨어진다는 뜻이다. 설상가상으로 섭취하는 음식물의 양조차도 줄었다. 이런 환경에서는 체중의 감소를 피할 수가 없다.

위암 수술 후 내 몸의 모든 부위의 살이 빠졌다. 뱃살이 줄어든 것은 물론이거니와 얼굴, 어깨, 가슴, 팔, 엉덩이, 허벅지, 종아리, 손, 발, 손가락, 발가락의 살까지 다 빠졌다. 수술 전 내가 입던 바지의 사이즈는 33이었으나 이제는 28을 입는다. 상의는 XL 혹은 L 사이즈에서 M 사이즈로 줄었다. 그러니 이제는 예전에 입던 옷이 하나도 맞지 않게 되었다. 수술 전에 입었던 바지를 입으면 단추를 잠가도 그냥 흘러내려 버린다. 내 엉덩이가 이렇게 크고 후덕했었나 하는 생각도 들었다. 예전의 옷을 입으면 중학교 시절 아버지 옷을 몰래 입었던 그런 느낌이었다. 손가락에 꽉 끼었던 결혼반지는 이제는 손만 털어도 빠져 버린다. 발에 살이 빠지니 신던 신발도 큰 느낌이 든다. 개인적인 느낌이지만 키가 살짝 작아진 것이 발바닥의 살이 빠져 버려 그런 것 같기도 하다.

수척해진 내 몸을 보고 있으면 처량해지기도 하지만 다시 내 몸에 딱 맞는 옷을 사야 할 때면 이상하게도 기분이 좋아진다. 살이 빠지니 몸에 딱 맞을 옷을 입어도 태가 좋아졌다.

그래서 나는 이렇게 마음먹기로 했다.
'그래, 그냥 이 상황을 즐기자!'

가끔 오시는 지름신을 기꺼이 받아들이고 기분 좋게 새 옷을 사자. 지금이 아니면 기회가 없다. 그리고 정말로 옷이 필요하니 아무도 뭐라 그러지 않는다.

이 순간을 즐기자.
위암 수술이 주는 몇 안 되는 기쁜 순간이다.

# 운동을 잊으면 안 된다

위전절제 수술 직후 걷기 운동은 내 몸 안에서 장기들이 자리를 잡고 회복하기 위해 필수적으로 수행해야 하는 임무였다. 죽 단계에서도 가벼운 운동은 몸의 회복과 원활한 소화를 위한 하루의 중요한 일과였다. 밥 단계에서의 운동도 몸의 회복과 소화를 돕고 기운을 북돋아 주며 기분을 좋게 하는 가장 좋은 치료법이었다. 몸의 상태가 거의 예전의 상태로 회복된 생업 복귀의 단계에서도 운동은 잊어서는 안 되는 중요한 요소이다.

사실 생업 복귀의 단계부터는 매일 정해진 시간 동안 운동을 하기가 쉽지 않다. 예전과는 달리 운동을 할 수 있는 시간이 제한되고, 바쁜 업무에 시달리다 보면 운동이 우선순위에서 밀리는 상황이 오기도 하고 피곤함에 몸을 움직이기가 싫어질 때도 있기 때문이다. 하지만 그렇게 두어서는 안 된다. 좋은 몸 상태를 유지하기 위해서는 건강한 음식을 섭취하는 것만큼이나 꾸준히 운동하는 것도 중요하다.

직장에 복귀하여 두 달 정도가 지나자 다시 몸무게가 빠지기 시작했다. 늘어나는 업무 탓에 피곤함과 무기력증이 증가하자 나도 모르게 게을러졌다. 그러니 어느 순간 움직이는 것이 귀찮아졌다. 걷기 운동이나 달리기도 어느 순간 하지 않았고, 특별히 시간을 내어 해야겠다고 생각하지도 않았던 것 같다. 몸무게는 계속 빠졌고, 팔다리는 나뭇가지처럼 말라만 갔다.

어느 순간 번득 정신이 들었다. 더 이상 이러면 안 되겠다는 생각이 내 머리를 때렸다. 그런 생각이 들고 나서는 두 번째 저녁을 먹고 소화가 될 무렵에 밖으로 나와 달리기를 시작했다. 우연히 조기축구 모임에 가입하여 주말에 한 번씩은 미친 듯이 달렸다. 공은 다루는 기술은 없었지만 마치 공을 쫓는 강아지처럼 뛰어다녔다. 몸이 가벼우니 달리기는 수술 전보다 더 잘하게 되었다. 한번 격하게 운동하고 나면 몸무게가 확 빠졌지만 수분만 많이 보충되면 영양분의 흡수는 이전보다 더 잘 되는 듯한 느낌이었다.

가끔 하루에 팔 굽혀 펴기를 100회씩 하기도 하고 스쿼트를 100회 하기도 했다. 10층인 회사 사무실을 하루에 한 번 이상은 계단으로 오르내리기도 했다. 운동의 효과는 놀라웠다. 아무리 챙겨 먹어도 늘지 않던 몸무게가 다시 늘어나기 시작했다. 소화가 잘되는지 허기를 느끼는 빈도가 늘어났고, 피로의 회복도 빨라졌으며, 무기력감도 많이 사라졌다. 팔, 다리, 가슴, 엉덩이가 다시 조금 단단해졌고 볼륨감도 생겼다. 근육의 긴장감으로 인해 구부정했던 상체는 조금이나마 곧게 서게 되었고, 무엇보다 다시 자신감이 생기기 시작했다.

아무리 바쁘고 피곤해도 우리에게 운동은 선택이 아닌 필수이다. 생업 복귀의 단계에서는 더더욱 그렇다. 비록 생업이 주는 부담과 스트레스가 우리를 짓누른다고 하더라도 꾸준히 운동하는 것을 잊지 말자.

그것이 우리가 완치까지의 긴 여정을 무사히 마칠 수 있게 해 주는 마법이다.

Chapter 5

# 평생 암을 잊고 살 수 있을까?

# 다시
# 예전의 삶으로

위절제술 후 죽 단계, 밥 단계, 생업 복귀의 단계를 모두 겪어 내고 나면 우리의 삶이 수술 전의 그 모습을 다시 되찾았음을 깨닫게 된다. 즉, 일상으로의 완전한 복귀의 단계에 들어오게 된 것이다. 이제는 예전에 먹었던 거의 모든 음식을 먹을 수 있고, 사람들과 같이 식사하는 것도 더 이상 두렵지 않다. 외부 활동을 하는 것도, 여행을 하는 것도 이제까지 겪어 왔던 많은 실수들과 고통이 하나둘 쌓여 완성된 경험치로 모두 예측하고 조절 가능하다.

죽 단계, 밥 적응 단계, 생업 복귀의 단계를 지난 시점부터는 완치까지의 마라톤 경주를 위한 모든 준비를 마쳤다. 하지만 그다음부터가 정말 중요하다. 몸이 아프고 환경에 적응이 안 되어 어딘가 불편할 때는 식생활에서부터 휴식, 운동까지 우리 스스로가 몸 관리에 많은 신경을 쓰게 된다. 하지만 회복이 거의 완료되고 생활에 적응되어 더 이상 우리 몸의 불편함을 느끼지 못하게 되면 우리는 우리가 암에 걸렸다는 사실을, 위 절제를 하였다는 사실을 잊게 된다. 알고 있더라도 마치 대수롭지 않은 일을 겪은 듯이 치부하고 수술 전의 그 삶으로 되돌아가게 된다. 그때부터 재발의 위험이 다시 고개를 들기 시작한다.

특히, 젊은 사람일수록 몸의 회복이 빠르고 에너지가 넘치며, 활발한 사회적 관계를 가지기 때문에 재발률이 더 높다. 완치의 그날까지 우리의 몸은 지속적인 관리를 받아야 한다. 예를 들면, 스트레스를 받지 않는 삶을 살 수 있도록 내가 주도할 수 있는 삶을 살아야 하며, 꾸준히 운동하여야 한다. 몸에 나쁜 음식은 항상 피하고 몸에 좋은 신선한 음식만을 가려 먹도록 노력하여야 한다. 위의 역할을 대신해 주는 치아 관리를 철저히 하여야 한다. 그리하여 완치까지, 그리고 더 나아가 10년, 20년, 30년을 내가 사랑하는 사람과 조금이라도 더 살기 위한다면 항상 여유롭고, 절제된 삶을 살기 위해 노력해야 할 것을 잊지 말아야 한다.

그렇게 내가 원하는 대로의 삶을 살기 위하여 내가 생각하는 위암 투병 환자의 올바른 생활 강령을 소개해 본다.

1. 규칙적인 식사 습관을 지키기
2. 음식에 욕심내지 않으며 적게 먹고, 천천히 먹고, 나누어 먹기
3. 맵고 짠 음식, 국물류, 직화구이, 튀김류의 음식은 되도록 지양하기
4. 물을 많이 마시기
5. 꾸준히 운동하기
6. 잠을 충분히 잘 자기
7. 구강 관리 철저히 하기

8. 항상 몸을 따뜻하게 유지하기
9. 일을 무리하게 하지 않기
10. 스트레스받는 환경을 만들지 않기
11. 내가 이렇게 살아가는 목적이 무엇인지 항상 기억하기

암 판정을 받기 전까지는 스트레스와 불면증에 시달렸고, 일에 억눌려 살았다. 운이 좋아 두 번째의 몸과 생명을 받았으니 똑같은 실수는 다시 하지 않을 것이라 다짐한다.

# 암의 재발과 2차 암

음식의 섭취와 운동 능력이 수술 전 내 몸의 상태와 거의 회복이 되었음에도 가끔은 암의 재발에 대한 두려움이 나를 집어삼킬 때가 있다. 몸 안에서 조금이라 이상한 감각이 느껴질 때면 혹시 모를 두려움과 걱정이 먼저 앞서고, 내 주위의 누군가가 암 판정을 받았다는 소식을 들으면 예전보다 더욱 심하게 감정이입이 되면서 암의 재발에 대한 걱정에 한동안 휩싸여 우울한 감정에 빠져들 때가 많다.

그렇다. 암의 재발은 우리가 가장 두려워하는 것 중의 하나이다. 아마도 암이 재발되었다는 소식을 듣는다면 처음 암 판정을 받았을 때보다 더욱 심한 실망감에 빠져들지도 모른다. 암 재발 시 생존율이 더욱 낮아진다는 것은 둘째 치더라도 그동안 암 치료를 위해 해 왔던 그 노력들과 힘들었던 시간들이 모두 허사가 되었다는 사실이 그동안 품어 왔던 완치에 대한 희망을 짓밟아 버리기 때문이다. 그럼에도 불구하고 우리는 다시 이를 악물고 버티고 살아 내야 한다.

하지만 가장 최선인 것은 암이 재발하지 않도록 관리하는 것이 중요하다. 놀랍게도 젊은 사람인 경우에도 암의 재발률이 상상보다 높다. 젊은 사람의 빠른 회복력은 무의식적으로 암이라는 질병을 가벼이 여기도록 만든다. 왕성한 경제활동과 사회적 활동을 하며 아직 이루고 싶은 목표와 즐기고 싶은 것들이 많은 시기이기에 무리를 하게 되며 음식섭취를 비롯한 전체적인 몸 관리에 소홀해지기도 한다. 국립암센터에서는 30~40대 암 사망률이 가장 높은 암이 위암이라고 발표하였다. 그래서인지 나의 담당의는 내가 진료를 받을 때마다 젊은 사람의 재발률이 높다며 경고해 준다.

인터넷에서 찾아보면 젊은 나이에 위암수술을 받은 사람의 암 재발에 관한 이야기를 심심찮게 찾아볼 수 있다. 하나의 사례를 소개하면, 40대 초반 관광가이드 일을 하는 사람이 있었다. 조기위암 판정을 받고 위절제술을 받은 그 환자는 수술 후 빠른 회복을 하고 직장으로 복귀하였다. 하지만 직업의 특성상 음식을 제때에, 천천히 먹지 못하고 불규칙한 생활을 한 탓에 수술 후 1년 만에 다시 암이 재발하였다. 해당 사례에서도 볼 수 있듯이 수술 후 신체 회복뿐만 아니라 그 후 지속적인 생활 관리도 우리에게는 필수적인 일이다.

암의 재발뿐 아니라 2차 암의 발생도 우리에게 닥칠 수 있는 아주 무서운 상황 중의 하나이다. 2차 암의 발생은 원발암과는 상관없이 완치 후에도 생길 수 있다. 암의 수술적 치료를 위해 해당 장기를 제거하면 몸은 그 장기가 하던 기능을 잃어 그 부분이 취약해지거나 다른 장기가 그 역할을 부담해야 한다. 위암 치료를 목적으로 위절제술을 받은 경우에는 소장과 대장이 그 부담을 고스란히 지게 된다. 그 결과 위절제술을 받은 환자의 경우 소장암과 대장암에 걸릴 확률이 높아지게 된다. 특히, 대장암에 걸릴 확률은 2배 이상 높아지게 된다.

위가 있을 경우에는 강력한 산성 용액인 위액이 음식물에 섞여 들어온 각종 세균을 죽인다. 그리고 음식물들은 위 속에서 수 시간 동안 머물면서 소화되기 쉬운 상태로 반죽되어 다음 장기로 이동한다. 우리는 그런 작용을 하는 위가 없기 때문에 소장과 대장이 세균에 감염되기 쉬워지고, 그 결과 염증 반응이 생기기 쉬운 환경이 된다. 암 발생은 염증 반응의 연장선에 있다는 사실을 명심해야 한다.

대장암은 활동적이지 않고, 의자에 앉아 있는 시간이 많아질수록 그 발병 확률이 높아진다. 위 절제로 활동할 수 있는 시간의 제약이 생긴 우리는 자연스럽게 수술 전보다 활동성이 떨어지는 생활 패턴으로 바뀌기 때문에 대장암의 발병률 또한 더욱더 높아지게 되는 것이다.

2차 암의 발병가능성을 낮추기 위해서라도, 그래서 우리 삶의 남은 시간을 건강하게 살아 내기 위해서라도 신선한 자연식품을 섭취하도록 신경 쓰며, 항상 천천히 오래 씹어 먹도록 노력하고, 꾸준히 운동하는 것을 잊지 않아야 할 것이다.

# 위절제술을 받지 않았더라면 어땠을까?

생업 복귀 후 가끔 회사에서 먹은 음식 때문에 불편해진 속을 달래려 회사 건물 주위를 배회할 때, 가끔 집에서 소화가 잘되지 않거나 가벼운 덤핑증후군 혹은 저혈당에 지쳐 소파에 몸을 기대어 회복되기를 기다릴 때 이런 생각을 하곤 했다.

'만일 내가 위전절제술을 권고받았던 그때 다른 방법을 찾아보았더라면 어땠을까?'

'위전절제술 후유증으로 힘들어할 때가 이렇게 많은데…… 위가 잘려 나가고 위장은 이리저리 꼬여서 마치 도살장의 돼지처럼 내 몸이 난도질당했는데…… 꼭 이런 선택을 해야 했을까?'

'결과적으로 조기위암으로 판정 났는데, 차라리 처음부터 내시경시술이 가능하다고 말해 주는 의사가 나타날 때까지 병원을 찾아다녔더라면 지금 내 삶의 질은 지금의 이 상태보다는 조금 더 나아져 있지 않았을까?'

그런 생각들 말이다.

정말로 그랬더라면 지금의 삶은 더 나아졌을까?

하지만 그와 동시에 위전절제술이란 수술을 받기로 결정한 그때의 상황을 다시 한번 복기해 본다.

첫째로는 점막하층 이상까지 진행된 진행성 위암일 것 같다는 소견을 들었다.

둘째로는 내시경시술이 가능한지 알아보기 위해서는 다른 병원들을 찾아다녀야 했고, 이름난 내과 의사들에게 시술을 받으려면 적어도 두 달 이상은 기다려야 했다.

셋째로는 내 몸에 암 덩어리들이 자리 잡고 있다는 사실을 안 이상 단 1초라도 빨리 이 괴물 같은 것들을 내 몸에서 쫓아내고 싶었다.

넷째로는 내시경시술을 받는다고 해도 암세포가 점막하층까지 침투한 경우에는 다시 위절제술을 받아야 한다. 그리고 내시경시술 시 암 조직 주위가 충분히 절제되지 않으면 암세포가 남아 있을 가능성이 높고 그럴 경우 암세포가 근육층으로 더욱 깊숙이 파고들 상황이 생길 수도 있다는 것을 알고 있었다. 이것은 오히려 내시경시술의 실패로 인해 위암의 조기 치료의 타이밍을 놓쳐 버리는 더욱 좋지 않은 결과이다. 최근에는 암세포가 점막하층까지 침투한 단계라도 내시경시술을 할 수 있는 수술법이 개발되었다고 하지만 아직 일부의 병원에서만 행하는 수술법이기에 나는 위험을 감수하기는 싫었다.

마지막으로는 아내와 나는 위암을 치료할 가장 확실한 방법을 원했고, 그 방법이 위절제술이었다.

여기까지 복기하니 내가 다시 위암 판정을 받았던 그 시간으로 되돌아간다고 하여도 위전절제술을 받기로 선택하였을 것이라는 결론에 도달하였다.

내가 위암에 걸렸다는 소식이 알려지자 사람들과의 만남에서도 자연스럽게 위암에 대한 주제로 대화할 기회가 많았다. 몇몇 사람들에게서 자신들 주위의 사람이 위암 판정을 받고 내시경시술로 치료를 하였다고 한 사람들이 있었다. 운 좋게도 위암을 쉽게 치료했다는 말과 함께 회복이 되자 다시 예전처럼 술을 마시고 몸을 혹사하는 생활을 반복하여 위암이 재발되었다는 이야기도 어렵지 않게 들을 수 있었다. 내시경시술을 받으면 암이 암처럼 느껴지지 않게 되나 보다.

위절제술을 받은 환자들은 회복하기까지 상당한 시간 동안 고통과 불편함을 감내해야 하고 삶의 질 저하를 경험하기 때문에 본능적으로 건강을 챙기게 된다. 이것이 위절제술이 주는 장점 같기도 하고 아닌 것 같기도 한 장점이리라.

암 환우들이여, 수술 후유증으로 생활의 불편을 겪을 때, 그리고 배의 흉터를 볼 때마다 우리가 무슨 일을 당했는지 평생 잊지 말고 조심하고 조심하며 열심히 우리의 삶을 살아가자!

# 위가 없으면 입으로

'음식을 천천히 오래오래 씹어 삼키기'

이것은 위절제술을 받아 위의 기능이 상실된 우리가 평생 지켜야 할 철칙이다. 위가 없는 대신 입에서부터 위의 역할 분담해 주어야 다른 장기에 큰 부담이 가지 않는다. 하지만 위의 원칙을 오래도록 지키기 위해서는 치아와 구강이 건강해야 한다.

만약 충치가 생기거나 다른 여러 가지 이유로 통증과 이가 시린 증상이 생긴다면 음식을 오래 씹는 것이 불편해진다. 만약 불편한 부분이 오른쪽, 왼쪽 중 한쪽에만 생긴다면 불편하지 않은 다른 한쪽으로 음식을 씹으려 할 것이다. 그렇게 오랫동안 방치하면 건강했던 다른 한쪽에도 금방 탈이 난다. 치아에 탈이 나면 씹는 것이 불편해지고 나도 모르게 음식물을 빨리 삼켜 버리게 된다. 특히 큰 크기의 음식물, 딱딱한 음식물, 섬유질이 많은 음식물처럼 씹는 것에 많은 신경을 써야 하는 것은 더욱 그렇다.

치아 건강뿐 아니라 구강 관리도 소홀히 해서는 안 된다. 예컨대, 잇몸에 염증이 생겨 피가 나거나 치아가 흔들리는 상황까지 악화된다면 음식물을 씹는 것이 여간 고통스러운 것이 아닐 것이다. 혹여나 입안에 상처가 나거나 구내염이 생긴다면 입안에 음식물을 넣는 것 자체로 고통이 될 수 있다. 그렇다고 식사를 안 할 수도 없는 노릇이고, 설상가상으로 이것은 정상인보다 더 많은 빈도의 식사를 하여야 하는 우리에게는 큰 고통으로 다가올 수 있다.

나도 치아와 구강 관리의 소홀로 불편했던 경험이 여럿 있었다. 한번은 보통의 식사를 하고 있을 때였다. 갑자기 입안에서 돌덩이가 씹히는 느낌이 나 씹고 있던 음식을 뱉어 내고 살펴보니 여전에 충치를 치료를 위해 채워 넣었던 충전물이 그만 떨어져 나온 것이었다. 충전물이 빠진 치아에는 커다란 구멍만이 남아 있었다. 그 뒤로 다시 치료가 완료되기까지 의식적으로 한쪽으로만 음식을 씹게 되었다. 치료 후에도 새로운 충전물에 적응하기까지 며칠의 시간이 더 지났고, 그 후로도 꽤 오랫동안 습관적으로 한쪽으로만 씹게 되었다. 한쪽 부위로만 씹으니 아무래도 해당 부위의 치아와 잇몸에 부담이 갔는지 잇몸에 염증이 생겨 버렸다. 내 입안에는 새로운 통증이 찾아왔고, 그 덕분에 꽤 오랜 시간 동안 식사 시간이 부담으로 다가왔다.

나는 또한 구내염이 자주 생기는 체질이다. 조금만 몸이 피곤하거나 혹은 입안에 상처가 생기면 높은 확률로 입안에 하얀 염증이 생긴다. 겪어 본 사람은 알겠지만 이 구내염으로 인한 통증은 일상생활에 지장을 줄 만큼 짜증스럽고 성가시다. 특히 음식물이 닿았을 때의 그 짜릿

한 고통이란…….

으! 상상만 하여도 몸이 움츠러든다.

치아와 구강 건강에 문제가 생긴 기간에 몸무게 변화를 관찰하면 어김없이 몸무게가 줄어드는 것을 확인할 수 있다. 비단 섭취하는 음식물의 양이 줄어들어서일 뿐만 아니라 충분히 씹지 않고 삼킨 음식물로부터의 영양 흡수가 원활히 이루어지지 않고 설사 또한 빈번히 하기 때문이다. 그렇기 때문에 우리는 치아와 구강 건강의 유지에 보통의 상식보다 더 세심한 주의를 기울여야 한다.

치아와 구강을 건강하게 유지하기 위한 습관을 소개한다.

1. 식후 30분 이내에 양치질하기

양치질은 구강 청결을 위한 가장 좋은 방법이다. 우리는 하루 5~6번 식사를 하니 잠들기 전 양치까지 더하여 하루 6~7번 양치질하는 것을 잊지 않도록 한다.

2. 매번 양치질하기가 어려우면 가글이라도 하기

사실 하루 6번 이상 양치질을 하는 것은 쉬운 일이 아니다. 특히 생업에 종사하거나 직장에 다니는 경우라면 음식을 먹은 후 매번 양치질을 하는 것은 불가능에 가깝다. 양치질이 어렵다면 가글이라도 하자. 시중에서 살 수 있는 가글액을 옆에 구비해 두고 식후나 간식 후에 가글

하는 것을 습관화하자. 가글액이 없다는 소금물도 괜찮고, 소금물도 없다면 그냥 맹물이라도 괜찮다. 음식 섭취 후에 맹물로 입안을 세척하는 것조차도 구강 청결에 큰 도움이 된다고 한다.

3. 정기적으로 치과를 방문하여 치아와 잇몸 건강을 살피기

관리를 잘하여도 충치는 생길 수 있다. 일단 충치가 생기면 빨리 치료하여 치아의 손실을 최소화하여야 한다. 또한 정기적인 스케일링으로 치석을 제거하고 치조골의 유실을 최소화하여야 한다.

4. 한쪽으로 씹는 습관 고치기

음식을 한쪽으로만 오랫동안 씹으면 턱관절과 턱근육의 균형이 무너지고 결국에는 씹는 행위 자체가 불편해지는 결과를 초래한다. 의식적으로라도 균형을 맞추어 씹을 수 있도록 조정해 주자.

5. 잇몸 염증이나 구내염이 생기면 무조건 휴식 취하기

잇몸 염증이나 구내염의 발생에는 여러 가지 이유가 있지만 그중에서 가장 큰 원인이라고 지목받는 것이 육체의 피로다. 입안 염증이 생길 기미가 보인다면 만사를 제쳐 놓고 쉬자. 쉰다고 해서 아무도 우리를 비난하지 않는다. 결국에 우리 몸은 우리가 챙겨야 하는 것이다.

"이가 없으면 잇몸으로"라는 말이 있듯이 우리는 위가 없으니 입으로 버텨야 한다.

# 수술 전과
# 똑같은 삶을 살지는 말자

우리의 몸은 수술 전의 그 몸이 아니다. 그것은 엄연한 사실이고 우리는 이 사실을 받아들여야 한다. 하지만 몸이 회복되어 일상과 생업에 적응하고 사람들과 같이 생활하다 보면 나도 모르게 혹은 내가 위암 환자라는 사실을 부정하고 자꾸 예전의 생활 습관으로 되돌아가려는 사례를 많이 들을 수 있었다. 하지만 꼭 명심해야 할 것은 일상으로의 복귀는 예전 삶으로의 회귀가 아니라 새로운 몸으로, 새로운 삶을 살아가는 방식에 대한 적응이라는 것이다.

나도 직장에 적응이 되고 직장 동료들과 같은 페이스로 일할 수 있게 되면서 점점 예전의 삶으로 되돌아가려 했었다. 환자 대접을 받기 싫었고, 나도 그들과 똑같이 일할 수 있다는 것을 보여 주고 싶었다. 물론 성과도 내고 싶었다.

그래서 야근을 하기 시작했고, 그 횟수는 점점 늘어 갔다. 힘들었다. 특히 피로의 회복이 더뎠다. 가끔은 철야도 했다. 그럴 경우는 일주일이 힘들었다.

일이 급한 경우에는 식사도 급히 하는 경우가 있었다. (급히 식사하는 것은 다른 동료들과 같은 페이스로 식사하는 정도였다.) 어김없이 체한 것 같은 불편한 느낌이 나를 괴롭혔고, 가끔은 설사도 했다. 몸무게가 줄었다.

배가 고파 가끔은 한 번에 많은 양의 음식을 먹기도 하였다. (많은 양이라 하는 것은 보통의 여자가 먹는 정도의 양이다.) 또 어김없이 체한 것 같은 불편한 느낌이 나를 괴롭혔고, 또 가끔 설사를 했다. 몸무게가 또 줄었다. 몸무게가 어느 한계 이상으로 줄어드니 몸에 기운이 하나도 없는 것처럼 느껴졌다.

피곤은 내 몸의 다른 부분도 망가뜨렸다. 잇몸 염증과 구내염이 생겼다. 그러니 식사하기가 불편해졌다. 어깨와 허리도 아파 왔다. 운동량이 줄었다. 식사가 불편하고 운동량이 줄어드니 몸의 생기가 더욱 없어졌다. 얼굴만 봐도 아픈 사람인지 알 수 있을 정도였다.

몸이 피곤하고 아프고 기운이 없으니 인상도 안 좋아졌다. 기분이 좋을 여유가 없는 것이다. 직장 동료들이 나에게 몸이 안 좋은지, 기분이 안 좋은지, 어디가 불편한지 안부를 물어보는 횟수가 늘어 갔다.

우울한 감정에 쉽게 휩싸이고는 했다. 집에서도 기분 좋게 웃는 날이 줄었다. 그리고 아내와 아이에게 짜증 내는 날이 늘어났다.

어느 날 야근 후 목욕탕에 들러 따뜻한 물에 몸을 담그고 생각해 보았다. 이게 지금 뭐 하는 짓인지…… 예전의 삶으로 되돌아가 나의 능력을 100% 회복한 것을 증명하면 내 스스로 만족할 줄 알았다. 이 시점에서 나는 예전의 그 내가 아님을 인정해야 했다. 그렇지 않으면 암이라는 폭탄을 한 번 더 떠안아야 할 수도 있겠다는 생각이 들었다. 한 번의 암 발생으로 나의 신체 능력에 심각한 타격을 입었는데, 두 번째의 암 발생이 일어난다면 얼마나 많은 능력을 더 상실하게 될지 두려웠다.

겪어 보니 내 몸이 평안한 상태를 유지할 수 있는 그 한계선이 어디인지 알 것 같았다. 나와 내 가족이 살아가야 할 그 긴 시간을 행복으로 채우기 위해서는 여러 가지 조치가 필요했다.

먼저, 회사의 팀장님께 지금 이런 페이스로는 일을 못 하겠다고 조심스럽게 말씀을 드렸다. 야근도 어렵고, 철야도 더는 못하겠다고 했다. 개선이 안 된다면 휴직을 해야겠다고 했다. 미안하지만 여기까지가 내 한계이고 계속 이런 식으로 일한다면 병이 재발될까 두렵고, 병원에서도 완치까지는 절대 무리해서는 안 된다고 신신당부하였다고 전했다. 이렇게 이야기하기까지 큰 용기가 필요했고, 이야기하는 중에도 마치 내가 죄를 지은 것처럼 조심스러웠다.

되돌아온 답변이 의외였다. 자기도 내가 걱정스러웠다고. 그리고 스스로 업무 조절을 하라고 흔쾌히 허락해 주었다. 그리고 휴식이 정말 필요하면 휴직도 고려해 보라 하였다. 그래서 나는 일단 직장에서 페이스를 조절하기로 했다.

야근과 철야를 하지 않았다. 물론 내가 할 수 있는, 그리고 책임져야 할 일들, 그리고 나만이 할 수 있는 일들은 깔끔히 처리했다. 현장 근무를 줄이고 사무실 근무를 늘렸다.

점차 피곤한 날이 줄어들었고, 식사 후 불편한 날도 거의 없었다. 예전에는 휴대폰 배터리를 0%에서 60%까지만 충전하고 다녔다면, 지금은 50%에서 100%까지 완충한 느낌이었다.

퇴근 후 아내의 말을 들어 주고, 아이와 놀아 줄 힘이 있었다. 집에서 웃음이 늘어나고 따뜻한 기운이 돌았다. 표정에 생기가 다시 돌았고, 남는 시간에 뭘 더 재미있는 것을 할지 생각할 여유가 생겼다. 하루가 조금 더 재미있어졌다.

수개월간의 시행착오를 겪고 나서야 깨달았다.
수술 후 이 몸은 예전의 그 몸이 아니라는 사실을.
나의 몸과 정신이 견딜 수 있는 한계가 바뀌었다는 사실을.
예전의 삶에 나를 적응시키는 것이 아니라 바뀐 내 몸에 새로운 삶을 적응시켜야 하는 것임을 말이다.

# 위암 수술의 장점

위암 판정을 받고 치료를 위한 위절제술을 받은 후 나타나는 단점들, 예를 들면 불편해진 우리의 신체 활동과 불안정한 심리 상태…… 꼽으라면 열 손가락이 모자랄 정도다. 하지만 우리는 치료를 위해 그런 수술을 받았고 그에 따른 후유증은 필연적인 결과이니 그런 부분들은 받아들이고 오히려 위암 판정 후 우리의 삶에서 긍정적으로 변화된 부분을 찾아보면 어떨까?

나의 경우에는 위암 수술 후 변화된 나의 삶에서 찾을 수 있는 장점은 다음과 같다.

1. 체중 감소

- 키 178㎝에 61㎏, 이것은 아이돌 가수의 신체 사이즈가 아니다. 나의 신체 사이즈다. 볼록한 뱃살과 엉덩이와 허벅지의 늘어진 지방들이 모두 없어졌다.
- 옷을 입으면 전보다 핏이 좋아진 것을 느낀다.
- 컨디션이 좋을 때는 몸이 가벼운 느낌이다.

· 오히려 전보다 더 잘 뛰게 되었다.
· 옷 살 때 내가 입는 사이즈(허리 28)는 잘 품절되지 않는다.

2. 술 안 마심
· 불필요한 모임에 참석하지 않아도 된다.
· 자연스럽게 가족들과 함께 보낼 수 있는 시간이 많아졌다.
· 불필요한 지출 또한 감소하였다.
· 과음 후 마주하게 되는 지독한 숙취를 느끼지 않아도 된다.

3. 건강한 생활의 습관화
· 신선한 자연식품 위주의 음식을 먹으려 의식적으로 노력한다.
· 튀김 요리나 직화구이는 의식적으로 피하게 된다.
· 식사 조절을 잘 할 경우 설사의 빈도가 오히려 수술 전보다 줄어들게 된다.
· 치료의 목적까지 더해져 운동을 꾸준히 하려고 노력한다. 위암 걸리기 전에 이렇게 살았더라면 건강히 100세까지도 살 수 있지 않을까 하는 생각이 들기도 한다.

4. 주위의 배려
· 나에 대한 가족들의 배려심과 이해심이 높아졌다.
· 회복 초기에는 호랑이와 곶감보다 더 무서운 아내가 나의 눈치를 볼 때도 있었다.

· 직장에서 몸이 불편할 때 이야기하면 진정성을 의심받지 않는다.

5. 삶의 가치관의 변화

· 큰 수술 후 내가 살아온 삶을 되돌아볼 수 있는 계기가 되었다.

· 비로소 내 인생에서 무엇이 정말 중요한 것인지 깨달았다.

위암 수술 전과 후는 육체적·정신적으로 나에게 큰 변화가 생겼다. 긍정적인 부분들을 잘 유지하여 내가 사랑하는 사람들과 즐겁고 행복한 삶을 오래도록 살아 보려 한다.

# 어떤 삶을 살 것인가?
# 그것은 당신의 선택이다

위암 판정 후 죽음이라는 단어와 전혀 어울리지 않을 것 같은 나이에 죽음과 직면하게 되고 회복과 재발 방지를 위해 항상 절제된 삶을 살아가려 노력하다 보니 전에는 보이지 않던 것들이 보이기 시작했다.

'나는 무엇을 위해 사는가?'
'지금 내가 암 재발과 죽음에 대한 공포를 뒤로하고 하루하루 살아가야 하는 이유가 무엇일까?'

다소 무거운 질문이긴 하지만 이런 질문들이 나의 머릿속을 계속 맴돌았다. 단지 죽기가 두려워서 사는 것일까? 아니면 또 다른 무엇인가가 있을까?

내가 좋아하는 것, 하고 싶은 것을 간단하게 정리해 보았다.

- 학창 시절부터 엉뚱한 상상을 하고 글쓰기를 좋아했다.
- 연구자로서 연구 활동에 매진하며 새로 발명하거나 발견한 과학기술을 글로 정돈하여 결과물로 출판하는 것에 큰 희열을 느낀다.

- 나의 생각과 활동을 사람들과 공유하고 소통하는 것을 즐긴다.
- 아내와 오래도록 아름다운 세상을 여행하고 싶다.
- 아이가 커서 혼자 세상을 헤쳐 나아갈 힘이 생길 때까지 지켜주고 많은 것을 가르쳐 주고 싶다.
- 언젠가는 겪어야 할 부모님의 노환과 임종을 따뜻하게 감싸 안고 싶다.

내가 좋아하는 일을 하며, 내가 사랑하는 사람들과 오래도록 함께하며, 아름다운 이별을 하기 위해서는 생각의 전환과 선택이 필요했다. 먼저 목표의 달성을 방해하는 모든 것은 과감히 배척하기로 했다.

- 내 몸의 한계 이상을 요구하는 일은 하지 않기로 했다.
- 나에게 지속적인 스트레스를 주는 모든 것들과는 마주하지 않기로 했다.
- 나를 유혹하는 달콤하고 짭짤한 가공식품들은 하나둘 멀리하기로 했다.
- 평생 술은 마시지 않겠다고 다짐했다.

그리고 항상 지켜야 할 수칙들을 정리하여 나의 휴대폰 바탕화면에 띄워 놓았다.

- 항상 즐거운 일만 생각하기
- 어떻게 하면 매 순간 잘 놀고, 잘 먹을지 궁리하기

· 잠 잘 자기
· 천천히 자주 먹기
· 어떤 상황에서도 주 5회 운동하기
· 어떤 상황에서도 아내와 아이를 이해하고 지지해 주기
· 동료들의 장점을 보려 애쓰고 칭찬하기

많은 시행착오와 생각과 고민 끝에 나는, 나의 인생을 그렇게 살기로 선택했다. 그리고 그렇게 하기 위해서는 어떨 때는 내가 가진 많은 것을 버려야 했다.

이제는 더 이상 내가 하는 일이 평생 해야 할 일이라 생각하지 않는다. 그리고 보수가 많은 직장을 갈망하지 않고 사회적 평판과 지위에 연연하지도 않는다. 그냥 나의 육체적·정신적 에너지의 100%를 요구하지 않는 소소하고도 내가 즐길 수 있는 일거리를 찾기 위해 오랜 시간을 두고 주위를 관심 있게 둘러볼 것이며, 부지런히 준비하고 계획하여 마침내 기회가 오면 뒤돌아보지 않고 그 길을 갈 것이다.

내가 위암 판정을 받았을 때, 그때는 그동안 나에게 중요하다고 생각되었던 것들이 한순간에 전혀 중요하지 않게 되었던 신비한 경험을 할 수 있었다. 그것은 우리는 우리 인생을 결정짓는 모든 것들을 선택할 수 있다는 의미가 아닐까? 그래서 나는 가진 시간과 에너지를 오롯이 내가 살고 싶은 나의 인생을 위하여 쓰기로 선택했다.

# 위암 수술 후
# 1년 정기검진

마지막 정기검진을 받고 또 6개월이 지났다. 이전까지는 위내시경과 복부 CT촬영을 3개월 단위로 나누어 하였으나 이제는 같이하게 되었다. 아침 일찍 병원에 도착하여 혈액검사를 가장 먼저 하였다. 그런 다음 내시경 검사를 위해 접수를 했다. 내시경은 수면과 비수면을 선택할 수 있는데, 나는 비수면을 선택하였다. 비수면으로 검사를 받는 것이 대기 시간도 짧고 검사 결과를 바로 알 수 있으며 수면에 의한 후유증도 적기 때문이다.

몇 년 전 처음 내시경 검사를 받았을 때를 생각하면 정말 놀라운 변화다. 나는 내시경검사는 비수면으로는 절대로 못 받을 것이라고 생각하였다. 입안으로 손가락 굵기만 하고 1미터가 넘는 내시경관을 의식이 있는 상태에서 삽입한다는 사실 자체가 고문으로 나에게 다가왔기 때문이다. 하지만 역시 인간은 적응의 동물인가 보다. 내시경관 따위를 몸속에 넣는 것은 이제 큰 문제가 아니다. 역겨운 기운이 있기는 하지만 딱 5분만 참으면 상황 종료다. 무엇보다 결과를 바로 확인할 수 있다는 것이 안심이 되었다.

내시경 검사가 끝나자 담당 선생님은 아무 말 없이 수고하셨다고만 했다. 그래서 나는 수술 부위는 어떠한지, 이상 소견은 없는지 따로 물었다. 그제야 담당 선생님은 사진을 하나둘 보여 주시면서 수술 부위가 아주 깨끗하고, 내시경상으로는 어떠한 이상 부위도 발견할 수 없었다고 하였다. 그 말을 듣고 나니 일단 안심이 되었다. 그동안 무리하게 일한 적도 많았고 나름 스트레스도 많았는데, 수술 부위가 건강한 상태로 유지되고 있다니…… 휴, 안심이다.

곧바로 복부 CT와 X-ray 촬영을 했다. 이제는 병원의 구조에 익숙해져 어떠한 엇갈림 없이 일사천리로 검사를 끝낼 수 있었다. 이번에는 과연 어떠한 말을 듣게 될까? 검사 결과를 가지고 담당의의 진료를 받는 날은 앞으로 2주 후에 예약되어 있었다. 그 기간 동안의 기다림은 다시 한번 나를 초조하게 만들었다.

검사 일주일 후 혈액검사 결과가 병원에서 운영하는 앱에 등록되었다. 전과는 다르게 염증 수치와 종양표지자 수치가 정상 범위로 내려왔다. 일단은 안심이다.

진료 하루 전날 나는 점점 더 초조해짐을 느꼈다. 왠지 모를 불안한 예감이 자꾸만 나를 괴롭혔다. 진료 전날 밤 아내의 품에 얼굴을 파묻고는,

"여보, 이상한 결과가 나오면 어떻게 하지? 다 잘되겠지?"
하고는 걱정을 했다.

아내는 다 괜찮을 거라고 하며 내 등을 토닥토닥 두드려 주었다.

드디어 진료 날이다. 아내도 약간 긴장이 되었는지 가는 내내 말이 없었다. 우리는 진료실에서 기다리며 손을 꼭 잡았다. 내 이름이 호명되고 진료실로 들어갔다. 담당의는 먼저 항상 하는 질문을 했다.

"식사는 잘 하십니까?"
"식사는 하루에 몇 번 하십니까? 절반씩 나누어서 6번 드시고 계시죠?"
"식사 후 불편하거나, 구토를 하거나, 설사를 하지는 않습니까?"

담담의가 매번 이런 질문을 하는 것으로 보아 식사량과 식사 횟수, 천천히 먹는 것이 완치까지의 긴 여정에서 얼마나 중요한지 알 수 있었다.

나는 식사 규칙을 잘 지키고 있다고 했다. 설사도 한 달에 한 번 정도 혹은 하지 않는다고 하였고, 구토를 한 적은 없다고 했다. 가끔 직장에서 업무 때문에 밥을 빨리 먹어 불편한 점이 몇 번 있었지만 대체로 천천히 먹고 무리하게 움직이지 않으려고 노력한다고도 하였다. 그 후 담당의는 검사 결과들을 가만히 지켜보고는 내 배를 이리저리 만져 보기도 하였다.

"음, 다행히 회복이 잘되고 있는 듯합니다. 검사 결과상으로는 모든 것이 다 정상이네요. 앞으로도 이렇게 관리를 잘 하시고 1년 후에 오시면 됩니다."

1년 전 위암 판정 시 내가 듣고 싶지 않았던 말만 해 대던 담당의가 오늘은 어쩐지 내가 듣고 싶었던 말만 하고 있는 것이 너무나 기뻤다. 갑자기 아내가 뒤에서 한마디 했다.

"저기, 무알콜 맥주 마셔도 되나요?"

담당의의 미간에 갑자기 주름이 잡혔다.

"왜, 굳이 그런 가스가 많이 들어 있는 걸 드시려고 하나요? 되도록이면 그런 건 먹지 마세요."

하며 아내를 쏘아보았다. 아내는 입을 삐쭉거리며 눈길은 발끝을 향했다.

10분간의 짧은 대면이었지만 잘 회복되고 있다는 말을 들으니 모든 것이 한없이 감사했다. 내 수명이 1년 연장된 기분이었다. 마치 1년 단위로 계약을 연장하는 계약직 연구원으로 재직할 때 근로계약서에 새로 사인을 하는 기분이 들었다.

1년 뒤에 보자고 했으니 최소한 앞으로 1년간은 걱정 없이 지낼 수 있다. 보장받은 이 1년을 즐겁고 재미나게 살도록 노력하자. 앞으로의 1년도 왠지 잘할 수 있을 것 같다는 희망이 생겼다. 없던 힘이 불끈 솟아올랐다. 병원 정문에서 주먹을 쥐고 만세를 불렀다. 아내도 나를 따라 두 손을 번쩍 들었다.

이렇게 1년씩 앞으로 4번만 더 하면 된다.

이제 다음 목표는 완치다!

에필로그

# 다음 목표는 완치 판정이다

39세, 내가 일하는 분야에서 가장 활발히 경력을 쌓아 나가고, 바쁜 사회활동과 경제활동을 할 시기였다. 부부가 맞벌이를 하며 은행 대출을 갚느라 허리띠를 졸라매고 퇴근 후의 피곤함을 잊고 육아에 전념할 그때였다. 그렇게 인생에서 가장 바쁘게 살아가고 있는 그 시기에 나는 위암 진단을 받았다. 이제까지의 나의 삶의 시간들이 더해져 최대 속도로 가속된 나의 인생 기차는 그 시점에서 의도치 않게 멈춰 버렸다.

처음엔 사실이 아니기를 바랐다. 검사 실수로 인한, 혹은 이상 소견이긴 하지만 악성이 아닌 정도일 것이라는 희망을 가졌다. 검사가 계속 진행되면서 소견이 판정이 되고, 간단한 시술이 아닌 위 전체를 들어내야 하며, 조기위암이 아닐 수도 있다는 소견까지 더해지니 나 스스로 내가 처한 현실을 받아들이기가 힘들었다. 내 인생이 왜 지금 이 시점에서 생각지도 않은 것에 의해 멈추어야 하는지 너무나 원통하고 억울했다. 그리고 무서웠다. 죽을지도 모른다는 불안감, 평생 장애를 가지고 살아야 할지도 모른다는 불안감, 이제부터 펼쳐질 내가 경험해 보지 못한 예측되지 않는 막막한 나의 미래에 대한 불안감들이 나의 정신을 짓눌렀다.

부모님의 아들로서, 내 아내의 남편으로서, 내 아들의 아빠로서 나의 책임을 다하지 못할지도 모른다는 두려움이 나의 정신을 아무런 이성적인 생각도 할 수 없는 절망의 구렁텅이로 몰아넣었다.

억울함과 원통함에, 불안감과 두려움에 견딜 수가 없어 많이 울었다. 그냥 조용히 흘리는 눈물이 아니라 마치 떼를 쓰는 3살 아이가 온 힘을 다해 서럽게 우는 것처럼 그렇게 여러 날을 땅을 구르며, 책상을 치며, 자동차 핸들을 치며 소리 내어, 아니 소리를 지르며 울었다. 하지만 가족들도 나와 같은 불안감과 두려움에 혼란스러워하기에 그런 모습을 차마 보일 수는 없었다. 가족들 앞에서 나는 오히려 더 담담하고 무신경한 듯 행동했다.

하지만 수술을 후에 나는 오로지 회복을 위해서만 나의 모든 에너지와 정신을 집중했다. 불안하고 두려웠던 그 알 수 없는 미래가 이제는 현재가 되었기에 우울한 감정에 빠져 허우적거릴 틈이 없었다. 현재에 나는 어쨌든 살아남아야 했다. 수술 후 하루하루의 극한의 고통과 불편함을 겪어 냈다. 그래도 병동의 모든 사람들이 같은 처지에 있었기에 그들이 회복하는 모습을 보고 힘을 냈다. 나도 며칠 후에는 그들처럼 당당히 걸을 수 있으리라는 희망이 보였고, 그리고 그렇게 되었다.

퇴원 후 일상으로 복귀를 위한 회복의 시간은 생각보다 길고 지루했고, 그리고 어려웠다. 음식을 먹는 것이 어려웠고, 먹는 방법도 다시 익혀야 했다. 개복수술과 위 절제의 후유증은 몸 전체로 나타나 긴 시간 동안 나를 괴롭혔다. 거동의 불편함과 체중 감소, 체력 저하를 겪으면서도 이를 악물고 몸을 움직여야 했다. 그것은 생존을 위한 처절한 투쟁이었다.

직장에 복귀하여서도 생존을 위한 나의 투쟁은 계속되었다. 나는 내가 건재함을 알리고 싶었다. 동료들에게 짐이 되기 싫었고, 수술 전만큼 일할 수 있다는 것을 증명하고 싶었으며, 내가 이루고 싶은 것도 많았다. 그렇게 하면 나 자신에게도 위안이 될 것만 같았다. 그래서 열심히 의욕적으로 일했다. 업무를 주도하고, 야근과 철야 업무를 수행했다. 잠깐 동안의 안정기를 지나자 내 몸의 여기저기에서 신호가 오기 시작했다. 피곤은 쌓여만 갔고 회복은 더뎠다. 조심스럽게 먹어도 소화가 안 되는 날이 많아졌고 몸무게는 다시 감소하였으며 입안의 염증은 가라앉는 날이 없었다. 마치 오래된 휴대폰 배터리처럼 빨리 닳고 충전은 잘 안 되는 그런 상태가 지속되었다.

그 시점에서 나는 나의 한계를 인정해야 했다. 그리고 앞으로 어떻게 살아야 할 지 선택해야 했다. 뜨거운 화염이 되어 짧게 불타고 끝나 버릴 인생을 살 것인지, 가느다란 촛불이 되어 오랫동안 꺼지지 않고 버텨낼 것인지. 나는 후자의 삶을 살기로 선택했다. 내 몸 상태를 주위에 알리고 업무량을 조절하였다. 업무 이외에 내가 즐길 수 있는 것, 좋아하는 것들을 찾아다니고 항상 즐기는 삶이 되도록 노력하였다. 가정에 더욱 충실하고 아이와 아내에게 좋은 아빠, 좋은 남편이 될 수 있도록 마음을 다스리려고 노력하였다. 앞으로 어떤 삶을 살아야 할지 5년 주기마다 변화를 두어 흥미진진한 삶을 살 수 있도록 계획도 해 보았다. 가느다란 촛불이라도 나의 부모님, 나의 아내, 나의 아들에게는 결코 작지 않은 불꽃이리라.

위암 판정을 받고 위전절제술 후 1년이 조금 넘게 지난 지금은 일상의 많은 부분을 내 몸에 맞게 적응시켰다. 여전히 먹는 것이 조금 불편하고 여러 가지로 제한적이고 신경 써야 할 부분이 있지만 이 정도라면 감사할 수준이다. 하지만 여전히 두렵다. 암이라는 질병은 피부에 생긴 사마귀를 제거하듯이 한 번에 잘라 낼 수 있는 것이 아니기 때문이다. 가끔 인터넷이나 책, 영화 등에서 등장인물 중의 하나가 암 수술 후 5년, 10년, 20년 뒤에 재발하여 죽음을 피하지 못하는 이야기를 보면 내 일인 것처럼 감정이입이 된다. 조기위암의 완치율이 97%를 넘는다고는 하지만 내가 나머지 3%에 들어갈까 봐 두렵다. 나는 이미 0.01%의 확률을 뚫어낸 전적이 있지 않은가. 다시 한번 더 전보다 더 고통스러운 과정을 겪어야 할까 봐 두렵다. 암 환자이기에 그 공포를, 그리고 죽음의 공포를 떨쳐 낼 수가 없다.

그럼에도 불구하고 나는 살아가야 한다. 위가 잘려 나가고, 소장, 대장, 간, 췌장, 담낭이 다 잘려 나간다고 하여도 나는 살아야 한다. 사랑하는 나의 아내를 위해서, 아빠의 모습을 보고 커 갈 내 아들을 위해서 나는 마지막 한 번의 숨을 쉴 수 있을 때까지 살아야 한다. 그리고 마침내 성인이 된 내 아들에게 보여 주고 싶다. 암을 이겨 낸 아빠의 모습을……

이제 나의 첫 번째 목표는 완치까지 무사히 살아가는 것이다. 잘할 수 있다. 잘할 수 있다. 잘할 수 있다. 화이팅!

그리고 같은 시대를 살아가는 암 환우들, 모두 화이팅이다!

**무*:**

70대인 엄마가 암 진단을 받으셨는데 암조직이 위 부분에 있어 위전 절제술을 할 예정입니다. 수술을 앞둔 환자의 감정을 디테일하게 적어 놓으셔서 지금 엄마가 심정을 알 수 있을 것 같아 참 미안하네요. 같이 있지 않아 위로와 격려의 말을 많이 못 드렸거든요. 요번 주 만나 뵈면 드시고 싶은 것도 많이 사 드려야겠어요. 체험담 정말 유용하게 잘 읽었어요. 쾌차하시길요^^

**도***:**

이 글을 읽으면서 희망을 얻고 있습니다. 고맙습니다. 저하고 느껴지는 감정도 비슷해서 더욱 그런 것 같아요. 39살 어린 나이 두 아이의 아빠. 잦은 출장에서 벗어나 올해부터 가족과 함께 살기 시작했는데…… 저번 주 수요일 건강검진상 이상 소견으로 조직검사 시행, 어제 강북삼성병원 내과 · 외과 진료 암 진단…… 내심 기대했던 내시경수술을 기대했는데 암 2종류는 아니라는 의사 말에 충격. "다른 병원에 가도 마찬가지인가요?" 질문에 "예, 맞아요." 슬픔. 위 70% 절제가 필요하다는 의사의 말. 이후의 내 삶의 변화에 대한 두려움 시작……

수술 방식과 세포, 현재 심정이 님이 글 쓴 것과 똑같네요. 다음 주 월요일 수술 날짜 잡고 집으로 돌아가고 있습니다.

M********:

아버지의 위암 소식을 전해 듣고 정보를 찾던 중 우연히 읽게 되었습니다. 포스팅을 읽으면서 생각을 정리하고 마음을 추스르는 데 많은 도움을 얻었네요. 감사합니다.

이***:

저 오늘 조직검사 결과, 암 통보를 받았어요. 검색하다 들어오게 되었네요. 너무 멍하고, 8살 꼬마도 있는데…… 아무에게도 말 못 하고 있어요. 아침에 결과 듣고 다리가 풀리고 귀가 먹먹해져 병원에서 주저앉아 버렸네요. 오늘 아무것도 못 먹었는데 배도 안 고파요. 찬찬히 글 보고 있어요. 감사합니다.

맹*:

님의 글에서 놀라운 용기와 존엄을 느낍니다. 동생이 낼모레 위암절제수술을 받습니다. 경험을 공유해 주셔서 감사합니다. 큰 도움이 됩니다. 이제는 다 나으셔서 건강하게 잘 지내시기 기도합니다.

크***:

가족들이 걱정할까 봐 언제 얘기를 해야 할지 괜찮을 거라고 위로해야 할지…… 나도 무섭고 겁나는데 맘 놓고 얘기할 데가 한 군데도 없었는데 글을 읽으면서 너무나 공감되고 위로됩니다. 감사합니다!

한*****:

정말 도움과 큰 힘이 되는 값진 글 감사합니다. 잘 회복하시고 계시죠? ^^ 충분히 그러리라 믿습니다. 화이팅!!

B*******:

위암 수술을 앞두고 있는 사람으로서 많은 위로를 받고 갑니다. 회복 과정의 이야기에서도 생생하고 유익한 정보를 얻을 수 있을 것 같습니다. 감사합니다.

옥*:

감사합니다. 힘든 상황에서도 같은 처지에 놓인 환우들을 위해 꼼꼼하게 기록하고 소중한 정보들 함께 나눠 주셔서…… 아빠의 수술을 며칠 남기고 있다가 우연히 들어와서 보고 많은 도움받고 갑니다. 진심으로 감사합니다.

D*:

저도 스트레스 많이 받는 예민한 성격 때문에 위염을 달고 살고 있습니다. SNS를 통해 오게 됐는데 담담하고 정갈한 문체 덕에 쉴 새 없이 읽게 되네요. 감사하게 읽고 있습니다. 글 써 주셔서 감사드립니다.

Z*********:

저희 아빠도 건강검진 후 조직검사를 하라고 해서 했는데…… 다음 주 월요일에 결과 들으러 가요. 결과가 안 좋다 하네요. 아직 듣지는 못했지만 불안해서 검색하다가 글들을 읽었습니다. 힘드셨겠지만 이겨 내시는 과정을 보고 뭉클하더군요.

재**:

모든 글 잘 읽고 있습니다. 제가 위암 글을 찾아 정독하게 될 줄은 정말 꿈에도 몰랐습니다. 현재 제일 친한 친구만이 사실을 알고 있고 아내도 모릅니다. 건강하다고 늘 자부했었는데…… 한 방에 훅 간다는 말이 이렇게 비수처럼 다가올 줄은 몰랐습니다. 이제부터 저 자신과의 싸움이겠군요. 덕분에 많은 위로받고 있습니다. 감사합니다.

V*****:

안녕하세요. 4살 딸이 있는 31살 엄마예요. 저는 암은 아닌데 위상부에 점막하종양이 4㎝가 넘어 위전절제술을 진행하여야 한대요. 식도괄약근 근처라…… 그 부분까지도ㅜㅜ 하…… 의사가 조금만 더 지켜보자고 해서 6개월 뒤 CT를 예약했지만 조금만 커지면 바로 수술하자고 하셨어요. 검사하고 결과를 기다리기까지 3주 동안 너무너무 끔찍했었어요. 입원하시기 전부터 수술의 상세 심리 상태와 상황들에 많은 도움받고 할 수 있다는 희망이 생겨요. 감사합니다.

도***:

우연히 보게 되었다가 같은 맘이었던 적이 있어 작은 위로가 되었으면 하는 생각에 글을 남깁니다. 전, 남편이 위암 판정을 받았고 그의 보호자이고 위암 판정 당시 남편 39세, 아이 3세였네요. 지금쯤 수술을 하셨을지 모르겠네요. 무섭고 너무 겁나고 어린아이와 아내 생각으로 본인보다 가족을 더 걱정했던 남편이 떠오르네요. 님 또한 같은 맘이실 것 같습니다. 모든 것이 끝일 것 같은 맘도 있지만 수술 후 전과 다르게 건강한 생활, 좀 더 겸손하게 감사하는 삶도 기다리고 있습니다. 수술 잘될 것입니다. 지금은 온 맘을 다해 이겨 내겠다는 생각만 있으면 분명 쾌차하실 겁니다. 저희 남편은 수술받은 지 9년째입니다.

L******:

다들 같은 기분이네요. 배우자에겐 아무렇지도 않은 듯 행동하고 대화하지만 사실은 너무나 두려웠던…… 잘 이겨 내고 계시죠? 님의 글들 읽으니 제 맘을 들여다보는 듯하네요. 화이팅입니다!

쭈**:

제 남편이 위암이라 이것저것 찾아보던 중 블로그를 방문하게 됐습니다. 제 남편은 일주일 후에 수술을 받습니다. 남겨 주신 글들을 보며 많

이 공감하고 도움을 받습니다. 감사하다는 말씀드리고 싶어 글 남깁니다. 항상 건강하세요. 감사합니다. ^^

아침에 남편이 수술을 받고 지금은 퇴원해서 회복 중입니다. 수술실에 들어간 남편을 기다리며 아내분의 시점으로 쓰신 이 글이 떠올라 위로와 공감을 하며 혼자서 긴 시간을 견디는 데 큰 힘이 되었습니다.

맑***:

안녕하세요, 저희 어머니도 위암 판정이 나왔는데 많은 위로와 도움이 되는 글 읽고 가요. 금방 회복되시기를 기도할게요.

아******:

수술 후 환자의 상태를 아주 섬세하게 표현해 주셔서 얼마 후 위암 수술을 앞둔 저에게 아주 많은 도움이 됩니다.

꿈***:

대단하세요. 앞으로 일어날 일을 미리 간접경험하니 조금은 예측 가능해진 미래에 대해 마음의 준비할 수 있게 됩니다. 이렇게 정보를 공유하시는 거 정말 훌륭한 일을 하고 계시는 거예요. 진심으로 감사합니다. 더욱 열심히 하루하루 소중하게 살겠습니다. 건강, 또 건강하시고 행복하세요.

우*****:

안녕하세요, 지난주 위암 판정을 받고 검색하다 보게 된 글인데 정말 세세하게 설명해 주셔서 너무 큰 도움이 되어 감사 인사를 드려요. 저도 39살에 암이 걸릴 거란 상상도 안 해 본 건강한 여자 사람이거든요. 수술은 한 달 후로 잡혀서 기다려야 할 시간이 많아서 포스트 하나하나 정독 중이에요.

J*********:

정말 힘든 일들 겪어 내시느라 고생하셨습니다. ㅠㅠ 이번에 저희 아버지 다음 주에 조기위암 전절제술이 결정돼서 관련 글 찾다가 봤습니다. 이렇게 상세히 적어 주셔서 너무 감사합니다. 궁금증도 많이 해결이 되었고, 마냥 두렵고 겁나던 일들이 오히려 자세히 알게 되니 겁도 덜나고 슬픈 마음에 위로도 많이 됩니다. 지금 아버지를 뵈러 가는 길인데 이 글들을 전해 주어야겠습니다. 정말 큰 힘이 되었습니다. 다시 한번 진심으로 감사드립니다. 글쓴이님 글 보니 회복되어 일상생활하시는 모습까지 담겨 글 읽는 저 역시 기쁩니다. 항상 힘내시고 앞날에 항상 좋은 일만 가득하시길 바라고 늘 건강하시길 바랍니다. ^^

푸***:

눈물이 나네요. 정말 고생 많으셨어요. 힘이 됩니다!!

감사합니다!!

kt****:

안녕하세요. 남편이 건강검진에서 동일한 종류의 암 판정을 받고 4일 날 병원에서 CT촬영 등 검사를 앞두고 있습니다. 세심한 투병 과정을 올려 주셔서 너무너무 도움이 많이 됩니다.

저**:

힘든 과정을 글로 세심하게 정리해 주셨네요. 정말 많은 사람들에게 도움이 될 거예요. 항상 건강하시고 감사합니다. ^^

L*****:

저도 어머니가 8월 28일 날 위절제술을 받고 퇴원하셨는데 전이가 없는 3기 진단을 받고 항암 1차를 받은 상태인데 글 보면서 희망을 가지고 있습니다. 꼭 완치하길 바라겠습니다!

아*******:

아내를 간병해야 하는 미안하고 불쌍한 제 남편에게도 이 글을 읽어 보라고 해야겠어요. 막막하기만 할 내 남편에게, 본인 탓이라 여길 그 사람에게 많은 도움이 될 거예요. 앞으로도 꼭 계속 알려 주세요. 완치의 기쁨도 기대하겠습니다.

셀***:

자세한 수술 후기 너무 잘 보았습니다. 저희 아버지가 오늘 위암 판정을 받아서 막막했거든요. 상태가 님과 거의 같습니다. 위 윗부분에 위치, 1㎝ 이하의 크기, 볼록하게 튀어나온 것이 아닌 숨어 있는 암…… 저희 아버지도 위전절제술 얘길 하네요. 크기는 작지만 위치가 위 윗부분이라서요. 암튼 님 덕분에 두려움이 조금 줄었답니다. 저희 아버지한테도 상세히 얘기해 드릴 수 있어 아버지의 두려움도 조금 줄어들 것 같아요. 정말 많은 도움을 받고 갑니다. 완치 판정 글도 기대하겠습니다. 힘내시고 건강하세요.

Ky****:

남편이 지금 딱 이런 과정 중에 있습니다. 어제 우연히 블로그를 발견하고 정말 많이 공감하고 감사하며 글을 읽었습니다. 제가 환자의 가장 가까운 사람이지만 남편의 아주 깊은 속마음은 잘 모르고 있다는 생각도 들었습니다. 수술 전 아내분을 안고 '나도 무서워. 나 어떡하지?'라고 속으로 삼키셨다는 글 등을 보면서…… 수술실 들어가기까지 웃으며 의연한 '척'했던 남편 모습이 겹쳐서 눈물이 나더군요. 좋은 글들 감사합니다. 책에는 대략 지금쯤 밥으로 넘어가던데…… 남편 상태를 보면 아직 먼 것 같기도 하고…… 이런 소소한 고민들에도 큰 도움이 될 것 같습니다. 무리하지는 마시고 쉬엄쉬엄 저 같은 독자를 위해 좋은 글 계속 올려 주세요! 감사합니다. 아주 큰 도움이 됩니다.

J*

한 달 전에 위전절제술을 하고 적응하느라 고생 중에 쓰신 글 보고 많은 도움을 받아 갑니다. 고맙습니다.

수****:

지금 수술 딱 한 달하고 이틀이 지났네요. 먹는 게 가장 힘들다고 느끼고 있는 중입니다. 저는 혼자라 아무것도 할 수가 없어서 요양병원에 입원해 있는데 간호사들이 아무리 신경을 써 준다고 해도 힘이 드네요. 정말 대단하십니다. 그리고 존경스럽기까지 합니다. 하루라도 빨리 쾌차하시길 바라겠습니다. 네 살배기 아들 키우는 아빠이지만 점점 자신이 없어졌는데, 오늘 처음 글 읽어 보고 마음을 다시 다잡게 됐네요. 정말 감사합니다.

Jm*****:

저희 남편도 위암 1기(최종 판정)로 2018년 10월 29일(월) 부산에서 1/2 부분절제수술을 하고 집에서 회복 중에 있습니다. 우연히 님의 글을 읽고 너무나 많은 공감을 했습니다. 건강검진부터 시작해서 지금 현재 상태까지 느꼈던 심적 감정과 몸 컨디션 모두가…… 위암 환자 모두가 님이 글로 표현했던 것처럼 똑같이 느꼈을 것이라 생각합니다.

그****:

비슷한 경우로 수술을 앞둔 40대 중반입니다. 써 주신 글 보면서 많은 도움과 힘을 얻고 있어요. 사실 초기라 해도 너무 두렵고 무섭습니다. 님의 회복기를 보면서 앞으로의 마음 다짐을 합니다. 어쨌든 지금의 불안한 마음보다 수술 후 회복에 더 신경 쓰자고 스스로 마음을 추스르고 있습니다. 어쨌든 우리는 극복하고 살아야 하니까요. 얼마 살지도 않았고 또 아이들이 아직 어립니다. 무슨 일이 있어도 악착같이 살아 내야 합니다. 힘내시고 저도 또 다짐을 해 볼게요. 계속해서 많은 글 부탁드려요. 많은 의지가 됩니다. ^^

ㅋ***:

어쩌다 이런 병에 걸렸나 싶어 우울하다가도 그나마 조기 발견이라 다행이다 위안하며 하루하루를 기분이 오르락내리락하며 지냅니다. 먼저 경험한 분의 상세한 글에 많은 도움과 위로를 받고 있습니다.

감사합니다.

Na*******:

신랑이 위암 수술을 앞두고 있습니다. 아직은 모든 것이 두렵습니다. 죽은 어찌 해 줘야 할지도 두렵고 여러 권의 책을 보고 있지만 막연하기만 한데 이 글들을 보니 실감이 납니다.

Pe********:

공교롭게도 오늘 아침 아홉 시에 제 남편이 건강검진 조직검사 결과 암을 진단받았네요. 제 남편도 아직은 젊은 아빠입니다. 현재는 그냥 암이라는 것과 조직검사 결과지만 들고 있는데, 부위와 암의 성질은 다르지만 맥주를 너무 좋아하는 게 많이 비슷하네요. 저희도 부디 내시경시술 선에서 끝나기만을 바라며 월요일에 잡힌 첫 외래진료를 기다리고 있습니다. 첫날은 얼굴 보고 검사 일정 잡고 집에 오겠지요. 과연 어떤 일들이 우리를 기다리고 있을지 두렵습니다. 제 마음이 이런데 본인은 많이 힘들겠지요. 전혀 내색은 안 하고 있지만……

**Vi***:**

저도 얼마 전 위암 수술을 받은 40세 남성 환자입니다. 많은 부분 공감하면서 잘 읽고 있습니다. 감사드려요.

**트***:**

어머니가 위암 2기여서 내일 수술을 들어가는데 올려 주신 글 덕분에 많이 배워 갑니다. 이렇게 세세하게 적으신 분은 거의 없었는데 도움이 많이 되겠네요. 다시 한번 감사합니다.

**Jh***:**

문장 실력이 어쩜 이리 좋으세요. 같은 환우로서 200% 공감합니다. 완치하여 날씬하고 멋지게 살아 보아요.

**해운****:**

저도 위암 선고를 받은 후 지난해 10월 29일 위아전절제술을 받고 지난 12월 3일 복귀하여 힘들게 직장생활을 하고 있는, 부산 해운대에 거주하는 환자입니다. 11월 5일 퇴원 후 아내로부터 전해 받은 선생님의 글을 죽 읽어 보았는데 어찌 그리 기억력도 좋으시고 글을 잘 쓰시는지 그리고 어쩜 그렇게 저의 상황이나 심정과 비슷했는지 감동만 하고 있다가 이제야 들어왔습니다. 맞는 옷이 없다는 최근의 글에도 너무 동감하고 손가락 살까지 빠진다는 체중 감소 이야기는 너무 리얼합니다. 저도 퇴원 이후 투병일지를 나름대로 써 왔었는데 약속이나 한 것처럼 선생님의 글과 일치하는 부분이 너무나 많음에 깜짝 놀랐습니다. 아무튼 이 글이 전국의 환우들이나 가족에게 많은 도움이 될 것으로 믿어 의심치 않습니다.

재**:

위절제술(60%)과 담낭을 절제한 지 17일 차 되는 이제 갓 50세 되는 세 아이의 아빠입니다. 수술 후 병원에서 님 글 읽으면서 많은 도움이 되었습니다. 내 몸 아프니 다른 사람 신경 안 쓰게 되더군요. 대부분의 사람들이 저처럼 위암 판정 후 수술 및 일련의 과정들이 처음 겪게 되는 일인지라 당황스러운데 님 글을 읽으면서 용기와 힘이 됩니다. 좋은 글 거듭 감사드립니다.

P****:

두렵고 힘든 4월 4일 위전절제 복강경수술 후 이제 겨우 한 달 지났습니다. 다행히 1기 항암을 안 해도 되어서 운동 열심히 하며 잘 지내고 있습니다. 처음 암담했을 때 님의 글로 엄청 도움을 받았었죠. 감사합니다.

고*:

안녕하세요. 내과전문의 시험을 앞두고 있는 레지던트입니다. 조기위암으로 발견했는데 내시경적 치료가 가능하다면 좋았겠지만 정말 안타깝네요. ㅠㅠ 제 가족의 일인 것처럼 몰입해서 읽게 되었습니다. 공부하다가 느낀 점이 많아 댓글을 달게 되었습니다. 조기위암의 내시경적 적응증과 위암의 병기 및 위치에 따른 치료 방법 등 그동안 암기만 하고 이런 환자는 이렇게 치료하고, 저 환자는 저렇게 치료하는 방법만 배웠습니다. 실제 환자분이 받아들이는 충격과 수술 후의 고통에 대해 공감하고 안쓰러운 마음이 듭니다.

앞으로 제가 마주해야 할 환자들에게 어떤 태도로 대해야 할지 다시 한번 반성하는 계기가 되었습니다. 제가 직접 겪지 않는 이상 절대 그 고통을 알 수는 없겠지만 환자와 함께 아파하고 공감하는 의사가 되겠습니다. 한파에 몸조리 잘 하시길 바랍니다. 감사합니다.

'어느 위암 환자의 슬기로운 투병생활'

# 아빠 잠깐 병원 다녀올게

ⓒ 김성탁, 2020

초판 1쇄 발행 2020년 6월 1일

지은이 김성탁
펴낸이 이기봉
편집 좋은땅 편집팀
펴낸곳 도서출판 좋은땅
주소 서울 마포구 성지길 25 보광빌딩 2층
전화 02)374-8616~7
팩스 02)374-8614
이메일 gworldbook@naver.com
홈페이지 www.g-world.co.kr

ISBN 979-11-6536-424-3 (03810)

• 가격은 뒤표지에 있습니다.
• 이 책은 저작권법에 의하여 보호를 받는 저작물이므로 무단 전재와 복제를 금합니다.
• 파본은 구입하신 서점에서 교환해 드립니다.

이 도서의 국립중앙도서관 출판예정도서목록(CIP)은 서지정보유통지원시스템 홈페이지(http://seoji.nl.go.kr)와 국가자료공동목록시스템(http://www.nl.go.kr/kolisnet)에서 이용하실 수 있습니다. (CIP제어번호: CIP2020020387)